文春文庫

心では重すぎる
下

大沢在昌

文藝春秋

心では重すぎる　下

解説・福井晴敏

16

高校生の数は、全部で八、九人だった。制服を着けてる者はひとりもいない。ジーンズやチノパンにTシャツ、革ジャンといったいでたちだ。三人が金属バットを手にしていた。中の二人に見覚えがあった。「シェ・ルー」ですわっていた席に難癖をつけてきた連中だ。

高校生たちは扇形に広がった。金属バットをもっている奴は、わざと地面をひきずっている。カラカラとバットのヘッドが音をたてた。

「何の真似だ」

私はいった。

「オヤジに用はねえよ。その辺で援交やってろや」

子供のひとりがいった。全員がにやけていた。怒りも緊張も感じられず、気怠《けだる》げにふるまっている。

私は息を吐いた。

「お前ら、雅宗を狩るつもりなのか」

「わかってんじゃん」

雅宗は無言だった。体を硬くしてうつむいている。

「こっちこいや」

バットを手にした子供が顎をしゃくった。

「ふざけんな。どけ」

私はいった。

「おじさん殺されるよ。いいんすか？」

「シェ・ルー」で会ったひとりがいった。

「何のために雅宗を狩る」

「関係ねえじゃん。黙っとけよ。ひっぱたいちゃおか？」

バットをぐるぐると回した。私はあたりを見回した。野次馬は集まり始めていたが、警官の駆けつける気配はなかった。

怒りがこみあげてきた。恐怖はなかった。ただの楽しみで人を傷つける奴ら。血を流し痛がる他人の姿を、おもしろがろうという腐った心。

危険だ。私の経験が、怒りに対し警報を発していた。相手は子供で、喧嘩の場数を踏んでいない。ひとりひとりの戦闘力はさほどではないが、集団で襲いかかってきたとき、限度を超えた行動にでる。

恐怖を感じないのが危険なのだ。こいつらはプロではない。頭に血が上ったアマチュアは、その気がなくとも相手を殺してしまうことがある。

私は深々と息を吸いこんだ。乱闘は避けなければならない。絶対に。誰かひとりがとびかかれば、まるでウンカのごとくこいつらは襲いかかってくるだろう。誰がどんな攻撃をしたという自覚なしに、致命傷を与える。

もう一度、高校生たちを見渡した。

「お前ら、雅宗に何の恨みがあるんだ」

唾が足もとにとんできた。

「うるせえよ――」

その言葉が終わらぬうちに、私はバットをもった別の子供にとびかかった。拳で顔面を殴りつけ、バットを奪いとった。地面でバットの音をたてていた小僧だった。顔をおさえてうずくまった仲間を、呆然と子供たちは見つめた。

「ようし！」

私は大きな声をだした。私はうずくまった子供の襟首をつかみ、地面にひきずり倒した。鳩尾《みぞおち》にバットの先端を叩きこんだ。悲鳴をあげ、体を折る。

とびかかろうとしていた子供たちが凍りついた。私はバットの握りを雅宗にさしだした。一番危険な状況は回避した。

「雅宗、もて！　いいか、しかけてきたらかまわないから、頭、叩き割れ。殺していいぞ」

私の口から「殺す」という言葉がでたことに、子供たちが怯《ひる》んだ。「殺す」は、ガキの常套語であって、大人の言葉ではない。大人が「殺す」と口にすれば、煽りや威しではない響きをそこに感じる。

いっせいに襲いかかられるのが最も危険だった。だがいきなりひとりが血まみれにされたことで、衆を頼んだ戦意に鈍りが生じている。

私は呻いている小僧をひきずり起こした。

「立て！」

「何すんだ、おいっ」

見つめていたひとりが叫んだ。

「やかましい！　お前らが殺すというのなら、こっちも殺すだけのことだ！」

私は怒鳴りつけた。呻いていた小僧の顔が白っぽくなっていた。

「いいか。思いきり頭にバット叩きこんでやる。脳味噌が垂れるまでな。助かっても、お前、まともに言葉も喋れなくなるからな」

ぼんやりとしている雅宗の手からバットをひったくり、小僧をつきとばした。

「やめろ――」

私はバットをふりかぶった。言葉にならない悲鳴を発し、小僧は頭をかばった。

バットをふりおろすかわりに、小僧の肩を蹴った。あっけなく地面にころがった。

「野郎――」

「シェ・ルー」で会った高校生が唸った。バタフライナイフを抜いた。

「じじい、なめてんじゃねえぞ!」

金切り声で叫んだ。その瞬間、

「馬鹿たれがあっ」

怒声が彼らの背後から浴びせられた。

「ガキが何ふり回してんだ、こらあっ」

子供たちがふり返った。ひとりが、

「やべえ」

とつぶやいた。

遠藤がいた。背後に四、五人の地回りを従えている。遠藤はやにわに高校生に近づくと、その頬を張りとばした。

「何だ、お前、これは?　おお?　一丁前に何ふり回してんだ、街なかで。いってみろ、こらっ」

頭の毛をつかむと、激しくゆさぶった。

「てめえら、どこだと思ってやがんだ、ここを。皆が楽しくお前、飯食ったり、買い物しようって場所をよ。何偉そうに仕切ってんだ、このガキは！」

つきとばし、拳で胸を突いた。

「人さまに迷惑かけてんのがわかんねえのかっ」

「おらっ、この野郎！」

遠藤の手下が次々に、仲間を殴りつけていった。相手がやくざと気づき、すっかり戦意を失っている。されるがままに叩かれていた。

私はバットを地面に投げだした。遠藤が私をふり返った。

「どうします。二度とふざけた真似できないように、こいつら事務所連れてって、腕の一本ずつでも落としますか」

明らかな威しだった。だが全員が蒼白になった。

「おう、片腕になればよう、ガキがいきがってるとひどい目にあうって、いい宣伝になりますよ。やっちまいましょう。てめえ、どっち利きだ？　右か？　左か？　利き腕残しといてやらあ」

連れてきたチンピラが口裏を合わせた。遠藤は高校生の髪を再びつかみ、揺さぶった。

「どうした？　ナイフ使わねえのか、おい。使いたかったら使っていいんだぞ。使えつってんだろ、この野郎。刺せよ、おら。刺せったら。そのかわり、てめえとてめえの仲間、皆殺しだ」

ナイフが地面に落ちた。

「何だ、この根性なしが」

遠藤はつきとばした。

「それくらいにしましょう。警察がきます」

私はいった。遠藤は頷いた。

「今日は勘弁してやれってよ。よかったな、やさしいおじさんで。おお？　帰れ。二度と人に迷惑かけるんじゃねえ」

その言葉を聞いたとたん、子供たちは走りだした。野次馬をつきとばし、バットやナイフもそこに残し、逃げだした。

遠藤はそれを見送ると、手下に顎をしゃくった。はい、と全員が頭をさげた。

「いきましょう」

遠藤は朗らかな口調で私にいった。野次馬の数がふくれあがっていた。私と雅宗は、遠藤にひっぱられるように、野次馬の輪をぬけだした。

「つきあって下さいよ」

遠藤はいって、足早に歩いた。私は雅宗とともにそのあとに従った。

百軒店に古くからあるバーだった。私が大学生の頃からすでに年期を感じさせる看板を掲げていた。遠藤はその、木でできた扉を押した。

「いらっしゃいませ」

チェックの赤いベストに蝶ネクタイをしめた老人がひとり、カウンターの中にいた。店は暗く、陰気だった。他に客はいない。

「オヤジさん、ビール」

遠藤は気にするようすもなく、快活にいって、ストゥールに腰をおろした。私は隣にすわった。雅宗はずっと無言だった。

ビールがでてくると、遠藤は勝手に三つのグラスに注いだ。

「いやあ、鮮やかでしたね。さすがに場数を踏んでる。ああいうときは、とりあえずひとりをぼこぼこにして、びびらせるってのは手ですからね。うだうだやってて、わっとこられたら、俺らでも一巻の終わりだ」

ビールのグラスを、私の前においたグラスに合わせ、遠藤はいった。

「ずっと見ていたんですか」

私はグラスをつかみ、いった。運転があるのだが、ひどく喉が渇いていた。小さめのビアグラスはひと息で空になった。

遠藤はにやりと笑った。

「いったでしょう。私らは商売ですから。ふだんはガキの喧嘩にちょっかいはだしませんよ。警察がでてくりゃ、全部こちらが悪者にされますからね」

「今日は遠藤さんに助けられました」

「あのガキだけ、ちょっと血が上ってましたからね。万一ってことがある。それでしゃりでたんです。おい、坊やも飲みな」

遠藤は雅宗にいった。雅宗は聞きとれるかどうかというほど低い声で、

「煙草ありますか」

と、老バーテンダーに訊ねた。

私は遠藤を見やった。遠藤は肩をすくめた。雅宗がバーテンダーのさしだした箱から、封を切っていないセブンスターを選んだ。一本くわえたとき、遠藤はチタン製ジッポの火をさしだした。

「お前、あいつらのアタマだったろう」

「はい」

雅宗は小さく頷いた。

「なんでアタマがよ、元のツレにヤキ入れられなきゃならねえんだ」

雅宗は無言だった。

「きちんと締めてないからだ。いいか、もし街に戻ってくる気があるのだったら、これ

からあいつらひとりひとり、家の前で待ち伏せてもいいから、きっちり締めとくんだ。そうすりゃ、もうふざけた真似はしてこない」

雅宗は答えなかった。遠藤は気にするようすもなく、私のグラスに新たなビールを注いだ。

「あいつら煽ったのは、例の学生ですよ」

私は頷いた。小倉の姿が消えたのは、「シェ・ルー」に走ったからだったのだ。

「私がいた場所をご存じですか」

「ええ。妙な案配になったなと思ってました。あの店は、渋谷で唯一、私らがちょっかいだせないところです。平出さんのところもね」

「東和会の系列だそうですね」

遠藤は頷いた。

「おかげさんで、いくつか見えてきましたよ。ゴミの向こうに」

「小倉は東和会とつきあいがあります。小倉のさばいている品は、おそらくそこからきているでしょう」

「平出さんとこはそれを知ってたんだな。だからあの学生をやらずに、買っているガキの方を攻めた」

「しかし、小倉はただの売人です。組員というわけじゃない」

遠藤は無言で頷き、煙草に火をつけた。考えこんでいた。

「小倉が東和会の幹部と親しいのかもしれませんね」

遠藤の目が私を見た。

「東和会は大所帯です。幹部だったら、あんな半端者とかかわるのを嫌がります」

「守本という男を知っていますか」

私は訊ねた。

「守本?」

「東和会系の小さな組を仕切っています」

「クスリを扱っているんですか」

私は首をふった。

「シノギは別です。写真集とかビデオ」

「うちはそっちはやってないんで……。何かひっかかっているのですか」

守本と桜淵は明らかにつながっている。その桜淵と小倉は親しい。だがまのまるの失踪にまで小倉がかかわっているとは、私も思わなかった。東和会という広域暴力団を軸にした偶然の一致だ。

私は雅宗を見た。

「錦織のフルネームは何ていうんだ」

雅宗は急に話しかけられ、驚いたように私を見た。放心状態がつづいている。狩られる危機を回避したことより、錦織から告げられた言葉の方がはるかに重くのしかかっているようだった。

「令」

「字は？」

「命令の令」

「錦織令」

私はつぶやいた。

「それは誰です？」

遠藤が訊ねた。

「小倉の背後にいる女子高校生です。女子高校生なのですが、ふつうじゃない」

「何がどう、ふつうじゃないんです」

「うまく言葉ではいえません。ただ、心がどこか凍っているような気がする」

「そんなのはいっぱい、いますよ」

私は息を吸いこんだ。遠藤に借りを返さなければならなかった。

「小倉の他にも、東和会のクスリをさばいている人間がいます」

「誰です？」

「あなたの幼な馴染みです」

グラスにかかった遠藤の手が止まった。明るかった表情が翳った。

「どうりで……」

低い声でつぶやいた。伊藤だとすぐに気づいたようだ。

「――何てことだ。それを知らずに、俺は佐久間さんに……。えらい恥をかいたな」

「殺すのはなしです」

私はいった。遠藤は苦笑した。

「大丈夫です。奴はまがりなりにもカタギですから。カタギをやると、本当にうるさいことになりますからね」

いってから鋭い目になった。

「だが変だな。あの学生と伊藤のあいだにつきあいはない筈だ」

「つないだ人間がいます。それがさっきいった、守本という男の下にいる人物です」

「渋谷にいるんですか」

私は首をふった。

「新宿です」

「なら、手のつけようがない」

いって、遠藤はビールを呷《あお》った。私を見た。

「佐久間さんの方もずいぶんはかどったみたいですね」

「はかどったといえるかどうか。とりあえず彼を清水まで送っていかなければなりません」

「清水って、静岡のですか？」

私は頷いた。

「そっちに、現在、彼が暮らしているところがあるんです。『セイル・オフ』といいます」

「佐久間さんは、この子のためにあの学生のことを調べていたんですね」

「ええ」

遠藤は首をふった。

「まさか息子さんじゃないでしょうね」

私は苦笑した。

「とんでもない」

「ならいいや。でも静岡といったら、長旅だ。ゆっくりはしていられませんね」

遠藤は首をふって、片手をあげた。

「どうぞいって下さい。俺はせっかくきたのだから、もう少し湿ってから帰ります」

私は頷き、立ちあがった。もっと遠藤と話したい気持もあった。だが現役のやくざである遠藤と、情報の貸し借りはこれでなくなっている。

さらに話して、価値ある情報を入手できても、それはまた遠藤への借りになる。

雅宗を促した。

「いこう」

雅宗はぎこちない動作で立ちあがり、光る目で遠藤を見つめた。遠藤が気づき、首をめぐらした。

「何だ」

「今度遊びいっていいすか」

低い声でいった。あきれたように遠藤は雅宗から私に視線を移した。

「佐久間さん、こいつは本物の馬鹿だ。疲れませんか」

私は息を吐いた。

「何でですか。俺、助けてもらって感激しました。すげえカッコよかったっす――」

「やかましい」

遠藤は低い声で一喝した。

「お前みたいな小僧が、まっ先にケツを割るんだよ。あんなガキのチームひとつ締められないような野郎が、一人前に極道なろうなんて考えるんじゃねえ」

雅宗の顔が白っぽくなった。

「いいか。組の看板しょったら、恐いもんがなくなるくらいに思ってるんだろう。そういう馬鹿はごまんといる。だが教えといてやる。一度やくざになると、恐いもんは増えるばかりなんだ。警察も恐い、他の組も恐い。何よりカタギが一番恐くなる。それがわかってからケツ割ろうたって遅いんだ。顔見てると、今まではちやほやされてきたのだろうが、これからはそういうことばかりじゃねえってのが、今日わかっただろう。黙って佐久間さんのいうことを聞いてりゃいいんだよ。調子くれてのこのこやってきたら、叩き殺すからな」

雅宗の体が硬直した。

「いくぞ」

それ以上雅宗には何もいわせず、私はその背中を押した。遠藤は苦い表情だった。私は遠藤と目を見交した。遠藤はため息をつき、雅宗にいった。

「悪かったな。お前に恨みがあるわけじゃないのにな。お前見てると、うちの組のケツ割りそうなガキを思いだして、胸くそが悪くなっただけなんだ」

その言葉の方がより強烈に雅宗に応えた。雅宗は何もいわず、バーの扉を押し、外へでていった。

遠藤は苦笑いした。

「いっしょですね。どいつもこいつも。自分が仲間を守る気なんかこれっぽっちもないくせに、都合がいいときだけ、仲間をあてにする」

「もしかすると、それが友情だと連中は思っているのかもしれません。そしてまちがいだと思う我々の方が別の世界の住人だというだけで」

私はいった。

「もしそれが本当なら、俺は坊主にでもなりますよ。信用できない奴に背中を預けて泣くよりは、念仏を唱えていた方がマシです」

遠藤はつぶやいた。私が雅宗や、雅宗の周囲に対して抱いた違和感を、遠藤はより日常的に感じているようだ。

「失礼します。今日はありがとうございました」

私が告げると、遠藤は首をふった。

「いいや。礼をいわなきゃならないのはこちらです。虚仮《こけ》にされていたことを教えていただいた」

やはり私は、伊藤の運命が気になった。遠藤の怒りは、決して小さくはない。

だがこれ以上、伊藤のためにいってやれる言葉はなかった。遠藤が聞きたいのは、私の言葉ではない。伊藤の謝罪であり、命乞いの言葉だ。

17

黙りこくっている雅宗を車に乗せた。時刻は午後十時を回っていた。

「本当に家に寄りたいのか」

雅宗は頷いた。

「わかった」

私はいって、携帯電話をとりだした。雅宗の自宅は、世田谷の経堂だった。電話をいれると父親がでた。私は理由は告げずに、今雅宗と二人でいることを知らせ、これからうかがってもかまわないかと訊ねた。

父親は一瞬、沈黙した。

「明日、早くから出張なのですが」

といい、息を吐いた。「セイル・オフ」に預けたことで、雅宗がひき起こした問題を忘れようとしていたのがわかる言葉だった。

「セイル・オフ」への入所を、入院のように考えたがる親は多い。自分たちは医師ではない。だから「セイル・オフ」に子供を預けたことで、すべきことをした、と思いこむのだ。そして「セイル・オフ」をでたあかつきには、今までの薬物依存とは完全に手を切った、まともな人間になって帰ってくると信じている。

たわごとだ。「セイル・オフ」は病院ではないし、薬物依存は、他人の干渉によっては決して脱せない。

薬物依存からの脱却には、気の遠くなるような時間がかかる。その人物が死ぬまでの一生という。

残りの人生すべてを、薬物とかかわらなくて初めて、脱却は成功する。そこまでの時間はすべて経過でしかない。

親の不安と監視は、親が死ぬか子供が死ぬまでは、決して終わらない。

「――わかりました。お待ちしています」

私が無言でいると、父親はいった。

雅宗に道を聞きながら車を走らせ、三十分後に到着した。住宅地の一戸建てだった。周囲の建物と比べても遜色のない大きさがあり、玄関わきの駐車場には、国産の高級セダンが止められている。

「ここで待っているからいってこい。俺はお前の親と話す必要がないからな。ただし泊まっていけといわれても許さない。お前は今夜中に『セイル・オフ』に帰るんだ」

雅宗に告げた。雅宗は無言で頷いて、助手席のドアを開けた。どこかの家の庭先で、犬が突然吠え始めた。雅宗の家かもしれない。

雅宗が家の門を押し開けるのを見とどけ、車のエンジンを切った。

ドアが開き、あたたかさを感じさせる黄色い光が玄関から洩れだした。その光の価値に雅宗が気づくような人間だったら、決して薬物依存などにはおちいらなかったろう、と私は思った。

車の窓を少しおろし、煙草を吸った。

ここからなら環状八号線を使えば、東名高速の用賀インターは近い。二時間足らずで「セイル・オフ」には到着できるだろう。

だがそこからとんぼ返りで新宿に戻り、桜淵のポルノショップを監視にいくのはつらかった。

私も今夜は「セイル・オフ」に泊まる羽目になりそうだった。

それで思いつき、「セイル・オフ」に電話をかけた。

「はい、『セイル・オフ』です」

呉野が電話に応えた。

「雅宗を見つけた。もう少ししたら、そちらに連れて帰る」

「えっ」

玄関のドアが開いた。雅宗が現われた。送ってでてきたのは母親ひとりだった。

「事情はあとで話す。今夜は俺もそっちで泊まりだ。よろしく頼む」

私はいって、電話を切った。雅宗は硬い表情で車のドアを開けた。目に見える手荷物は何ももっていない。

母親は門のところで立ち止まっていた。上品な顔立ちで、若い頃は美人だったろうと思わせる女性だ。今はひどく疲れ、途方に暮れたような印象だった。私の車を見つめ、無言で深々と頭を下げた。それはどこか、私に対する詫びのようにすら見えた。

私は車を発進させた。


道中、雅宗はほとんど口をきかなかった。

「お前はリンチにもあわないし、問い詰められることもないだろう」

私はいったが、無言だった。

「第一、着く頃には皆、寝ている。お前がしなきゃいけないのは、明日のミーティングで、自分がとった行動の説明だ。その上で『セイル・オフ』をでていきたければ、でていくというがいい。ひきとめられるかどうかは、俺にはわからない」

「セイル・オフ」は、日本平にある三階建ての建物だった。元はホテルだったのを、財団が買いとり、わずかに改造を施して、リハビリテーションのための施設にしたのだ。

建物の窓からは、清水市と駿河湾を見おろすことができる。その夜景は美しいと同時に、メンバーには、自分がその光の渦からは遠く離れた場所にいることを実感させる。

現在「セイル・オフ」では十一名の人間が暮らしている。一時よりはその数は減っていて、呉野と堀という、〝卒業〟した指導員が、メンバーと寝起きをともにしている。

かつてはホテルの玄関ロータリーだった前庭に車を進入させ、私は驚いた。神戸ナンバーのダイムラーがそこには止まっていた。沢辺の車だ。

いつこちらにきたのだろう。車を降り、その横を通りすぎるとき、ボンネットに掌をのせてみた。まだあたたかい。どうやら私とたいして時間の差がなかったようだ。

玄関の扉には鍵はおりていなかった。ロビーのソファに、呉野と沢辺がいた。沢辺は珍しくスーツ姿だった。スウェット姿の呉野を前にシガリロを吹かしている。

呉野が我々を見て立ちあがり、沢辺がふり返った。

沢辺と知りあってから二十二年が過ぎていた。育ちかたはまるでちがうが、私と彼とのあいだにはいくつかの共通点があった。かつては盛り場を知り抜き、そこでおこなわれたこと、これからおこなわれるであろうことを、その場所に立つだけで感じることができた。父親に生き方を大きく影響された、という点も同じだし、結婚して早い段階で妻と死別しているというのもいっしょだった。

彼は今、父親から受け継いだ多くの組織と財産を管理している。私は彼が理事長をつとめる財団の、常任理事という立場だ。

私より背が五センチ高く、体重は十キロ多い。互いに命を助けあったことがあるが、それは一度も、別の場所では口にしていなかった。

「よう」

沢辺はいって、一見眠たげな目つきで私と雅宗を見やった。

「部屋は？」

私は訊ねた。呉野が答えた。

「準備してあります。佐久間さんは自分の部屋。雅宗は俺と一緒に寝ます」

呉野は三十代半ばになる卒業生だった。若々しい顔つきと長い手脚をもっているが、髪はほとんど禿げあがっている。

私は雅宗をふり返った。

「今日は寝ろ」

雅宗は頷いた。

「いこう」

呉野がいった。

「警察へは連絡して、あやまっておきました」

「そうか。すまなかった」

「いえ」

いって、呉野は微笑んだ。

「やっぱりすご腕ですね、公さんて。一日で見つけるのだから」

「偶然だ」

私がいうと、呉野は信じていないように首をふった。そして雅宗をうながし、二階への階段をのぼっていった。

彼らの足音が消えると、建物の中は静かになった。午前一時近くになっており、メンバーの大半は眠っているだろう。

沢辺が息を吐き、立ちあがった。

「お前の部屋か、俺の部屋か」

私に訊ねた。

「理事長様のお部屋の方が広いし、眺めもいい」

私が答えると首をふり、ネクタイをゆるめた。階段に向かって歩きだす。

「セイル・オフ」の理事長室は、三階のつきあたりにある、最も眺めのよい部屋だった。隣が私の部屋だ。

三階にあがり、部屋に入ると、沢辺は窓ぎわのソファに体を投げだした。私はキャビネットのかたわらにある小さな冷蔵庫から、冷えている缶ビールを二本だした。冷蔵庫に入れられて三カ月はたっているだろう。

ビールの缶をぶつけあい、タブを押しこんだ。ひと口飲み、息を吐いて沢辺はいった。

「どうだった？『エリザベス商会』」

「ほめられたよ。素敵な関係だと」

沢辺は眉を吊りあげた。がっしりとした顎と彫りの深い目鼻立ちをしている。前髪にひと房、白髪がかたまっていた。

「俺に気があることを告白したのか」

「二十年以上つきあって、君があそことつきあいがあると俺が知らなかった、といったときさ。二十年来の友だちでも秘密があるなんて、と」

沢辺は小さくゲップをした。濃紺のスーツのジャケットを脱ぎ、かたわらにおいた。その代金で、たぶん「セイル・オフ」のひと月ぶんの食費がまかなえる。

「知りあったのは、互いに二十代の頃かな。伝説の女王様だった。不思議なものだな。体をつきつめていくと、心にいく。正直、今会って話すのはしんどいだろう」

「きっと尻をぶってくれるぜ」

沢辺は苦笑いして、首を回した。

「ぶったのは俺の方さ。完璧な女王様はどこかで、不完全な奴隷であることを責められたがっていた。で、その役割を俺に求めた」

「長いつきあいなんだ。今さら君がサルグツワをかまされ、ムチ打たれてもだえていたと聞いても、友情は薄れないぜ」

私は身をのりだし、小声でいってやった。

「本当だ。ぶたれるのは趣味じゃなかった。ぶつのも正直いって、あまり向かなかったが」

沢辺は笑いだし、答えた。

笑い止むと沢辺は訊ねた。

「で、何がわかった」

「雅宗と押野からの依頼には妙な接点がある」

私はいってビールを飲み、窓の向こうに広がる夜景に目をこらした。低い位置にかたまって広がる光の点が、そのまま地形をあらわしている。すぐ手が届きそうに見え、それでいてひどく遠い。

「どんな?」

沢辺が訊ねた。

「まのまるの原画を通販で押野に売りつけた男がいる。押野は一千万でそれを買った。売ったのは、桜淵という元美大生で、五反田にあるマニア向けのマンガ古書店につとめていたことがある。その桜淵と、東京駅で俺を待ちかまえていた小倉は、雅宗のグループがたまり場にしていた渋谷の『シェ・ルー』という喫茶店の店長と組んでクスリを売っている。三人が会っていたのが元の『イエロウドッグ』、今の『ブラックモンキー』だ」

「するとクスリのでどころは東和会か」

沢辺の問いに私は頷いた。

「小倉たちの商売を、平出組が遠巻きにして見すごしてきたのは、東和会の匂いがしたからだろう。東和会は大きな組織だから喧嘩の相手にはしたくない。さらにやるとなれば、警察が恐い」

「だが小倉も桜淵も組織じゃない。末端のプッシャーを潰すくらい、わけはないだろう」

沢辺は納得がいかないようだった。

「俺もそう思う。だが平出組は、小倉や桜淵を潰すかわりに、連中からクスリを買っていた高校生を、イラン人を使って威した。店を潰さず、客を威す、というやり方だ」

「どっちかに手をだせない理由があるということか？　組員じゃないのだろう」

「小倉はまちがいなく組員じゃない。桜淵の方は、新宿のポルノショップの店長をやっている。組員なら、店長にはならないだろう。つかまると刑が長い」

沢辺は頷いた。

「表に立てるのは素人というのがあの世界の鉄則だ。するとカタギか。妙だな」

「東和会の内部でポルノを作っているのが、例の『ムーンベース』だ。『ムーンベース』は、まのまるのプロダクションからかつての仕事場のマンションを買いいれていて、その前後に、マネージャーだった、まのまるの同級生が自殺騒ぎを起こしている。そのマネージャーは、今は死んでいる。『ムーンベース』には、守本というこわもてがいて、俺を追いはらいにかかった」

「原画はその守本経由ということか」

「おそらくそうだろう。まのまるには問題児の弟がいた。プロダクションに居候をして食わせてもらっていたが、あるとき編集者を殴るというトラブルを起こし、姿を消した。その後、高田馬場のコンビニで、まのまるがやくざ者らしい男と買い物にきて親しげにしている姿を見られている」

「守本がじゃあ――」

「弟じゃないかと俺は思っているよ」

私は答えた。沢辺は目を閉じ、考えていたが、やがていった。

「まのまるは生きていないかもしれないな。弟か、弟の組にそっくりしぼりとられたあげく、消されちまって」

「そういう考え方もできる」

沢辺は目を開いた。

「公の考えはちがうのか」

「守本がもしまのまるを殺していたら、俺への対応はもっとちがったものになっていたのじゃないかと思う。妙におどしたりはせず、知らぬ存ぜぬを通すか――」

「問答無用でお前を埋めちまう、か」

私は頷いた。

「俺の勘では、守本は、まのまるを守ろうとしているようだった」

「誰から守るんだ？」

「そいつはわからない。あるいは生きてはいるが、まのまるからすべてをしぼりとっちまったので、そのことをマスコミなどに嗅ぎつけられたくなかったのかもしれん」

「いずれにしても、守本は、まのまるの居場所を知っている、ということだな」

「そうだ。マネージャーが死んでいるのも含めれば、まのまると守本の関係には、かなり深いものがあるだろうな」

沢辺は息を吐いた。

「話を戻そうぜ。平出組は、なぜその桜淵や小倉に手をださない」

「わからない。もしかすると、錦織が関係しているかもしれない」

「錦織？」

「例の、雅宗の女だ。今晩、雅宗と俺は、『ブラックモンキー』で彼女に会った。雅宗は縁を切るといったが、女は真にうけちゃいなかった。小倉がいっしょにいて、元のチームを使い、俺たちを狩らせようとした」

「怪我はしてないようだが」

「間一髪で、遠藤組の二代目が俺たちを助けた。遠藤組も、平出組の遠巻きの理由を知りたがっている。東和会というヒントは二代目に返しておいたが、東和会と桜淵や小倉、あるいは錦織の関係は不明だ」

いって私は言葉を切った。ふと、錦織の確信に満ちた口調を思いだしたからだった。

「どうした？」

沢辺が気づいた。

「いや、錦織が別れぎわ、俺にいった言葉が気になった。俺はまた必ず、あの女に会いにくる、というのさ」

「ロリコンだとばれたか」

「惚れて捜しにくる、とはいわなかった。もっともっとあの女を、俺が憎む、といった」

沢辺は首を傾げた。

「お前の中にその女子高生に対する特別な感情があって、それを見抜かれたのじゃないか。あれくらいの歳の娘は、妙に勘が鋭いことがあるぜ。大昔のことで忘れちまったろうが」

「悪い意味の強い印象ならある。錦織というのは、とにかく世界中を、あまりに激しく憎んでいるので、そばにいるだけでそれが伝染しそうになるんだ」

沢辺は苦笑した。

「お前が子供にふり回されるとはな」

私は再び窓に目を向けた。

「きっとそう思われるだろうと考えてた。俺は長いこと若い連中の心を読めるつもりでいたし、それを商売の種にもしてきた。だが今度の件で会った何人かの若いのは、こちらの想像を絶していた」

私はミチルとともに会った聖良学院の生徒のことを考えていた。

友情の定義がちがう。

「中には変なのもいるだろう」

「そういうのじゃない。別の人間なんだ」

沢辺は笑いだした。

「年寄りぶりたいのか。今の若いのは宇宙人だとかいいだすのじゃないだろうな」

何かが欠落しているというのとはちがう。やはりよって立つ場所がまるでちがうとしかいいようがない。人と人との関係のありかたがまるで変化しているのだ。

「そうだ。〝関係〟なんだ」

沢辺は私を見やった。

「一部の連中にとって、関係をもっているというだけの仲が、友情や愛情という言葉で表現されてしまう。そういう連中にとっては、俺たちが友情や愛情と考えてきた人と人との仲は、成立しない。深入りを嫌い、互いにメリットを感じる部分だけでのつきあいにとどめる。それを友情や愛情と呼び、リスクやデメリットを感じる関係は、これを切り捨てようとする」

「それじゃ正反対だろう。メリットだけの関係なんてありえないし、かりにあったとしても、そいつは友情とか愛情とはちがう」

「ちがうと考える我々と、彼らはちがう」

沢辺は笑みを消していた。私はつづけた。

「錦織の強烈さはそこにある。友情や愛情は、そういう連中にとって不確かで目に見えにくいが、憎しみははっきりと見える。雅宗がいっていたのだが、錦織は世の中のほとんど全部を憎んでいる。だがごくわずかに憎んでいない人間がいて、自分がそのひとりだと思うと、すごくほっとする。嬉しいと感じる」

「憎まれないことが、友情であり愛情だというのか」

「錦織の犬にとってはな」

沢辺はシガリロに火をつけた。

「それは男や女という関係を越えているぞ」

「そうだ。俺は初め、セックスが雅宗を錦織の虜にしたのだと思っていた。だが実際はもっと深い、心の部分で雅宗は錦織に縛られている」

沢辺は顔をしかめた。

「だったら奴の薬物依存は治りようがないぞ。錦織と手を切らない限り、どうにもならない。今夜、二人は手を切ったのか」

「錦織は二度とあの犬には会わない、といった。それが本当なら、雅宗から会いにさえいかなければ、手は切れる」

「どこで雅宗を見つけた？」

「錦織の自宅の近くだ。あの女のことを調べようとして偶然、出くわした」

沢辺は天井に目を向けた。

「どう思う？」

「錦織は奴に何かをさせようとしている。だがそれが何かはわからない」

「自殺か」

私は首をふった。

「今の状態ではそれはない。雅宗は、常に何かにより添っていなければ生きてはいけない人間だが、少なくとも『セイル・オフ』は奴を迎えている。さっきは遠藤組の二代目にすりよって、手ひどく叩かれていた」

「チーム、錦織、『セイル・オフ』、やくざ、か」

沢辺は息を吐いた。

「友情を本当の意味ではもてないくせに、どこかに所属していないと不安でたまらないらしい」

「友情をもてないからこそじゃないのか」

沢辺はつぶやいて私を見た。

「そういう奴はどんどん増えているのか」

「おそらくな。皆気づかないだけで、ふつうに学校をでて社会に入り、組織の一員として暮らしている人間の中にも、錦織のような奴はたくさんいるのかもしれん」

「メリットしか認めない友情か」

「デメリットを感じれば、いくらでも相手を乗りかえることができる。互いにメリットしか求めていないんだ。企業の営利活動と同じだ。取引相手を変更し、より高い収益を得る行為は、ほめられこそすれ、謗《そし》られる筋合いはない」

「実に資本主義的関係だ。そう考えれば、それを妙だと思う俺たちの方がまちがっているのかもしれん」

「社会にはぴったりだ。そうあることを求められているのだからな」

「まちがっている、とはいえないのか」

「いえるのは、人生の失敗の不安とは無縁な人間だけだろう」

沢辺は小さく頷いた。

「何だかもっと強い酒がやりたくなったな」

「飲めばいい。俺は寝かせてもらう」

私はいって立ちあがった。沢辺は苦笑した。

「明日また、戻るのか」

「雅宗はここに戻った。依頼の仕事をつづける」

「守本というやくざには要注意だな。表と裏の接点にいるのが、守本だ。一番、圧力がかかっている。ことと次第じゃ弾《はじ》けるぜ」

「わかっている。次に会うときは注意をするさ」

私は告げた。

東京に戻り、まずすべきことは何だろうか。桜淵の監視か。かもしれない。

だがもう一度、まのままるに戻るべきかもしれなかった。

誰に会おう。

冷えた部屋に入り、衣服を脱ぎすててベッドにもぐりこんだ。やはり沢辺ともう少しいて、強い酒を飲むべきだったと後悔した。

ようやくシーツがあたたまり、眠気がやってきたとき、漠然と頭に浮かんだ顔があった。成交社の岡田だった。

18

翌朝、早い時間に私は「セイル・オフ」を出発することにした。雅宗が戻ったことを、メンバーの大半は知っていた。ゴルフ場での作業にでるメンバーと、私は朝食を共にした。体調の悪い二人と堀、そして雅宗は作業にはでない。

朝食の席に雅宗は現われなかった。

「雅宗は、今後俺がみます」

出発する支度をしていると、堀が私の部屋にきていった。事故のせいでおそろしい傷跡を顔に負っているが、これほど心根のやさしい男を、私は知らない。いつでも、人が最もいやがる仕事を、第一番に買ってでるのだ。それはときどき、前非を悔いた悪人が、自らを罰する姿のようにすら見えた。

「奴はチームにいました。俺も族にいましたから、奴が今感じてる不安は、わかるんです」

「奴の中にはもうひとつ問題がある。簡単には説明できないが、奴を洗脳している女がいる。もし『セイル・オフ』に拒絶されたら、奴はもう一度その女のところに戻る他ない。それをくいとめたい」

堀は頷いた。

「わかりました。とりあえず今日はおっ母が休みなんで、あいつと俺が晩飯当番になります。そのとき、話してみます」

おっ母は六十代半ばの未亡人で、「セイル・オフ」の炊事係だ。彼女の亡くなった旦那は、厚生省の麻薬取締官だった。

「わかった。もう逃げだすようなことはないと思うが、目は離さないでくれ」

堀は、私の部屋のドアによりかかり、頷いた。事故の後遺症で松葉杖が必要な彼は、作業にはでかけない。

「あともうちょっと、だと思うんです。チームや族にいくような奴は、根が基本的に寂しがりやなんです。だから、いつでもそばに仲間がいるってことをわからせてやれば、きっと立ち直ります」

私は無言で頷いた。必要なことでもあるが、薬物依存から脱却した堀は、楽天的なほどの人間性善説に傾いている。語りあえば、信じあえば、必ず立ち直れる、という強固なまでの信念を抱いている。

そういう彼を「セイル・オフ」には必要に思い、しかし私は心の底で、不安に思うことがあった。現実は、決して彼の信念の通りには動かない。

堀の信念は、語りあう、信じあうことを前提とした小さな集団である「セイル・オフ」の中でだけ必要とされ、そして価値がある。「セイル・オフ」をひとたび離れた人間は、まったく別の人間関係を社会に求められ、そしてそれに成功すると、「セイル・オフ」での日々を忘れようと考えるのがふつうだ。

薬物依存という自らの過去を忌わしいものと感じ、「セイル・オフ」がその象徴となってしまうのだ。

それでかまわない、と私は思っていた。「セイル・オフ」を〝卒業〟した人間は、二度と戻ってこない者もいれば、何度も出入りをくり返す者もいる。

出入りをくり返すということは、それだけ薬物依存と手が切れないのを意味している。そういう人間の心の中にある「セイル・オフ」は決して忌わしい存在ではない。事実、「セイル・オフ」にいるあいだは、彼らも薬物とは手を切っている。

そうなってしまった人間が、完全に薬物と離れられる環境など、実社会にはない。

「セイル・オフ」は、彼らにとり保養所であり、避難所のようなものだ。自分の意志が信じられないから「セイル・オフ」に頼る。

〝卒業〟し、戻らない人間はちがう。自らの意志で薬物と手を切っているのだ。彼らにとっては、「セイル・オフ」で過した時間は、日をおうごとに屈辱的な記憶にかわっていく。相互監視や、押しつけられた日課、望まぬ会話などだ。「セイル・オフ」は、自発的に参加する施設であったのに、まるで刑務所のように思い、二度と戻りたくないと考える。「セイル・オフ」は、だから無事に〝卒業〟したOBが懐しがるような場所では決してない。

　クスリと手を切り、社会復帰した人間が、近くまできたからと顔をだすようなこともなければ、結婚したOBが生まれた子供を見せに連れてきた例《ためし》もない。

　それでよいのだ。

　一方で、呉野や堀のようなOBがいる。彼らは一種の使命感のような気持をもって、メンバーに接している。自分の体験を語り、メンバーの悩みを聞き、その苦しみに同調する。「セイル・オフ」にとり、彼らは絶対に必要な存在である。「セイル・オフ」を家族にたとえるなら、彼らは兄であり、姉だ。

　しかし呉野や堀は、薬物と手を切っていながらも、「セイル・オフ」以外の自分の可能性を捜そうとはしない。

彼らは「セイル・オフ」に、どのメンバーよりも長くいつづけている。実社会にでていって、新たな人間関係を築く意欲はない。メンバーに対しては、常に、OBとしての優位性を維持できる。

彼らにとり「セイル・オフ」が居心地のよい場所であるのは明らかだ。またそれだからこそ、彼らもメンバーに対し、心を砕いて接することができる。

だが、これはひどくよこしまな想像であるが、私はときどき思うことがある。呉野や堀が「セイル・オフ」にいつづけるのは、それが彼らにとって「楽な」選択であるからだけではないのではないか。

実社会にでたとき、再び薬物が彼らを待っている。入退所をくり返すメンバー以上に、彼らは自分が薬物と手を切れないことを恐れているのではないか。

つまり自分を信じていない。

だからこそ、自らを「セイル・オフ」に閉じこめつづけている。

むろん、この疑念を直接彼らにぶつけるわけにはいかなかった。

すべてをさらけだすことが必要とされるかに見える「セイル・オフ」であっても、禁《きん》忌《き》はある。

それを話すのは、彼らの最もデリケートな部分に触れることになり、彼らと私との信頼関係を根底からくつがえす結果につながりかねない。

彼らは誰よりも、私や沢辺の信頼を必要としている。信頼だけが、彼らの「セイル・オフ」における存在の保証なのだ。「セイル・オフ」の実態は、職場でもなく病院でもない。メンバーを含む何人《なんぴと》も、そこにおかれることを強制される理由はない。呉野や堀はそれを熟知している。そして現在、彼らは薬物依存とは完全に手が切れた状態にある。だからこそ、ここに彼らがいる理由として、私や沢辺の信頼が必要なのだ。私のこの疑念は、彼らが望む信頼という唯一の報酬を、すべて偽りのものにしてしまう危険がある。

「堀さんに任せるよ。ただこれだけは忘れないでくれ。奴の一部は、まだその女に洗脳されている。たとえ東京から離れていても、だ」

堀は頷いた。

「大丈夫です。俺がきっと立ち直らせてみせます」

自信のこもったその口調を、私はふと危いものに感じた。だがそれに疑問をさしはさむことはしなかった。

ここでのやり方に、絶対確実な方法などあった例はない。人はさまざまな理由で薬物に手を染め、依存者となる。

その大半は、健全な精神の持ち主なら眉をひそめ、ときには唾棄したくなるような理由だが、中にはこちらが言葉を失うような悲惨なきっかけをもつ者もいた。

ただひとつだけ共通していることは、「セイル・オフ」に自ら足を踏み入れる者は、薬物依存者である自分を、心底から嫌っている、という点だ。

自己嫌悪をもたない薬物依存者はいない。だが自己嫌悪の小さなうちは、そこからもがきでようという意志はなく、「セイル・オフ」にやってくることもない。

自己嫌悪が自らではおさえつけられないほど肥大したとき初めて、薬物依存者は「セイル・オフ」の門を叩く。

薬物依存者は独特のネットワークをもつ。かつてはクスリの入手のために機能したそのネットワークが、薬物依存からの脱却希望者のために動くこともあるのだ。

したがってどのような宣伝をおこなう必要も、「セイル・オフ」にはなかった。入所希望者は絶えたことがないし、これからも絶えないだろう。

とはいえ「セイル・オフ」は、あらゆる希望者に門戸を開いているわけではない。

ひとつだけ、「セイル・オフ」には、警戒しなければならない重大な問題があった。しかしその問題を抱えて入所しようとする人間を見きわめるのは非常に困難だった。そのための防波堤として私がいる。

問題とは、「セイル・オフ」をネットワーク拡大のために利用しようとする薬物依存者だった。薬物の入手、あるいは販売経路の拡大を狙って「セイル・オフ」に入ってくる者だ。

薬物依存者の更生施設とは、即ち、薬物販売者にとっての顧客の集団である。あるいは薬の入手手段を何らかの理由で失った依存者にとって、入手情報の集積した場でもある。

心のどこかにそうした狙いを隠しもつ入所希望者を発見し、排除するのは、私の仕事だった。

「頼んだよ。雅宗は扱いにくいメンバーじゃないが、どこか心配なんだ」

部屋の入口で松葉杖によりかかっている堀に私はいった。

「任せて下さい」

私は一瞬、堀の目を見つめ、頷いた。疑念はともかく、堀のことを私は好きだった。

彼の肩に手をおき、階段を降りた。踊り場の窓からは、よく晴れた空の下で、きらきらと光る駿河湾が見えた。

東の方向に目を転ずると、曇り空が広がっている。

私は深々と息を吸いこんだ。このままふもとへと降り、ひさびさに釣り竿を手にしたいという欲求をおさえこんだ。

「連絡する」

堀にいいおいて、私は「セイル・オフ」の玄関をくぐった。

19

東京に入ったのは、夕刻だった。昼食のために止まったパーキングエリアから、私は岡田に電話をしていた。
――佐久間です。先日、まのまるさんのことでお時間をいただいた
名乗ると岡田は笑い声をたてた。
――探偵だろ。なんかいいネタひろったかい
――守本という名前にお聞き覚えはありますか
岡田は一瞬、沈黙した。
――今どこだ?
――東名高速です。清水から東京に向かっている途中で
――今日の午後はいろいろ詰まっているが、夜なら会える。九時頃、どこにいる?
――いろといわれる場所に
岡田は再び、短く笑った。

――そういう返事をする編集者が今は少なくなった。もっともあんたに今から編集者をやれ、とはいえんが。銀座に「ウインター」って、小さなバーがある。そこにきてくれ

――九時に「ウインター」ですね。わかりました

「ウインター」は、カウンターだけの小さな酒場だった。九時少し前に、私は並木通りに面した雑居ビルの四階にある、その扉を押した。

銀色のカウンターが扇のようなカーブを描いていて、要にあたる部分に和服を着た女性が立っていた。

「いらっしゃいませ」

三十代の半ばだろう。色が白く小柄で、まるで人形のように人工的な雰囲気があった。カウンターの端に、スーツを着た私と同年代の男がひとりすわっていて、他の客はいない。

私は彼とは反対側の端に腰をおろした。それでもふたりの間に空いたストゥールは四つしかない。これほど小さな店で、はたしてやっていけるのかと思えるほどだった。

「ウイスキーの水割りを下さい」

コースターをおいた女性に私は告げた。車だったが、初めて入る店なので酒を注文することにした。

「おひとりですか」

初めての客であることに抱いた不審感は少しも感じさせず、女性は訊ねた。

「待ちあわせです」

私が答えると、かすかに微笑みを浮かべた。

「岡田さんね」

私は頷いた。

「ぬしがくるなら帰ろう」

反対側の男がいって立ちあがった。私はそちらに目を向けた。眼鏡をかけていて、柔和な雰囲気がある。さほど酔っているようには見えない。男はにこっと笑うといった。

「別に岡田さんが嫌いってわけじゃないんです。伝説的な人物だし、尊敬もしている。要は席をたつチャンスがなくて、次のいけにえが入ってきてくれるのを待っていただけですから」

私は無言で笑みを返した。

「どうせそうでしょうよ。暇でごめんなさいね」

女性は笑いながらいった。

「ありがとう」

「またくるね」

男はいいおいて、私のうしろを通り、軽く会釈するとでていった。

二人きりになった。女性は、カウンターの下から、通しの粉ふきイモをだした。

「新ジャガですから」

「いただきます」

「編集者には見えませんね」

私は顔をあげた。

「岡田さんに会いに、いろんな編集者の人がくるけれど、あなたはそういう仕事じゃない」

私は頷いた。

「ちがいます。岡田さんは人気があるんですか、若い編集者に」

「ええ」

女性は簡単に頷いた。

「ちょっと前までは、ああいう人は出版社なら、どこにでもいたわ。クセがあるけど、本好きで議論好き。今は少なくなったわね。スーツを着て黙っていると、編集者には見えない人もたくさんいる」

「岡田さんには一度しかお会いしていませんが、何か、この人のためにしてあげたいと思わせるようなところがありますね」

「うん」

女性は手にしていた小さなグラスを口にあてたまま、眉をあげ、頷いた。

「人誑《たら》しの名人よね。何でもかんでもずけずけいうくせに、最後はなんだか、この人のいう通りにしようと思っちゃう」

「編集者としてはいいことなのでしょうね」

女性は笑った。

「『岡田にだまされた！』って、有名な先生が叫ぶのを何度も聞いたわ。だまされたっていっても、別に被害があったわけじゃないのよ。注文がいっぱいあって、新しい仕事なんかとてもできそうもないのに、岡田さんと話していると、いつのまにか仕事をひきうけている。それで『岡田にだまされた！』って叫ぶの」

「本当はだましてもらいたがっている？」

「そう。岡田さんにね。他の編集者じゃ駄目なのよ。岡田さんだからだまされたいの」

「そういう人はずっと現場にいた方がいいんでしょうね」

「出版社も、昔とちがうんだって。昔なら机ひとつ電話一台あれば、出版社ができて、岡田さんみたいな人は一生、名物編集長っていわれたのだろうけど、今はどんなに現場の仕事ができても、できればできるほど、どんどん出世して管理職になっていく。部長になって、重役になって、現場からうるさがられるようになっていくんじゃない――」

扉が開いた。

「うるせえってのは俺か――」

岡田だった。紺のダブルのスーツを着け、ネクタイと対の赤いポケットチーフをさしている。

「あたり。お待ちかねよ」

女性がいうと、岡田は私に目を向けた。腕時計をのぞき、

「遅刻はしてない。となると、いい心がけだ」

そうつぶやいて、私の隣に腰をおろした。

「打ち合わせの席には絶対遅れるな。そしてどんな下らなくてもいいから、ネタをひとつもっていけってのが、俺の教育方針でね」

岡田はおしぼりを女性からうけとりながらいった。そして私を彼女に紹介した。

「こちらは佐久間さん。職業は――」

息を吸い、同意を求めるように私を見た。

「何ていえばいい？」

「岡田さんの感じている通りでけっこうです」

岡田は女性に目を戻し、いった。

「優秀なインタビュアーだ」

私は微笑んだ。

「こちらはここのおっかさんで弓絵さんだ」

「よろしくお願いします。インタビュアーって、テレビとかラジオのじゃないのでしょう?」

弓絵と紹介されたママは訊ねた。

「ちがいます」

煙草をくわえた岡田に弓絵はすばやくライターの火をさしだした。

「ギャラを払うのは個人さ。人に頼まれてインタビューをして歩くのが仕事なんだ」

唇に煙草をはさんだまま、岡田は答えた。

「岡田さんもインタビューされるの?」

「そう。だが俺は性悪だから、何か材料をもってこなけりゃ、二度目のインタビューはうけねえぞっていったんだ」

弓絵は私に目を移した。

「岡田さんに関する材料ならあるわよ。いっぱい提供してあげる」

「うるせえ。お前はあっちいって、聞こえねえふりしてろ」

岡田は目をむいていった。弓絵は傷ついたようすもなく笑った。

「はいはい。お酒は何にするの」

「マッカラン。ダブルのロックだ。チェイサーはウーロン茶」

弓絵は頷いて、ウイスキーの壜を背後の棚からとりあげた。岡田は私に身を寄せてきた。

「若作りしてるが、本当は年増だから、あのママは忘れっぽい。だから他に客がいなけりゃ、ここではいろんな話ができる。で、何を拾った？」

私は岡田に会うと決まった時点で、岡田にはすべてを話そうと思っていた。岡田のような人物に隠しカードはきかない。妙な小細工をすれば、なめられている、と岡田は感じるにちがいなかった。

「実は、まのさんを捜している途中で、私がアシスタントをつとめている施設の入所者がひとり、勝手な行動をとる、という事件がありました」

「勝手な行動ってのは何だ。脱走か？」

「簡単にいえばそうです。しかし『セイル・オフ』は強制収容所ではありませんから、それをしたからといって罰を加えられるわけではありません。ただ私が東京にいた関係で、彼の背景について調べることになり、結局その過程で彼を見つけたのですが、そこでまのさんにつながる人物が偶然、かかわってきました」

「何だ、そりゃ」

「先日、お話しした『ホワイトボーイ』の原画を、一千万で売りつけた人間です。その男は美大に通っていた経歴があり、今は新宿のポルノショップの店長をしています。ポルノショップに商品を供給しているのは、ある広域暴力団の系列組織なのですが、そこは『ムーンベース』という社名を名乗って、かつての『マルプロ』があった中目黒のマンションにオフィスをかまえています。私はその『ムーンベース』の常務の守本という人物に会いました。彼は私がまのさんの行方を捜しているのがひどく気にくわなかったらしく、さんざん威しをかけてきました。その威しの最中に、彼に電話をしてきた人物がいました。守本は、『心配するな』とうけあっていましたが、携帯電話の着信メロディは、アニメの『ホワイトボーイ』の主題歌でした。守本は、自分がまのさんと関係があることを否定はせず、とにかく私を排除しようと考えたようです。それはもしかすると、まのさんを守ろうとしたのかもしれないし、あるいは、まのさんに対して働いた犯罪行為の発覚を恐れたのかもしれません」

話している途中で私は、まのままるのかつてのアシスタントと会わなければならなかったことを思いだした。雅宗の失踪騒ぎで、そのアシスタント、久保田に連絡をとるのをすっかり忘れていた。

岡田は無言で私の話を聞いていたが、終わると訊ねた。

「どっちだと思う？」

「たぶん前者だと。もし守本がまのさんを被害にあわせた人物なら、よけいな威しなどはせず、一切接触をしないか、ひと息に私の口を封じようとしたと思います。つまり守本は、まのさんの目を気にしつつ、私を排除しなければならなかった。まのさんは、守本が私に暴力をふるうことを望まず、それで電話をしてきたのではないでしょうか。守本は、まのさんの弟ではないかというのが、私の考えです」

「その通りだ」

岡田は認めた。

「重次《しげじ》というんだが、重次とまのままるは、兄弟としては、仲がよかった。まのが売れっ子になってからは、重次が厄介者のようにいわれることが多かったが、まのが育った地元じゃ、重次の兄貴ということで、まのは守られていた。中学時代のまのは、小学校からの延長でいじめられることが多かったらしい。だが重次が中学にあがって喧嘩で頭角をあらわすと、ふたつちがいの兄貴のまのも、いじめられなくなった。中学、高校と、マンガを描くのに専念できたのは、弟のおかげだ、とまのがいっていたことがある。重次は重次で、ガキの頃から兄貴の才能を信じていて、天才だと尊敬していた。高校を中退して家出し、いっとき行方不明になっていて、親もさじを投げていた重次が現れると、まのは大喜びで『マルプロ』の社員にした」

「他の社員との軋轢《あつれき》はなかったのですか」

岡田は私を横目で見た。

「あったさ、それは。戻ってきたときにはすでに、重次は暴力団の準構成員で、言葉づかいや態度もそれなりになっていた。アシスタントが少しでもまのに不満そうな態度をとったりすると、裏で威したり、ひどいときには実際に殴ったりもしていた」

「編集者にも暴力をふるったことがあったそうですね」

岡田は小さく頷いた。

「それに関しちゃ、編集者の側にも非があった。カラーページの入稿期日をめぐって、マネージャーの水飼君と担当とのあいだで意見がぶつかった。それまで、水飼君と重次はひどく折り合いが悪くて、始終、衝突していた。当然といえば当然だな。重次が暴れれば暴れるほど、アシ連中は、先生にはいえないぶん、マネージャーにぶちあたる。重次は重次で、水飼君が自分を追いだそうとしているように感じてたろう。ところが、まのが重次にあるとき、珍しくきつくいったのさ。水飼君は『マルプロ』には絶対必要な人間だから、お前もいうことを聞け、とな。さすがに重次もそれは聞かざるをえなかった。これからは水飼君をたてる、と約束したんだ。そこで、水飼君と編集者のいいあいが起こった。入稿日に関してもめたのは、編集者が、自分の休みをとりたいがために早めに設定したのが原因だった。それを素直にいって頼めばいいのに、そいつは印刷所だ何だと理屈をつけたんだ。水飼君がそれをおかしいといいだし、編集者もひっこみがつかなくなって、とにかくまの先生にはそういってあるのだから、と押し通そうとしたんだ。その場に重次がいた。重次は、兄貴とした約束を守ってみせるチャンスだと思ってしまった。マネージャーをたてろ、と編集者に迫った。売り言葉に買い言葉で、そいつが重次にいい返した。たぶん、余分なことをいったのだろう。それで重次がかっときて、ぶん殴ったのさ」

「大きな事件になったのですか」

「編集者が自分の腹におさめりゃ大ごとにならなかったろう。だがそいつも馬鹿野郎で、手前の勝手を棚にあげて、社に報告しちまったんだ。会社はそういうとき、社員を守らなけりゃならない。殴られても蹴られても、原稿をもらってこい、というのは現場じゃいえるが、会社という公けの立場じゃ無理だ。組合もあるしな。会社としては、社員の味方にならざるをえない。まのの連載を切ろうか、という話がでた」

そこまでいって、岡田は話を切った。

「マネージャーが自殺騒ぎを起こしたという話を聞きました」

私はいった。岡田は苦い表情になった。

「それがそのときのことだ。まのは、重次を解雇せざるをえなくなり、これ以上騒ぎを大きくしたくなかった会社も連載の打ち切りを見送った。担当者は当然、かわったがな。まあ、重次の性格を考えると、早晩、編集者とはトラブルを起こす運命だったろう。奴は、編集者というのは、兄貴の前では土下座すべきだくらいに思っていたからな。奴が立場を認めた編集者は、俺くらいだった」

「そういういきさつだったのですか。その後、水飼さんは亡くなったと聞きましたが」

岡田は深々と息を吸いこんだ。

「まのの存在がでかくなればなるほど、プレッシャーをうける人間も増えてくる。まのはある意味で作品のことだけを考えていればよかったし、実際それ以外のものには興味がなかった。だが、水飼君はマネージャーとして、その一件だけじゃなく、いろいろなものと『マルプロ』のあいだで板ばさみになった。真面目すぎる男なんで、気をつけろと俺も、まのにいったことがある。長つづきするマネージャーというのは、ある意味で、虎の威を借る狐のような図々しさがなけりゃ駄目だ。先生のぶんもひっくるめて、何もかも悩みとして背負いこんじまう水飼君は、まるで正反対の性格だった」

「では自殺を――」

「『ホワイトボーイ』の連載が終わった直後にな。張りがなくなったというか、終わったから、もう死んでも大丈夫だと思ったのかもしれん。ほとんど帰ったことのなかった自宅で、今度は手首を切った」

岡田は目を閉じ、酒を呷《あお》った。

「まのさんにとってはショックだったでしょうね」

「あたり前だろう。奴にとっては、重次とは別の意味で分身だった。『マルプロ』を解散したのも、それが理由だ。もう人をつかった仕事はしたくない、と」

「それが結局、表舞台から姿を消す動機になったのですか」

「そういうことだろうな。守本がお前さんを威したというのも、頷けるか」

私は無言で頷いた。同時に、まのままるに関する調査は、ここで終わらせるべきだ、とも感じていた。好奇心で入りこめる範囲はここまでだ。押野にも、それを理解してもらう他ない。

岡田は私を見やった。

「えらく後悔しているような顔だな」

私はいった。

「以前、ある若い人の失踪調査をおこなっていて、やはりその家族とつながりのあったやくざをひどく怒らせてしまったことがありました。私は彼らにさらわれて、工事現場に連れこまれ、その場で殺す、と威されました。殺す、と威されたのは、それが初めてではありませんでしたが、そのときの私は猛烈に後悔し、また死ぬのが恐ろしいと思いました。理由は、彼らの怒りが理解できたからです。親しい関係にあった人間ですら、入りこもうとしない、入るのをためらう家族間の秘密を、私はつつき回していました。調査をうけおった以上は、それが当然だといいながらも、そっとしておくべきものを、そっとしておかなかった」

「それで、見つけたのか、頼まれた人間を」

岡田の問いに私は頷いた。

「見つけました。失踪には、人の死がからんでいましたし、殺人をおかした人物もつきとめたいと思っていましたから。でも、あとから考えて、途中で手をひくべきだったかもしれない、と悩んだのも事実です」

「今回はどう思う」

私は岡田を見た。

「あのときとはちがいます。まのさんは失踪しているとはいえませんし、依頼人もまのさんの家族ではなく、動機も犯罪とは無関係だ。これ以上調査は不必要でしょう」

岡田は顎をあげた。

「お前さんは、そういうのじゃないかと思ったよ」

「でも、なぜ最初にお会いしたときに、この話をされなかったのですか」

「お喋りじゃないからさ」

私は苦笑した。

「まののことはそっとしておいてやりたい。だがただそっとしろといったところで、お前さんは納得しない人間だろう。といって、俺からその理由をべらべら喋るのはご免だ。あるていど、そっちが調べあげた上なら、しかたがない。しかもわかったことに対して、お前さんがどう感じる人間かも、俺としちゃ見きわめたかった」

「なるほど」

「あんたは優秀なインタビュアーだが、デリカシーも少しはある」

お前があんたに変化した。

「少しだけ、です」

「ひとつ訊きたいことがある」

岡田は口調を改めた。

「何でしょう」

「さっきの話ででた、ポルノショップの男だが、あんたの施設にいる人間と関係があるとすれば、それは薬物も扱っている、ということか」

「彼が直接扱っているかどうかはわかりませんが、密売人とは親しくしています。おそらく守本の組の系列から薬物が供給されているのだと思います」

「つまり守本から？」

私は首をふった。

「それはわかりません。守本からかもしれませんし、同じ組の別の人間からかもしれません」

「だがいずれにしても、守本は簡単にクスリが手に入る」

「でしょうね」

岡田は深々と息を吸いこんだ。黙っている。

「まのさんと薬物のことが気になるのですか」

私は訊ねた。

岡田は私に鋭い視線を向けた。

「誰がそんなことをいった？　今日の収穫はここまでだ。それともまだ足りない、というのか？」

私は岡田から目をそらした。岡田は少しいらついているように見えた。ピースの箱からとりだした両切りの煙草を荒っぽくカウンターに打ちつけ、葉を詰めている。

私は口を開いた。

「一般に薬物依存におちいる人間には、低所得層が多い、とされています。社会的な立場や経済的な成功とは無縁な、十代の子供や風俗業の従事者、あるいは肉体労働者などです。ですが、ごく一部に、高所得の薬物依存者が存在します。彼らが薬物依存に走る動機は、快楽欲求や刺激に対する飢えです。この社会において、経済的な成功をつかみ、美食やお洒落などの基本的な贅沢をしつくした先に、未知の刺激として、薬物があるのです。そこにいたる発想はひどく幼稚ですが、成功者というのは、概して幼稚な感性をもっています。周囲の人間や状況が、意のままにできることが多いため、薬物に関しても安易に手をのばしてしまう。薬物もまた、自分がコントロールできると考えるのです」

「できるのか」

岡田は短く訊ねた。

「どちらかです。あくまで刺激とわりきって、一定以上の頻度では薬物を用いないでいれば、費用に困ることもないし、極端に健康を害することもない。ところが金にあかせて、薬物にひたる人間もいる。さらに強い刺激を求め、より効果の強い薬物へと走る。そうなれば、金はあっても健康は害するし、周囲の人間からもおかしいと思われ始める」

「まのがそうだってのか」

「決めつける気はありません。ただ、まのさんはいくつかの点で、薬物に手をだしやすい状況にある。ひとつ目は、目的の喪失です。マンガ家を志し、そしてその願いがかなった上に大成功をおさめた。莫大な収入も得ている。ところが現在は、マンガを描いていない。暮らすには何ひとつ不自由しないが、生きていく上での目標を失っている。ふたつ目は、環境です。まのさんの実弟は暴力団員で、薬物を入手しやすい環境にある。その結果、大量の薬物投与をくり返し、依存症におちいっているかもしれない。そしてもしそうだとするなら、現在まのさんの行方がまったくわからず、創作活動をおこなっていないことも説明がつきます」

岡田は無言だった。

「岡田さん自身もその可能性を考えたからこそ、守本について訊ねたのではありませんか」

「もういい」

岡田は吐息とともにいった。

「他人に自分の考え方をいちいち説明されるのはおもしろくないぞ。確かに俺はそれを心配した。だがまのはやってないと思う。そんな奴じゃない」

「まのさんが今、どんな状況にあるか、岡田さんには何かお考えがあるのですか」

私はいった。岡田は無言でウイスキーを呷った。カウンターに戻されたグラスの中で氷が音をたてた。カウンターの反対側にいた弓絵が酒を注ぎ足そうとした。

「いらん」

岡田は掌でグラスを塞いだ。そして私に告げた。

「奴がどんな状況にあろうと、そっとしてもらいたいと思っていることだけは確かだ。それは今日、通じた、と思ったがな」

私は頷いた。

「それは通じました。今現在、たとえまのさんが薬物依存であろうとなかろうと、私には関係のないことです」

「奴がもし薬物依存で、『セイル・オフ』に入りたいといったらどうする？　入れてやるのか」

「本人が本気でそう願っているなら。でも、そんなことをしなくても、まのさんなら立ち直る方法はある筈です」

「何だ？」

岡田は目だけを動かし、私を見た。

「薬物依存者は皆、ひどい自己嫌悪を抱えています。自分は厄介者であり、この世の誰からも必要とされていない。たとえクスリのやりすぎで死んでしまったとしても、悲しむ者などいない。むしろほっとしたり、せいせいされるだけだ、というのがその中身です」

「だから？」

「まのさんを必要としている人間はいます。まのさんのマンガのファンたちです。たとえ昔のように何百万という人数ではなくとも、またまのさんのマンガを読みたいと思っている人は必ずいるでしょう。そのことを考えれば、まのさんに『セイル・オフ』は必要ありません」

岡田は瞬きした。

「まのはもう、描かない」

「描けないのではなくて？」

「それだけはまちがいない」

岡田は私の言葉をくり返し、立ちあがった。

私は岡田を見上げた。岡田は弓絵に告げた。

「帰るぞ。勘定は俺に回しとけ」

「はい」

弓絵は短くいって、頷いた。

岡田は私に目を戻した。確かめるようにいった。

「もう、お前さんとは会うことはないな」

「いろいろとありがとうございました」

「いや。俺にとっても発見だった。お前さんみたいな仕事をしている人間の中にも、信用できるような奴がいる、というのは。デリカシーのもちあわせは、ともかくとして」

「きつい言葉ですね」

「お前さんを見ていると、自分で自分を傷つけているような気がする。もしかすると、向いてないのじゃないか」

私は微笑した。

「だとしても遅すぎます」

岡田は息を吸いこんだ。

「人の心は、いつだって危いところに浮いている。底なし沼の水面のような場所でな。浮かせているのは、そいつの道徳心や倫理観だったり、他人との友情や愛情、家族との絆や何かさ。それがないと、むきだしの心ってやつはひどく重たい。憎しみや嫉妬、欲望が、のべつ渦まいているからな。どんどん沈んでいくだけだ。お前さんの心を浮かせているものは何だ」

「さあ。考えてみます」

岡田は笑った。あの、魅力的な笑顔だった。

「心に比べれば、人間の体なんてのは軽いものさ。体の方は死んじまって、残っている心だけが、人を動かしていることがあるくらいだからな」

「それは誰のことです？」

私ははっとしていった。

「さあな。考えるといったんだ。自分で考えてみろ」

岡田は告げて、弓絵に片手をあげた。

「じゃあな」

そういおいて、店をでていった。残された私は、ひどく複雑な気分になった。岡田は私に何かを伝えようとしたのだろうか。心と体の話は、何かの比喩だったのか。私は息を吐き、氷のとけた水割りをとりあげた。

「もっと飲む？」

弓絵が訊ねた。

「あなたがここにあるお酒を全部飲んでいっても、岡田さんは払ってくれるわよ」

「いいえ」

私は首をふった。

とにかく、まのまままるに関する調査は終了した。私は、これまでに判明した事実を押野に告げ、手をひくだろう。原画へのサインはあきらめてもらう他ない。

携帯電話をとりだした。ここは銀座だし、押野に会うには、ちょうどいい時刻だった。押野はあの部屋にいた。会いたい旨を告げると、わずかな沈黙のあと、お待ちしていますす、と告げた。

私は立ちあがった。

「どうもご馳走さま」

「ありがとうございました。こんなお店でよかったら、思いだしたときにでも、また立ち寄って下さいな」

弓絵は微笑んでいった。

「岡田さんはよくみえるのですか」

「毎晩、ね。会うのが嫌だったら、前もって電話を下さい」

「嫌がるのは私じゃありません」

私は首をふった。

「あの人は嫌がらないわ」

弓絵は笑みを含んだまま、いった。

「昔、あの人は詩人になりたかったのだって。でも好奇心が強すぎて、向かないと思った。だから編集者になった、といってた」

私は頷いた。

「いい方《かた》です」

弓絵は小さく頷いた。

「自慢していい？」

目がきらきらと輝いていた。

「昔の亭主なの」

20

今度はエレベータを止めることはせず、押野は私を部屋に招き入れた。

私は彼と向かいあってすわり、話を始めた。

「今日、ここにうかがったのは、調査についての最終報告をするためです」

押野の表情が動いた。今夜は珍しく、スーツ姿だった。くつろぐ前に、私が訪れたようだ。

「まのままるの居場所がわかったのですか」

私は首をふった。

「いいえ。しかし彼がなぜ、創作活動を停止しているのかの理由はわかりました」

押野は失望した表情は見せず、訊ねた。

「なぜです？」

「マネージャーの自殺が原因にあると思います」

いって、私は弟である守本重次の存在がひき起こしたトラブルの内容を告げた。

「弟の守本重次は現在、広域暴力団の系列組織の幹部になっており、その事務所は、かつての『マルプロ』のあったマンションの部屋です。それらのことから総合すると、まのまるは、守本の庇護下にあり、実社会との接触を最低限にとどめたいと願っているようなのです。今後マンガを描く気はなく、したがって原画にサインをもらうのも、難しいことだと思います」

「何という組ですか」

押野は訊ねた。

「守本の所属する暴力団ですか」

押野は頷いた。

「商売がら、やくざには詳しいんです」

意外だった。押野と暴力団は結びつかない。

「関東東和会系の飛島組です」

「直参ですか？　あいだに他の組名が入っていませんか」

本当に詳しいようだ。私は守本からもらった名刺をとりだした。

受けとった押野はそれを見つめた。

「昭和連合、坂口一家……。坂口さんなら会ったことがある」

「どこで？」

「ある不動産金融の事務所です。佐久間さんは、この守本に会ったのですね」

「会いました。私にひどく警戒していました」

押野は宙を見つめた。

「坂口一家か……」

「その筋で、まのままるに会うつもりですか？」

私は訊ねた。

「どうしようかと考えています。坂口さんは、私に借りがひとつある。彼らが回収しそこねた債権を買いとったのです」

「守本は危険だと思います。たとえ上の筋から話があっても、兄のことがからんでいると、簡単にはいかないでしょう」

「私に原画を売った男は、何者です？」

「桜淵といい、その飛島組がやっているポルノショップの店長です。以前故郷堂《ふるさとどう》につとめていたことがあって、そこから押野さんの名を知ったようです」

「でも、その桜淵が原画を最初からもっていた筈はありませんよね。それとも原画は故郷堂にもちこまれたものだったのですか」

「いえ」

私は首をふった。

「原画は故郷堂にもちこまれたものではありません。桜淵がどこからか、おそらくは守本から預かり、金に換えるようにいわれたのでしょう」

「それは守本の差し金ですか、それともまのままるの意志なのですか」

「そこまではわかりません。しかし守本が勝手に兄の原画を処分しているというのは考えにくい」

「どうしてです？」

「岡田さんの話です。少年ユニバースの編集長だった岡田氏は、あの兄弟のことをよく知っており、守本はまのままるを強く尊敬していた、といっていました。その守本が兄の作品を独断で処分するとは思えません。私に対する態度も、兄に干渉する人間を遠ざけようというものでした」

「それは、いったい……」

「脅迫めいた言葉を口にした、ということです。ただしそれは本気ではなかった。本気ならば実際に私を痛めつけた筈です」

初めて押野の目に動揺が浮かんだ。

「つまり佐久間さんは威されたのですか」

「そうですね」

「私については――」

私は首をふった。

「依頼人はファンだとはいいましたが、原画を買っていることなどは告げていません」

「よかった。面倒なことにはならないか」

「それは大丈夫でしょう。これ以上、守本を刺激しなければ」

押野は目を閉じた。

「とにかく、まのままるの所在に関する調査は、これまでに判明した事実の報告をもって終了したいと思います」

私は告げた。押野は瞼を開いた。どこか霞んだような目になっていた。

「わかりました。会ってもしかたがない、と佐久間さんはおっしゃるのですね」

「押野さんの目的は、まのままるが創作活動を停止している理由を知ることと、買いとった原画にサインを求めることでした。まのままるがマンガを描かなくなった理由については、これでわかったと思います。サインに関しては、実弟で暴力団員である守本が原画の流出に関係している以上、あきらめた方がいいとは思いませんか」

私は押野を見つめ、いった。押野の表情はかわらなかった。無言で私を見返していたが、不意に立ちあがった。体を大きく動かしながら窓辺にいき、窓枠に片手をついて下界を見おろした。

「デリカシーのない人間だ、佐久間さんはずっと私のことをそう思っているでしょうね。

単なるのぞき趣味から、ひっそりと暮らしたがっている人の生活を暴こうとしている、と」

「それを非難する権利は私にはありませんよ。かりに押野さんがそうだとしても、報酬を得てその目的をかなえようという人間は、さらにデリカシーがない」

「切り離して考えることはないのですか」

夜の銀座の街並を眺めながら、押野はいった。

「切り離す、とは？」

「あなたにとって必要なのは報酬であって、他人のプライバシーではない。あなたは報酬とひきかえに、才能や技術を提供しているだけだ。そうわりきれば、私を非難できるでしょう」

「売春婦が客を卑しむようなものです。自分は金のためにやっているが、客は欲望のためだ。私はそんな考えをもったことはありません。確かに調査業というのは卑しまれる仕事かもしれません。しかし一方で、必要としている人がいます」

「その点でいえば、売春婦も同じだ」

「ええ。ですから、一度でも売春婦を買ったり、買わないまでも欲望の対象として考えた人間なら、卑しむことはできない。おそらく、調査業以上に、必要と感じる人間の多い仕事でしょう」

「必要、なのかな」

ひとりごとのように押野はつぶやいた。

「必要でしょうね。売春を悪だと決めつけるのは簡単ですが、その延長線上には、配偶者以外のすべての異性に対する性的欲望もすべて悪である、という考え方がなければならない。そこまで思いきれる人間はわずかでしょう。多くの男は、自分の近親者が売春をしているとなるとあわてふためくくせに、面識のない女性が対象なら、平然と欲望を感じることができる」

「つまりのぞき趣味は誰にでもあると?」

「あるかもしれません。芸能人のゴシップには無関心な人間でも、家族や友人の秘密に対しては無関心ではいられない。要は、関心を満足させるために、費用をつかうかどうか、という問題でしょう。テレビのワイドショウや週刊誌は、費用をつかって関心を満足させる手段、ともいえます」

「いつもそんなことを考えているのですか」

「自分が恐くなるときがあるのです」

答えながら、私は岡田とのやりとりを思い浮かべていた。

「人の心に分け入る仕事を、ただの達成感だけでしているのではないか、と」

「だから調査をここで終了したいのですね」

「そうです」

押野は黙った。探偵という職業に関してのやりとりは、押野がもちだしてきたものだった。だがそうせざるをえないように仕向けたのは、私かもしれない。

いずれにしろ、まのまするに関する調査から私が手をひくためには、この問題をさけては通れない。

これ以上はお断わりだ、他を当たってくれといって帰るのは、客を蔑《さげす》む売春婦よりたちが悪い。

「佐久間さんは――」

押野が口を開いた。

「まのまするは、今、どんな状態にあると思います？」

「どんな状態というのは？」

「幸福なのか、不幸なのか。過去に対し、懐しんでいるのか、それとも忘れようとしているのか」

「他人から見てどうなのかはわかりませんが、不幸だとは自分のことを考えてはいないような気がします。岡田氏は、まのまするがマンガを描いていないのは、描けないからではなく、描かないからだ、とはっきり断言しました。まのまするの現状について、彼がどれだけ情報をもっているかはわかりませんが、その言葉は信用できるものだという気がします。と、すると、まのままるは、マンガに代わる何かを手に入れ、現状ではそれに満足している、ということになる」

　それが薬物なのか。もしそうであるなら、押野ののぞき趣味は、もっと満足させられるべきかもしれない。

「こと薬物に関してのみ、私は、『他人に迷惑をかけていないのだから、何をしたって勝手だ』という考えに与《くみ》することはできない」

　その立場をとれば、「セイル・オフ」にいられなくなる。

　押野は黙っていた。

「もちろん、まのまま
るの現状はもっと悲惨なもので、誰かの手で救いだされるのを待っているのかもしれない。しかしそうであるのなら、彼はシグナルをだせる筈です。岡田氏であれ、かつての担当編集者であれ、誰かにＳＯＳを送ることはできる。それをうけとってもらえるかどうかは、別として」

　押野は深々と息を吸いこんだ。

「私は空想していました。初めてここで佐久間さんと会うまでの話です。まのまるが見つけられたら、彼を復活させる手伝いをしたい。彼にマンガを描かせ、出版社にもちこみ、それが通用しないなら、たとえ自費出版でも、もう一度、まのまるのマンガを世に問うてみたい、と。まのまる本人がマンガを描かなくなる、描きたくなくなる、などというのは、考えてもみませんでした」

「では、あなたの目的は、眺めるだけではなかったのですね」

私は微笑んだ。

「そうですね。でもそんなことは、不遜で、とうてい、佐久間さんに対してでもいえませんでした」

「マンガ界の厳しさを、押野さんは私よりよく知っている。だからいえなかった」

「そうです」

以前より、少しだけ押野のことを好きになった。私はためらい、告げた。

「それを聞けてよかったと思います。ここまでの仕事に対して、後悔をしないですみそうです」

押野は私をふり返った。おずおずと笑みを浮かべた。

「よかった。私もそういっていただいてほっとしました。佐久間さんを傷つける仕事をお願いしてしまったのではないかと思っていたんです」

「大丈夫です」

私は答えて立ちあがった。

「ではこれで失礼します。文書による報告は改めてお送りします。調査は終了したと考えさせていただきます」

押野は頷いた。

「いろいろありがとうございました」

「いいえ。すべての期待には添えませんでした。それについては申しわけなく思います」

押野は首をふった。

「大丈夫です。充分なお話を聞くことができましたから」

私は見送られ、部屋をでた。エレベータに乗りこむと一階に降りた。通用口の銀色の扉を押すときに腕時計を見た。銀座も人通りが絶える時間だった。

背後で閉まった扉がカチリと音をたてた。電子錠が降りたのだ。

私は車を止めておいた地下駐車場の入口に向け、歩きだした。ビルの多くにシャッターが降り、客待ちの空車が、行列というよりはただ闇雲に道路を埋めつくしている。

最寄りの入口は、旧電通通りを折れた、細長いビルの地下にあった。ビルのテナントとはつながっていない、地下階段がある。

狭い階段を降りかけたとき、待ち伏せされていたことに気づいた。

地下一階の踊り場に二人、ビルの入口近くで立ち話をしていた男が二人、私をはさむようにして立った。

ひとりがガラス扉に内側からよりかかり、数少ない通行人からの視線をさえぎった。

四人ともスーツ姿で、サラリーマンのように見えた。ただし体格はよく、私より小柄な人間はいない。

私は階段の中途で立ち止まった。

「何の用だ」

「用なんかねえよ」

踊り場にたたずんでいたひとりがいって、唾を吐いた。

「ぶっ殺す。それだけだ」

ひひっという笑い声が背中から聞こえた。

「おらよっ」

全身で上からぶつかってきた。よける間もなく、私は踊り場に転げ落ちた。

「おさえとけっ」

誰かが叫び、靴先がわき腹にくいこんだ。私は体をねじり、打ちつけた腰の痛みに耐えながら起きようとした。

うしろから首を羽交い締めにされた。拳が降ってくる。蹴った。ひとりがバランスを崩し、尻もちをついた。

「この野郎！　しっかりおさえとけよ！」

立ちあがると私の胃に拳を叩きこんだ。体を折れなかった。折ろうとすると、首をうしろにひっぱられるのだ。

「そうだよ、そうやるんだよ。ほらっ」

再び拳が刺さった。喉から、自分の声とは思えない音がとびだした。首を絞めている腕をつかみ、爪をたてた。

「いってえ、このガキ！」

膝蹴りを背中に浴びた。頭突きを背後に試みたが失敗し、床にひきずり倒された。

「蹴れ、蹴れ！　ほら」

いっせいに爪先がつき刺さってきた。顔をかばった。首に腹に、胸に爪先が蹴りこまれた。体が揺れた。痛みはなく、熱い衝撃ばかりだ。

どのくらいの時間だったろうか。衝撃は突然、止んだ。冷たい床に押しつけた耳に、走り去っていく足音が響いた。駐車場の中ではなく、外へ逃げていったようだ。

当然だ、遠のきかけている意識の中で思った。駐車場を使えば、係員に車を見られる。

私は踊り場に、体を折り曲げ、横たわっていた。痛みは一度自覚すると、どこがどうといえないほど全身に広がっていた。血も流れている。たぶん、むきだしの顔や首のどこかだろう。鼻と唇は潰されずにすんでいた。

床の冷たさがむしろ心地よかった。そう思ったとたん、吐いた。自分でもこらえきれない勢いで、胃の中身が逆流してきたのだ。えずいて咳こむと、痛みはさらにひどくなる。

やがて誰かが私を見つけ、制服警官が二人、階段を駆け降りてきた。

「大丈夫?　どうしたの!?」

二十代の警官が私の顔をのぞきこみ、訊ねた。

「酔っぱらって階段から落ちたのじゃないか」

ちがう、といおうとしたが、顔の筋肉が動かせず、声もでなかった。

「頭打ってるかもしれん。救急車、呼ぼう」

そうしてほしかった。ここでの訊問はごめんだ。警官が肩に吊るした携帯受令機で救急車を要請するのを聞き、私は目を閉じた。

話はあとにしてくれ。今はもう、何もしたくない。痛みに耐え、泣き声をたてないでいるのが、精いっぱいなのだから。

21

朝の検診が終わると、警官が現われた。私を病院に運んだ警官とは別の人物だった。

彼から、私は自分が築地の救急病院に運びこまれたことを知らされた。脳には異状はなく、骨折した場所もない。目立った外傷は擦過傷《さっかしょう》と打撲。ただし内臓に関しては、あらためて精密検査をおこなう必要があるという。

それらのことを医師ではなく、警察官から聞かされる、というのも奇妙な話だった。警官に私は、起こったことを告げた。襲撃してきた人物に見覚えはなく、襲撃される心当たりもない。金品は何も奪われていない。

酒は飲んでいなかった。知り合いのところを訪ねた帰りだが、そこは酒場ではないし、知り合いの名は、迷惑をかけるのでいいたくない。

そう告げると、制服警官はあきれて帰っていった。いずれ刑事がやってくる、と威しにも似た、すて台詞を残した。

警官のあとで医師がやってきた。ざっとレントゲンを撮ったところでは、内臓破裂は起こしていない。しかしだからといって安心はできない。腎臓や肝臓が機能障害を起こす可能性もある。とりあえず今は、湿布で打撲部分の炎症をおさえる他、手がないようだ。首のつけねと耳のうしろをあわせて七針縫った、と教えられた。出血はそこからで、さほど深刻ではないようだ。

「あと、落ちついたら脳波も検査して下さい。言葉がもつれるとか、手足が痺《しび》れる、という症状がでたら、すぐにいって下さい」

医師がでていくと、私は眠った。湿布のせいで全身が冷たくなっている。正確にいえば、表面が冷たく、芯が熱い。

寝返りを打つたびに、歯をくいしばった。それでも喉の奥で悲鳴がでた。奴らの前では、決してあげまいと我慢した悲鳴は、ひとりきりの病室では、いとも簡単にでる。眠りはとぎれとぎれになった。

夕方、目を覚ました。食欲はなく、痛みもひいていない。いつのまにか点滴につながれていた。

ドアがノックされ、沢辺と、二人の男が入ってきた。スーツ姿の男たちの正体はすぐにわかった。刑事だ。

「起きたか。こちら機捜の刑事さんだ」

機捜は事件性のある通報の初動捜査を担当する部署だ。沢辺は二人を紹介した。棚橋《たなはし》と支倉《はぜくら》というのが刑事の名だった。どちらも三十代後半で、雰囲気がよく似ている。がっしりとして、眼鏡をかけているのだ。

「被害届をだしますか。傷害事件として」

支倉が訊ねた。

「被害届がでないと、傷害事件というのは、警察が捜査しないものなのか。知らなかったな」

沢辺がいった。濃いグレイのダブルのスーツに白いシャツを着け、黒のネクタイを結んでいる。カタギのサラリーマンと見るには、裕福すぎる格好だ。

棚橋が答えた。

「そういうわけではありませんが、最初に佐久間さんから事情をうかがった築地署の人間の話では、佐久間さんはあまり事態を大げさにされたくないように思っておられるらしいとのことでしたので」

沢辺は眉をつりあげた。

「そうなのか？」

「どうしたものかなとは思っている」

「佐久間さんのお仕事は、調査業とうかがっています。それにかかわるトラブルという可能性を、こちらとしてはまず一番に考えるわけなのですが」

「佐久間さんはお仕事に関するお話をあまりされたくない」

支倉がいう。

「つまり酔って階段を踏み外したといわれれば、それまでで」

と棚橋。

「あるいはオヤジ狩りか」

沢辺がいった。

「金品を奪われたのですか」

「何もとられちゃいない」

「襲撃した人間に見覚えはない？」

「ない。まったく」

「となると、佐久間さんの協力なしですと、我々も犯人を捜しようがないわけです」

支倉がいった。

「遺留品はまったくありませんし」

棚橋。

「犯人は初めから佐久間さんを狙っていたのか、とにかくあの時間、駐車場にやってくる人なら誰でもよかったのか」

「前にもそんなことが？」

沢辺が訊いた。二人は同時に首をふった。

「でも銀座は盛り場です。酔って馬鹿なことを考える人間を見つけるのに苦労はしません」

棚橋が沢辺を見つめた。

「こちらとしては、佐久間さんが被害届をだして下さり、事情聴取に応じられるのを待つ、という形になります」

「素人じゃなかった」

私はいった。

「なぜそう思うのです？」

「あれだけの人数と時間があれば、殺すことだってできた。殴る蹴るだけでも。だがそうしなかった。痛い目にあわせることが目的で、死なそうとは考えていなかったんだ」

「それはどうしてです？」

棚橋が身をのりだした。

「あなたたちが考えている通りの理由だ」

「つまり佐久間さんは警察に被害届をださない。痛めつけられた理由は、ご自分でわかっているので——失礼ないい方ですが——威しとしてそれが伝わった、と」

「死んでいれば、いやでも警察は動く。このていどの傷なら、四、五日つらい思いをすればすむ」

「玄人ですね」

支倉がいった。

「やった連中も、そして佐久間さんも」

二人の目はひどく冷淡だった。まともな市民におきた悲劇とは、最初から思ってはいない。〝身からでた錆〟といったところだろう。

「被害届をお待ちしてますよ」

棚橋がいい、支倉が頷いた。

「では、お邪魔しました」

二人は病室をでていった。ドアが閉まっても、私と沢辺はしばらく無言だった。

やがて私がいった。

「つけ届けが足りないのじゃないのか」

沢辺は鼻を鳴らした。

「お前、何度目だ。こうしてぼこぼこにされるのは」

「忘れた」

「やったのは誰なんだ」

「たぶん東和会だろう。守本が、面の割れてない、自分とこじゃない人間を系列から借りだしたのさ」

「よくお前があそこにくるとわかったな」

「遠藤組の二代目がクスリの件で『シェ・ルー』の伊藤を締めた。伊藤が桜淵に泣きつき、桜淵は押野に原画を売った張本人だから、桜淵から報告をうけた守本は、どこで待ち伏せれば俺がやってくるかわかる」

「じゃ次は押野か」

「押野には手をだされだろう。金持を威せば、警察は本気になる」

「となると、お前が襲われたのは、財団がお前の給料をけちったから、ということにな
る」

沢辺は首をふった。

「そいつを築地署にいって話そう」

沢辺はあきれたように息を吐き、私のベッドの足もとに腰をおろした。

「なぜ今頃なんだ。押野に何か話したのか」

「まのまるの件からは手をひく、といった帰りだ。皮肉だな」

私は笑おうとした。なぜかは知らないが、首すじの筋肉が痛んだ。

「守本は伊藤のアルバイトを、俺が遠藤にばらしたんで頭にきたのだと思う。だがまの
がいやがるので、殺すわけにはいかなかった」

「そのあたりを警察に話すと、ややこしいことになるな」

「守本や伊藤がパクられるだけでなく、遠藤にも累《るい》が及ぶ」

「渋谷のチーマーに叩かれておけば、こうはならなかったろうに」

「あいつらが相手じゃ殺されていたかもしれん。素人の方が恐い」

「それはあるな」

いって沢辺は考えこんだ。

「誰があんたに連絡したんだ」

私は訊ねた。

「病院さ。お前の名刺を見て、『セイル・オフ』に事務局から電話があった。俺は神戸に戻るつもりだったんだが、呉野から連絡があってな」

「俺の件で？」

「いや」

いって沢辺は間をおいた。私はそれで気づいた。沢辺が病院にきたのは、私の身を心配したり、警察の事情聴取に立ちあうのが目的ではない。

「何があった？」

沢辺は深々と息を吸いこんだ。

「今日一日、呉野はお前と連絡をとろうとしてた。きのうの夜中、雅宗が自殺した」

「嘘だろ」

ありきたりの言葉しかでなかった。沢辺もそれはわかっていて、何もいわない。

「なぜだ」

「堀だ」

「堀さんがどうかしたのか」

沢辺はベッドを降りた。

「歩けるか。煙草が吸いたい」

私は頷き、ベッドを降りた。沢辺の手を借り、点滴の台を押して、病室をでた。

私の病室は廊下のつきあたりで、反対側のつきあたりが喫煙所だった。

途中で私はトイレに寄った。堀と雅宗のあいだで何が起き、雅宗の自殺につながったか、想像がつかなかった。

喫煙所には人がいなかった。沢辺はシガリロではなく、セブンスターをとりだした。気をつかったのだろう。

私も一本もらった。

「雅宗は『セイル・オフ』にしゃぶをもちこんでた。錠剤だ。渋谷あたりで売られている安物だが、しゃぶはしゃぶだ。それを堀が飲んだんだ」

「何だってそんな真似をした」

「堀は自分の経験話をするのが好きだ。それは知ってるだろ。奴は雅宗の面倒をみるつもりでそれをしていた。そしてもう二度とクスリに溺れない自信がある、といった」

「それも知っている」

私は暗い声でいった。

堀にはある種のナルシズムがある。大怪我をした自分。そこから立ち直り、クスリや暴走行為から縁を切った自分。それを新来のメンバーに語って聞かせるとき、どこか自分に酔っている。

「雅宗は、『セイル・オフ』をでていったら自分はまたクスリをやるかもしれない、と堀に打ち明けた。堀は、自分だって手を切れたのだから、お前も必ず手が切れる、といった。そしてそんな話をしているうちに、たとえ今ここでクスリをやったって、自分はジャンキーには戻らない自信がある、といった。ぐずってる雅宗と売り言葉に買い言葉になり、雅宗がクスリをだした。奴はそれを家からもってきたといった」

「くそ」

私は天井を仰いだ。だから雅宗は家に寄りたがったのだ。そしてそう雅宗を仕向けた人間もわかった。

「堀さんは飲んじまったのか」

沢辺は頷いた。

「『こんなもの恐がるな』、堀はそういったそうだ。処分しておくからといって、雅宗からとりあげ、そして夜中に飲んだ」

私は深々と息を吸いこんだ。

「何のことはない。堀はぶっ飛んだ。メンバーには何が起きたかすぐわかる。世話役の堀がしゃぶ食らってちゃ、『セイル・オフ』もくそもない。その晩のうちに、二人が『セイル・オフ』をでてった。薬が切れた堀はめちゃくちゃ落ちこみ、雅宗がいなくなったのに気づかなかった。朝になって、裏山で首を吊ってるのが見つかった」

私は無言だった。やがていった。

「堀さんはどうしてる？」

「しょげまくってる。『セイル・オフ』をでてくというのを、呉野やおっ母《かあ》がとめている。どのみち、警察の解剖とかが終わるまでは、足止めをくうだろう」

「雅宗の両親は？」

「俺がこっちにくる前に、清水で会ってきた。今のところ、何かことを起こしそうな気配はない」

「こと？」

「『セイル・オフ』を告訴するとかそういう動きさ」

私は息を吐いた。

「堀さんは被害者だ」

「加害者は雅宗か」

「いや。雅宗はこうなることがあるていどわかっていた」

「じゃ、わざと堀を試したのか」

「試すよう、仕向けられた」

「誰に？」

「錦織さ。例の女子高校生だ」

私はかつてない感情にとらわれていた。憎しみを越えた憎しみ。殺してやりたいという激しい衝動。

錦織は「セイル・オフ」の一番の弱みを突いたのだ。

「お前は、雅宗がその女子高生にクスリをもちこむよう仕向けられたというのか」

沢辺は眉をひそめた。

「そうだ。『ブラックモンキー』で会ったとき、錦織は雅宗に何かをもちかけていた。おそらくそのときに指示をだしたのだと思う」

私はいった。

「雅宗は弱かった。『セイル・オフ』に逃げこんでいないと、錦織の呪縛からぬけだせない、そう信じこんでいた。錦織はそこを突いたのだと思う。もし『セイル・オフ』がそれほどあんたを守れるのなら、クスリをもちこんでも、あんたは抵抗できる筈だ、とか。だが錦織の本当の狙いは、雅宗をどうこうすることじゃなく、『セイル・オフ』の中に、クスリをもちこませることだった。結果、『セイル・オフ』の結束にヒビが入り、信頼関係が損なわれる。錦織は薬物のもちこみが、『セイル・オフ』に対する一番の破壊手段だと気づいていた。雅宗の自殺は、その副産物だ。奴は堀さんがしゃぶに手をだしてしまったのを見て、初めて、自分が何をしたか気づいた。雅宗自身の破壊ではなく、

『セイル・オフ』の破壊に手を貸したことに気づいた。そしてもう、どこにも自分を保護してくれる場がないことを知り、自殺したんだ」

「――遺書はなかった」

「残すべき相手がいないんだ。チームには切られ、錦織にはただ利用され、『セイル・オフ』は自ら裏切った。遺書を残す相手などいなかった」

沢辺は沈黙していた。

「証明はできない。錦織は、だが俺にいった。『あなたはこれからもっとあたしを憎む。あたしに会いたくてたまらなくなる』と」

沢辺は深々と息を吸いこんだ。

「俺は奴を甘く見ていた。奴が、俺や『セイル・オフ』について知っているほど、俺は奴のことを知らない。それを思い知らせてやるといわれても、ただの負け惜しみと、聞き流していた」

「やっとわかったよ。お前がその女子高校生を特別扱いしていた理由が」

私は頷いた。

「もう遅い」

「見つけてぶっ殺すか」

沢辺は淡々といった。私は沢辺を見た。

「どうする？　殺すその瞬間に、薄ら笑いを浮かべて、『ほら、やっぱり、あたしのいう通り』といわれたら」

沢辺は息を吐いた。

「何なんだ。いったい何が起こってる。そんなガキがたくさんいるのか、この世の中に」

「わからない。だが俺は確かに奴に会いにいくだろう。奴の最も痛む場所につき刺せる銛《もり》をもって」

沢辺は私を見つめた。

「それを調べようというのか」

「じゃなけりゃ、おさまらない。復讐だ。四十を過ぎたいい大人が、女子高生に仕返しをしてやろうというんだ。馬鹿ばかしいが、しないではいられない」

「憎しみ教の教祖だな」

沢辺がつぶやいた。私は沢辺を見返した。

「そうだな。まさにその言葉がぴったりだ。錦織は憎しみ教の教祖で、かかわった人間に憎しみという関係を広めている」

私は煙草を灰皿に押しつけた。

「お前もそいつにとりこまれている」

「じゃあ、放っておくべきなのか」

「この仕返しに、快感はないぞ、たぶん」

私は苦笑した。いつもと立場が逆になっているようだ。

「逆だな、まるで」

沢辺も私の笑いの意味に気づいた。

「お前が熱くなり、俺がいさめている」

沢辺は煙草を古びた自立式の灰皿に押しつけた。

「問題がふたつある。ひとつは、東和会の守本とまのまるの件。これはお前の体を痛めつけた。もうひとつが、錦織とかいう娘と雅宗の件。こちらは『セイル・オフ』に爆弾を放りこんでくれた」

「まのまるの件からは手を引くと決めた」

「やられっぱなしか」

「殴られたのは手を引くと決めたあとだ」

沢辺は私を見やった。

「もしかしてお前、殺されずにすんだことを感謝してやしないか」

私は無言だった。

「小暮ファミリーの一件で、お前はやくざ者に殺すと威《おど》された。あのときお前は真剣にびびったが、殺されてもしかたがないとどっかであきらめてもいた。自分はそれだけのことをしちまったんだからと、思っていただろう」

「そのことをここで話しあってもしかたがない」

私はいった。沢辺は首をふった。真剣な表情だった。

「いや、話さなけりゃ駄目だ。お前はあれ以来、片のつかない問題を抱えこんでいる。私立探偵が、かかわった人間たちのはらわたを煮えくりかえらせたとき、殺される以外なら何をされてもしかたがない、そう思いこんでいるように見えるぞ」

「腹をたてた人間に、怒らせたことをあやまってすむなら、探偵は楽な商売さ。暴力は何があってもいけないというのは、理想主義でしかない。言葉で探偵は止められない。体で止めようと思うのは当然だろう」

「じゃあお前は、自分が暴力に訴えることも肯定するのか。錦織をぶっ殺すことも」

私は沢辺をにらんだ。

「あいつは、暴力では決して潰せない」

「わからんだろう。たかが十六、七の女だ。死ぬほど恐がらせることくらいできるのじゃないか。さらって閉じこめ、若い奴にとことんいたぶらせるって方法もある」

私は息を吸いこんだ。

「かりにそれがやれたとしよう。そして錦織が泣きわめいて許しを乞うたとする。それじゃ俺の腹の虫はおさまらない」

「なぜだ」

「奴は心を壊したんだ。雅宗や堀さん、そして俺の。体を壊したのじゃない」

「そこがお前の問題なんだ」

沢辺は私を指さした。

「お前はいつも心を体の上にもってくる。だから体をどれだけ痛めつけられようと、心が死ななければ平気だと思っている。自分がそうだからな。お前が被害届をださないことを、あの刑事たちはぶるったからだと思いこんでいた。だが俺はちがうとわかっている。お前は平気なんだ。どれほど痛めつけられようと、もしかしたら腕や足の一本をぶったぎられたとしても、お前は決してぶるったりはしない。やられるのはしかたがない、相手をそれだけ怒らせたのだからと、あきらめるだけなんだ。そして調査を決してやめはしない。ちがうか」

私は黙っていた。沢辺はつづけた。

「その考え方をつづけている限り、お前はいつか殺される。なぜなら威しをかけている連中の中にも、お前に手をひかすには殺す他ない、とわかる奴がでてくるからだ。痛めつけられても警察に泣きつかず、仕返しもしない。なのに決して調査をやめようとしない。そんな奴は殺すしかないだろう。松下だったっけ？　小暮ファミリーのときのやくざ者《や》、いつか殺ってやる、お前にそういっていた」

　私は頷いた。忘れたことはない。ある日、銃をもった鉄砲玉が訪ねてくる。あるいは街を歩いていて、すれちがいざまに刺される。松下はそう予告した。あのときは本気だった。そしてその理由を、私は理解していた。その後、彼の気持がかわったのかどうか、私は知らない。

　沢辺はいった。

「俺はあのとき、松下を殺さなけりゃ、お前が殺されると真剣に思っていた。だがお前は手をひけ、といった。つまりそれは、探偵が仕事のことで殺されるなら、それはそれでしかたがないという、お前の腹のくくりかただったわけだ」

「そう思った、確かに」

　私は答えた。

「あれ以来、お前の考え方はずっとそうだ。殺されてもしかたがない。殺されないですんでいるのは、腹を立てた連中のお情けか何かだ、と」

「人を殺すのはけっこう厄介だからじゃないのか」

　沢辺は天井を見つめ、息を吐いた。

「お前が、探偵稼業で傷つけたと思ってる人間への良心の呵責から首を吊らないでいるのが俺には謎だね」

「そのときは枝ぶりのよい松でも捜してくれるか」

「ふざけるな」

低いが激しい口調で沢辺はいった。

「そんなつもりでお前が探偵をつづける気なら、財団はお前をクビにして、まったく別の仕事をさせてやる。毎日金勘定をしたり、土建屋や政治屋どもと飯を食う仕事だ」

「そっちの方が良心にはこたえそうだ」

「だったらいつ殺されてもしかたがない、なんて考え方はやめろ。痛めつけられたら、どんな手をつかってもやり返せ」

「先にしかけたのが自分でも、か」

沢辺は私を指さした。

「お前は相手の心に踏みこむとき、一度だってそれを気持いいと思ってやったことがあるか。人間の秘密を暴くとき、ざまを見ろといったことがあるか」

「ない。たぶん。もし錦織に対してそれをやれれば、初めてそう感じるかもしれないが」

「お前は錦織を痛めつけたくない、という。心で痛めつけられたから、心で痛めつけ返したいんだ。ちがうか？」

「その通りだ」

「だったら体で痛めつけられたときには、体で返せ。いいか、世の中の人間皆が、お前のように、体と心の痛みを分けて考えているわけじゃない。体を痛めつけられても、心も傷つく奴の方が多いんだ。だからこそ、威しは威しになる。お前みたいに、『痛《いて》え』とかいいながら、殴られても蹴られても絶対に手をひかない奴なんかいないのだぜ」

「もう一本煙草をくれ」

沢辺はいらいらしたようにさしだした。

「わかれ、公。お前の自殺に手を貸すつもりで、財団はお前の探偵業を援助しているわけじゃない」

煙草に火をつけ、深々と吸いこんだ。沢辺の命を救ったことがある。私を殺すと威した、松下という老やくざが、いまだに私を殺さずにいるのは、私を殺したら松下を殺しにいく、といった沢辺の警告が効を奏しているのかもしれない。

「さしあたってどうするんだ」

私はいった。

「お前はまのままるの件から手をひく。そのことはクライアントである押野も了承した。だがお前を痛めつけた連中についちゃ、これで終わらすのはまずい。東和会を俺が調べ、どいつが誰の指示で動いたのかを探りだしてやる」

「わかったところで何になる。守本を弾けさすのか」

「今、お前が手をひけば、守本は威しがきいたからだと思うだろう。実際はちがうってことを、守本に教えておくべきだ。奴がしたのは余分な真似だったたってことを、思い知らせるんだ」

「どうやって？」

「心配するな。殴る蹴るを考えてるわけじゃない。それにその場にお前もくるんだ」

私は首をふった。

「終わった調査だ、気がすすまない」

「さもなけりゃ、お前を痛めつけた連中を調べだして、俺が人を動かす。守本と同じ手さ。佐久間公に触ったら、痛い目にあう、と教える」

「そいつはもっと気がすすまない。会ったこともない人間が、俺のために誰かを痛めつけるというのは」

「俺にはお安い御用だ。俺は今まで自分のためにそんな真似をしたことはないが、やろうと思えばいつだってできた」

「やめてくれ」

「恩を着せる気なんかない。お前を援助している財団としての、当然のフォローだ」

沢辺は本気だった。

「そのうち東の連中はお前に触らなくなる。お前を痛めつけるたびに、西の人間が誰かを痛めつけにくる、とわかって」

「そんな保護をうける気はまったくないね」

「じゃあ先の方だな。守本と話をつける」

私は少し考え、いった。

「調べるのはいい。ただし手はださないでくれ。話をつけるのも俺だ」

「わかった」

沢辺はいった。

「錦織を調べるのはお前の仕事だ」

私は頷いた。沢辺は立ちあがった。

「医者の話じゃ、検査のためにあと一日は、お前をここにおいておきたいそうだ。財団は当然、了承した。それからもうひとつ。お前はしばらく清水には戻るな。堀の慰留はこちらでやる。今回の問題では、お前にも責任がある。だからといってお前が『セイル・オフ』でおいおい泣くことを誰も望んじゃいない。皆が知りたいのは、お前と同じことだ。なぜ、こんなことになったのか。錦織の腹をかっさばいてやれ。清水に戻るのはそれからだ」

「堀さんを頼む。『セイル・オフ』にはあの人が必要だ。今となっては、なおさら」

「お前がそういっていたと伝える。携帯はつながるようにしておけ。病院をでたらな」

22

翌日の晩、千鳥ヶ淵のホテルに戻った。まずしたのは、押野への報告書をまとめることだった。襲撃をうけたことを、彼に知らせるつもりはなかった。報告書を書く上で、参考になったのは、岡田の言葉だった。

だがその言葉がどこまで真実なのか、私は確かめてはいない。それは情報としては二流のものだ。

それでもよい、と私は思っていた。この報告書をしあげる意味は、押野にもうこれ以上、まのままるのプライバシーに興味を抱かせないことにある。

途中、電話が鳴った。堀だった。泣いていた。

私は彼の言葉に耳を傾け、喋るままにしておいた。

錦織の指示について、雅宗はそれをほのめかすこともしなかったことがわかった。ただ覚せい剤をもちこんでしまったと、堀に告げただけだ。堀がそれをとりあげたとき、雅宗はほっとしたような表情を浮かべたという。そのことが堀を苦しめていた。

「あいつは俺を信用してたんです。なのにそれを、俺は裏切ってしまった……」

「もういい、堀さん。あんただって充分傷ついてるんだ。その痛みを、これからの『セイル・オフ』のために使ってくれ」

「俺が死ぬべきでした。あいつは、雅宗は、クスリと手を切っていたんです。なのに俺の方が手をだすなんて……」

「あんたにそうさせようとした人間がいたんだ。罠だったんだ」

「雅宗はそれを知ってたんですか」

「知っていた。だから許されないと思い、死んだんだ」

「俺も死ぬべきです」

「あんたが死んだら、誰が第二、第三の雅宗の面倒をみられるんだ。こんな高い授業料を払っている人間は、あんたしかいない」

いつまでも泣いている堀をなだめ、私は電話を切った。「セイル・オフ」には沢辺がいるし、呉野も堀についている。「セイル・オフ」ではミーティングが開かれつづけていて、メンバー全員がこの問題を話しあっているという。

堀の薬物摂取に激昂して「セイル・オフ」をとびだしたメンバーも戻ってきて、ミーティングに参加しているということだった。

再び電話が鳴った。また堀だと思った。だがちがった。

「あの……、ミチルです」

その声を聞き、心が重くなるのを感じた。彼女に何があったのか話すのは私の仕事だ。

「雅宗さん、死んだって聞いたんですけど、本当なんですか」

「本当だ。何があったかきちんと説明したいんだ。会えるかな」

ミチルは黙りこんだ。長い沈黙のあとでいった。

「でも……もう会ってもしかたがない」

「そんなことはない。ただせっかく君に助けてもらったのに、私はそれをきちんといかせなかった。あやまらなくてはいけないと思ってる」

「いいんです、もう。でもなんで死んじゃったのか、知りたい。噂じゃ殺されたって」

「ちがう。自殺だ」

「そうなんですか。あたしの聞いた話では、クスリでてんぱった同じ施設の人に殺されたって」

「誰がそんなことをいってる？」

「誰がってわけじゃないけど、チームの人なんかが……」

「チームの中に錦織とつきあいのある人間はいるかい？」

「え？　いないと思います。錦織とかかわりたがる奴いないから」

「じゃあ誰がいいだしたんだろう」

ひとり心あたりがあった。チームと錦織との接点になる人間。伊藤だ。

「わかんない」

「とにかく都合のいいときに、一度会ってもらえないかな」

「どうしようかな。あたし、すごい後悔してる。やっぱりあたしの考えまちがってたのかなって」

「そんなことはない」

私はきっぱり答えた。

「君の考えてくれたことは雅宗にとってもとても大切でありがたかった筈だ。だが私が彼にそれを伝えきれなかった――」

ミチルは黙っていた。私はいった。

「雅宗は、チームを離れ、錦織に見捨てられたら、自分にはいく場所がないと思っていた。だから『セイル・オフ』が奴にとって唯一の逃げ場だったんだ。だが君がいた。私は彼にそれをいった」

「雅宗さんがそんな弱い人だったなんて信じられない。雅宗さんはいつも先頭にいて、一番とんがってる人でした」

「それは芝居だった。芝居でないとしても、うしろに誰かがいなければ、仲間や味方がいなければ、そういう自分をとり戻せない人間だった。奴は人一倍、孤立することを恐がっていた。しかも他にも死んだ理由はある」

「——何ですか」

「奴は『セイル・オフ』に対して、最もしてはならないことをしたんだ」

「最もしてはならないこと？」

「クスリをもちこんだのさ」

ミチルは沈黙した。

「『セイル・オフ』は、確かに寄りかかりあう場所だ。クスリから逃れるため、クスリと手を切るための仲間を作る。自分ではなく仲間のために立ち直ろう、そう考えさせるところなんだ。そんな場所に奴はクスリをもちこみ、あろうことか奴を一番気にかけていた人間がそれに手をだしてしまった。弱いのは雅宗だけじゃない。本当は誰だって、自分が本当にクスリと手を切れるかどうか不安だし、またやりたいという欲望ももっている。手をだした人間は、『セイル・オフ』の世話役ともいうべき人で、その彼が自らクスリに逆戻りしてしまったことは、他のメンバーに『セイル・オフ』なんて結局頼りにならない、ここにいたって立ち直れない、と思わせてしまう結果になった。そうなるように雅宗は仕向けたんだ。ただしそれは雅宗本人の息志ではなく、錦織の命令だった」

「そんな……」

「雅宗は、自分の最後のよりどころを自分で壊したのだと悟った。だから自殺したんだ」

　ミチルは涙声になった。

「どうしてそんなこと、したの」

「それだけ錦織に逆らえなかったのだろう」

「なぜ？　なぜ錦織のいうことを雅宗さんは聞かなきゃいけないの？」

「わからない。想像だが、雅宗の弱さを一番知っていたのが錦織で、あいつはそれをつかんで離さなかったのかもしれない。私と話したとき、あいつは、雅宗がどこへいき何をしようと、自分の支配下からは決してぬけだせないという絶対的な自信をもっているように見えた。私はそれを信じなかった。私の責任でもある」

「わかんないよ。なんでそんなひどいことすんの？　錦織は雅宗さんがそんなに憎かったの。それに雅宗さんも憎まれてる人のいうことをなんで聞いたりしたの」

「それを知りたいと私も思っている。錦織がそこまでする理由が何なのか。雅宗が逆らえない理由は何だったのか。それを調べるのが、今の私の仕事だ」

「わかったら教えてくれますか」

　小さな声でミチルはいった。

「教えよう。本当のことをいえば、今の私は、錦織に対する憎しみでいっぱいだ。なんとかあの女をズタズタにしてやりたいと思っている。だがそれもまたあいつの術中にはまっているのかもしれない。そう考えると、私自身、少し恐い気がする」

「佐久間さんが錦織のことを知りたがった理由、少しわかってきました」

「だがもう君はあいつにさわっちゃいけない。私は錦織を甘くみていたんだ。君が雅宗のことで錦織に怒りを感じていると知ったら、あいつは何をしてくるかわからない」

沢辺の言葉がよみがえった。体を痛めつけられて、心も傷つく人間の方が多い。この少女の心と体を傷つけるのは、錦織にとってはたやすいことだ。特に小倉という〝犬〟をもつあいだは。

「わかりました。あたしも恐い。あれから学校で会っても、何となく目も合わせたくなくて」

「錦織は学校にきているのかい」

「ええ。きてます。あいかわらずひとりぼっちだけど」

「いじめとかにあってるって話を聞いたことはある？」

「ないです。誰も話しかけないから、無視されているというのがいじめなら、いじめかもしれないけど……でもそれは、高校に入ってからずっと」

「君たちのいっている聖良学院は私立だったね」

「ええ、中学受験で入ってくるのが一学年二百人で、高校からまた百人くらい入ります。

あたしは中学からだけど、錦織は高校からだった筈です」

「錦織の中学時代を知っている人間はいないかな」

「さあ……。聞いたことないです。同じ中学からきた人がいないのかもしれない」

「わかった。君に話そうと思っていたことを、とりあえず今、話してしまった。だけどわかったことはまた教えよう」

「はい。電話を下さい」

「約束する。それと雅宗の死んだ原因については、今はまだ誰にも話さない方がいい。もし話してそれが錦織の耳に入れば、君がやはり危い」

「わかっています」

「チームの連中はどんなだい？」

「関係ないって感じです。雅宗さんは、もうチームのメンバーじゃなかったから……。冷たいですよね」

「そうだな」

何かを恐がっている。そんな気がした。雅宗はある種の生贄《いけにえ》だったのではないか。雅宗を切り、生贄とすることで、チームの他のメンバーは生き残りをはかった。

ミチルとの電話を切った。

生贄というなら、いじめとはまさに生贄そのものだ。クラスなりチームなり、その集団の中で、ひとりを生贄にすることで残りの人間が結束という恩恵を得る。それはむろん恩恵でも何でもないのだが、いじめの発生は、どこかに何者かに対する不安や恐怖が内在しているからではないのか。

いいかえれば、いじめをおこなうことで結束を手に入れる者たちは、いじめは結束を手に入れるための手段なのだ。その目的は、結束によって形成される集団で、恐怖や不安と対抗することにある。

では恐怖や不安の対象は何なのか。

それはむろん神ではない。しかし神と同じように強大な力の存在を漠とではあっても感じさせるものだ。さもなければ不安や恐怖を抱かせる存在。

私はいじめのメカニズムが理解できない年齢ではない。私が中学生や高校生の頃も、それに近いできごとはあった。不安や恐怖という感情がそれほど明確ではなかったが、思春期における将来に対する不安や、心と体の成長のアンバランス、あるいは受験という閉塞的な重圧感が、ときに単なるその場しのぎの娯楽として、暴力的ないじめをひき起こす原因になったと記憶している。

しかしそのいじめは、瞬発的な暴力行動となっても、生命の危機を招くほどではなく、また持続することもなかった。

嫌われ者はいたが、嫌われ者はたったひとりの嫌われ者ではなく、仲間や理解者がいた。完全な孤立が長期間つづくことはなかった。第一、一年、二年という長い単位で、ひとりの個人を無視したり嫌いつづけるほどの理由を私たちはもたなかった。

暴力的な行動は、とりかえしのつかない結果をもたらさなかったという点では、単なる僥倖《ぎょうこう》であったかもしれない。血の流れるような暴力行為が皆無であったわけではなく、ナイフやバットという凶器が使用されることもときにはあった。その場合、弾みで死者がでた、という可能性も否定できない。したがって、私自身、死者のでる暴力的ないじめにかかわらなかった（被害者であったかもしれないことも含め）のは、偶然の結果でしかない。

だが長期間持続して、特定の人間を対象にしたという点に関しては、そういういじめの経験はない。自殺を考えるまで対象者を孤立させ、精神的に追いこむというのは、まして同じような事件が顕在化している今、確信犯的な意志がなければ実行できないのではないか。

あまり追いこむと自殺するかもしれない、そういう危惧を、いじめている側が抱かない筈はないのだ。あるいは、いじめられている側は、自殺の可能性をほのめかすことすら、さらなるいじめの原因となると怯え、心の奥底におしこめてしまうのかもしれない。

だとしても、いじめている側が、対象者の自殺をまるで予見できないとは、私には思えなかった。

――自殺するかもな

――いいじゃねえか。その方がおもしれえよ

そんな会話が、いじめている側の間であったとしても不思議はないのだ。そして その気持を生みだしているのが、何かに対する不安や恐怖だとしたら。

まるでメビウスの輪だった。結束していることで、いじめの対象となるのを逃れ、いじめることで結束する。

雅宗の弱さは、すべてここに象徴される。

ミチルとの会話のあと、たてつづけに煙草を吸いながら、私はそんなことを考えていた。しかしここまでは仮定できても、錦織の考え方、存在が、私には理解できない。

錦織の〝手段〟は、いじめとはまったくちがう。いじめによる死者は、予見しうるものであっても、ある種の弾み、さらにいえば愉快犯的暴力(精神的なものも含め)の結果であり、その責任の所在は常に複数に及ぶ。

いいかえれば、複数の人間でひとりをよってたかって殴り、結果、被害者が死んだとしても、加害者は、誰のどの暴力が致命傷であったかを把握していない。それは犯行の匿名性ともいうべきで、「殺したのは俺たちだが、俺個人ではない」という、奇妙な免罪符を与える。チーマーどうしの喧嘩や、無関係な通行人を対象におこなわれる「狩り」が、ときにとり返しのつかない結果をもたらすのは、この匿名性によるところが大

きい。素人の方が玄人より恐い、と私が沢辺に告げた理由がそこにある。

玄人は、常にとはいわないが、あるていどは自分の暴力がもたらす結果を把握している。彼らは威し文句に「殺す」という言葉を多用するが、どこまでやれば相手が死ぬかということを知っているし、実際に殺す気であれば、自らの拳や足を痛めるような手間はかけない。

一方で、素人の子供たちが「殺す」という言葉をつかうとき、玄人以上に人の死から遠い距離にありながら、つまり未経験でありながら、あっさりと最後の一線を越える。

それはひとつには、玄人ほど、自らの暴力行為が自らにもたらす結果を予測できていないことにある。

プロの暴力集団には、服役経験のある者、あるいは服役中の〝仲間〟をもつ者が多い。暴力団員が刑法上の有罪判決をうければ、執行猶予がつくことはないし、カタギよりも量刑は重くなる。それは、彼らに自分が反社会的存在であることを自覚させている。

一方で素人である子供たちは、行為を犯罪というよりは、愉快犯的な遊びの延長でとらえている。つかまればもちろん法的な制裁をうけることは覚悟しているだろうが、未成年であるという理由で刑は軽くなるし、しかも社会に対し匿名を通すことができる。暴力団員とちがい、シノギの場に固定される必要のない子供たちは、犯行後、警察に実行犯を特定される可能性も低い。つかまれば運が悪く、つかまらなければ「おもしろかった」という感想が残るのみだ。被害者のその後に対する興味は弱く、万一悪い結果を知っても、やったのは自分ひとりではない、という罪の意識の分散ができる。しかも素人であるがゆえに、頭に血が昇った状態での犯行は、ひとつひとつの行動が記憶に残らないので、致命的な結果を自分がもたらしたと、苦しまずにすむ。

それらに比べると、錦織は、はっきりと責任の所在を自覚している。にもかかわらず、愉快犯的に人間の心を壊すことを楽しんでいるように見える。手段が玄人でありながら、目的が素人なのだ。

冷静に考えても、これは最悪の組み合わせといえるだろう。意志をもって人を傷つけ、壊している。しかもやっている自分自身がそれを楽しんでいるのだ。

錦織自身の心が壊れている、とでも判断しなければ、その行動理由を理解はできない。

私は、その壊れた理由を探りだすつもりだった。理由の中に、錦織の傷がある。その傷に杭を打ち、さらに抉《えぐ》ってやろうと考えていた。まさに憎しみを動機とした行動だ。

携帯電話が鳴った。

「はい」

「佐久間さんですか。久保田です」

その名を聞き、私は我に返った。まのままるのアシスタントをしていた男だった。

「少年ユニバース」の編集部から紹介をうけ、会う約束をしていながら、そのままにしていたのだ。

「申しわけありません。すっかり連絡が遅れてしまいました」

「いいえ。まだお役に立てるでしょうか」

その必要はなくなった、といおうとして、私は思い直した。理由はわからないが、久保田が何かを話したがっている、という気がしたからだった。

「会ってお話をうかがえれば助かります」

私はいった。調査の終了は決めたことだった。だからといってまのままるに対する関心が私の中から消えたわけではない。まのままるを傷つける行為に抵抗を感じつつも、まのままるの現状に対するある種の懸念は、私の中に強くあった。そのことが、久保田が私と話したがっているという印象を与えたのかもしれない。

「あの、今はわりと忙しくない時期なので……」

「明日でも大丈夫ですか」

「午後ならば、はい」

午後一時という約束で、久保田は池袋駅西口にあるという喫茶店の名を告げた。

「わかりました。うかがいます」

「はい」

「それから――」

「何でしょう」

「連絡が遅れていたのに、わざわざお電話をいただき、ありがとうございました」

「いえ。何となくこんなことがあるような気がしていたんです」

久保田の言葉は私の印象を裏づけるものだった。だが、なぜとは訊かなかった。会えばわかることだったからだ。

23

久保田はひどく小柄な男だった。小柄であることが実年齢より外見を若くしている。学生のような服装とあいまって、二十代前半に見えたが、実際は三十二だといった。

「まの先生のところに僕がいったのは、『ホワイトボーイ』の終わる少し前でした。ずっといたアシさんが家庭の事情で田舎に帰ることになって、急ぎで次を捜していたんです。僕がユニバースにちょうど持ちこみをやっていて、そこでやらないかって紹介されたんです」

久保田はいった。

「それが初めてだったのですか」

「アシスタントの仕事がですか？　そうです。それに、あのまのままる先生のところだというので、めちゃくちゃ緊張しました」

久保田の声にはあまり抑揚がなく、言葉ほどには感情を感じさせなかった。暗いというのではない。自分を含め、どこかすべてを他人ごとのように見ている、といった口調なのだ。

「その当時の仕事場は——」

「中目黒のマンションです」

私は頷いた。

「まのさんの印象はどんなでした？」

久保田は瞬きした。

「なんか、別世界の人、みたいでした。『マルプロ』にいくまで、僕は何となく、マンガ家のプロダクションというのは、全員が机を並べて仕事をしている、というのを想像していました。実際にそういうとこは多いですし、今いる本多先生のところもそうなんですが、『マルプロ』はちがってました。まの先生だけ、仕事部屋が別にあって、水飼さんがそこから先生の原稿をもってきて、アシに回し、仕上げでまた先生のところに戻す、というやり方でした。ベタやトーンの指定なんかも、書きこみがない場所は、水飼さんが先生のかわりに指定する、というような感じで……」

「ではアシスタントとあまり顔を合わせなかったということですか」

「そうですね……。あの頃、僕を入れて四人、アシがいましたけど、チーフでも先生とはあまり話さなかったような気がします。水飼さんが先生の代わりのようでした。ひどいときは丸一日いて、一度も先生の顔を見ない、ということもありました」

「それはやはり特殊ですか」

久保田は頷いた。

「そうだと思います。今はそう思う、ということですが。ふつうですと、先生とアシスタントは机を並べてますし、その方が絶対効率もいいんです。それにご飯もいっしょに食べることが多くて、一種の合宿所みたいになるものなのですが……。あの頃の『マルプロ』はちがっていました」

「昔からそういうシステムだったのでしょうか」

久保田は考えこんだ。

「たぶん、ちがっていたと思います。というのは、僕が入ったとき、水飼さんを除くと、『マルプロ』は長い人があまりいなかったんです。チーフでも、確か一年くらいだったと記憶しています」

「それは珍しいことではないのですか」

「珍しいですよ、そりゃ。下っ端のアシはあるていどとりかえがききますが、チーフクラスになると、五年、十年、ベテランだと二十年という人もいます。そうなれば先生とは運命共同体みたいなもので、一生、先生のとこでやっていくしかない、という感じですよね」

「その方が当然、マンガ家も使いやすいわけですよね」

久保田は頷いた。

「まあ、難しい問題ではありますけど……」

「難しい？」

久保田は唇をなめた。

「たとえば僕の場合なんですけど、初めからアシスタント一本でいく気だったわけではないんです。ていうか、そういう人は最初からいませんね。皆、マンガ家で一本立ちするのが夢ですから。でも実際はそれができる人は少ないわけです。持ちこんでもめったに採用されないし、採用されても年に一本か二本じゃ食えませんから、結局、他の仕事をして食ってかなきゃならないんです。でもマンガ以外の仕事はしたくないし、描いてなけりゃ手が動かなくなる、という問題もあります。そこでアシスタントになるわけです。勉強もできますし、とりあえずお給料ももらえますから。ただ……」

「ただ？」

「これはあんまり認めたくないんですけど、アシ出身で大物になる人って、今はあんまりいないんです。まの先生がそうだったように、本当に才能のある人は、持ちこみの一発目からぽんと連載が決まって、それで人気もでて、ということの方が多くて。長いことアシをやってると、どうしても、先生の影響みたいのがでてきて、絵も似てきますし、本当はちがうものを自分が志向してても、結局、食えるし、まあいいか、みたいになっちゃうんです」

「デビューは考えない？」

「デビューって意味では、たいてい一回はデビューしてるんです。読み切りとかやって、人気がなかったりして。するとまたちがうもの描かなけりゃなりませんし、とはいえ、絵柄はそう簡単にかわんないから、どうしても次載せてもらうまで時間かかるわけです。それより、アシやってると、その先生の人気があるあいだは、確実に給料もらえるわけじゃないですか。いけない、このままじゃ、なんて思うんですけど、先生の苦労見てると、自分が連載もつのは無理かもしれないって……」

「ずっとアシスタントのまま、という人もいるんですか」

久保田は大きく頷いた。

「いますよ、そりゃ。もうメカばっか描く専門だったり、背景専門で、すごくうまい人が、アシスタントの中にはいっぱいいます。そういう技術がある人は、給料も悪くないですから、割り切ってますよ。連載やったって人気とれないし、打ち切られたら食えなくなるのだから、もう一生、プロのアシスタントでいくって」

「まのさんのところにいらしたのは、そういう人たちだったわけですか」

「ていうか、あまり長く同じ人が居つかないって感じでした。結局、先生といっしょに過す時間が短いと、勉強にもなりませんし、青年誌とちがって少年誌は、メカとかあんまり難しいアシの技術がいらないんです。特に『ホワイトボーイ』なんかは、キャラがすべてで、あとはストーリーでしたから、まの先生がいればオッケイなんです。アシの仕事って、ほとんど色塗りとかバックの人間くらいで、わりに誰にでもできるものばかりでした。そういう意味では、プロはいらないし、といって勉強しようという人も居つかない。別に待遇が悪いとかそういうことはありませんでしたけど、自然、アシの移動が多かったように思います。結局、本当の意味で必要だったのは、水飼さんだけだったのじゃないですかね」

「水飼さんは、まのさんといっしょにいることが多かったのですか」

久保田は頷いた。

「それはもう、べったりでした」

「いつ頃から『マルプロ』はそうなったんでしょう」

「さあ……」

久保田は首を傾げた。私はいった。

「これはお話しされにくいことかもしれませんが、『ホワイトボーイ』の連載が長すぎて、本来ならもっと早く終わるべきなのに、掲載誌の都合でひっぱられた。それがまのさんの仕事をつらくし、結果そういうシステムにつながっていった、とは考えられませんか」

「あると思いますよ」

久保田はあっさり認めた。

「僕が入ったときには、すでに『ホワイトボーイ』はやばいなって感じでした。やっぱりそれは、何となく読んでてわかりますよね。やけにコマが白かったり、話、無理にひっぱってるなあって思いますから。でもあの頃、ユニバースにはかわる柱がないし、とにかくつづけてもらおうって、編集長とかも、週に一度は、顔だしてました」

「それに対してまのさんはどうだったんです?」

久保田は首をふった。

「僕らには、実際どうなのかっていうのは、わかりませんでした。編集長とかも、やっぱり『マルプロ』にくると、先生の部屋に入っちゃうんです。差し入れはもってきて、『がんばってるか』とかいうんですけど、あとはもう水飼さんと三人で、ずっと先生の部屋です。どんな話してるかなんて全然わかんなくて。一度だけ、当時のチーフが水飼さんに訊いたことがあるんです。『ホワイトボーイ』の次って話は、こないんですかって。そうしたら水飼さん、すごく怒って、そのチーフ、クビにしちゃったんです。『ホワイトボーイ』は不滅だからって。それ以来、誰もそういう話できなくなっちゃって」

「クビというのは極端ですね」

「ええ。でも『マルプロ』はそういうところでした。まの先生はほとんど表にでてこなくて、水飼さんが全部仕切っているような感じで」

「その水飼さんが亡くなられたときは、まのさんもかなり困られたのじゃないですか」

久保田は黙った。言葉を捜しているような表情だった。

「何ていうか、そういうことはないです」

「そういうことはない、というのは？」

久保田は考えていた。

「あの……、誤解されたくはないんですけど、ひと言でいったら、さばさばしたっていうか――」

私は久保田の顔を見た。

「そのさばさばしたっていうのは、決して水飼さんが亡くなってさばさばしたっていうのじゃないんです。何ていえばいいのかな……。すごく説明しにくいのですけど、重い病気、たとえば癌とかにかかってて、ずっと苦しんでる患者さんがいるとするじゃないですか。周りも看病に疲れはてちゃって、お互い楽になりたい、みたいな。そんな感じっていったらわかりますか」

「つまり水飼さんがその病人だったと――？」

久保田はためらいながらも頷いた。

「水飼さんはやっぱり、すごく神経すり減らしていたと思うんです。で、『ホワイトボーイ』が終わって、そうしたらああいうことになって。まの先生はお葬式でやっぱり泣いていましたけど、なんだか、でも、『よかったよな、これで』っていうのを聞いちゃったんです。そのときは正直いって『えっ』ていう感じで、うちの先生、とうとう切れちゃったのかと思ったんですけど、そうじゃありませんでした。妙に澄んだ、覚悟を決めたような顔で、『終わった』って思ってるって感じでした」

「『終わった』」

久保田は私を見つめ、ゆっくり頷いた。

「燃え尽きちゃったのかなって思いました。『ホワイトボーイ』といっしょに、先生も水飼さんも。そしてそのとき、先生はもうマンガ描かないのじゃないかと思いました……」

「『マルプロ』はその後、解散しましたね」

「ええ。そのときは僕はもう、やめていました。やっぱり画風もかわってしまっていましたし、しかたがないのかなと思いました」

「水飼さんがいなくなって、そうした手続きは誰がしたのですか。まのさん本人？」

久保田は少し苦い顔になった。

「ちがいます。先生の弟さんでした」

「守本さんですね」

「ええ。僕が『マルプロ』に入ったときには、もうやめていた方です。その人が乗りこんできて、先生と相談し、アシに退職金とかを払ったそうです」

「あたり前のように？」

「ええ。水飼さんがいなくなったら仕切るのは自分だ、と決めていたみたいに」

何かを感じた。だがそれは問いにせず、いった。

「残りたいといった人はいなかったのですか」

久保田は首をふった。

「やめたとき、僕が一番古株でしたし、もう皆、わかってましたから」

「わかっていたというのは何が？」

「まの先生はマンガを描かない、ということです」

「描かないでどうなると？」

私は久保田を見つめた。

「どこかちがう世界にいってしまうだろうって」

「ちがう世界？」

「つまり、その、宗教みたいなのです。弟さんが最初そこへ連れていき、一発ではまりこんだんです。一種の生き方セミナーのような――」

「どんなセミナーです？」

「何ていったかな。『ブロケード』、そんな名前でした。でも一年かそれくらいで、そこからは抜けたと聞きましたが」

「『ブロケード』。カタカナですか」

「ええ。意味は何だか知りません」

「プロダクションの人はひっぱっていかなかった？」

「それはありませんでした。先生と弟さんの二人だけです。弟さんがああなので、僕らは何となくインチキ臭いと思ったんですが、先生はもう、すっぽり、という感じでした」

「それはたとえばどんな変化なのですか」

私は久保田に訊ねた。「ブロケード」という団体名に聞き覚えはなかった。

「そうですね。一番大きくかわったな、と思ったのは、『自分を必要としてくれている人間は、世界にひとりでいいんだ』って、アシさんたちにいったと聞いたときでした」

久保田は思いだす表情になっていった。

「やっぱりやめたアシスタントからのまた聞きなんですが、弟さんがきて、『マルプロ』を解散することになり、残っていた人たちに退職金を払うっていうときの話なんです。ユニバースの方も、『ホワイトボーイ』以降、いい話が作れないっていうんで、いっときは毎日のように編集者がきていた時期もあったみたいです。でもまの先生はもう、すっかり燃え尽きちゃったような感じであまり乗ってこなくて。そのうち、本当にプロダクションを閉めるって展開になったとき、ひとりのアシスタントが、『先生、ひとりになって、もう描かないんですか』って訊ねたら、そう答えたっていうんですよ。何ていうか、いってることそのものは、別に変でも何でもないんですが、ユニバースの人気一位をずっと張ってた先生がそれをいっちゃうってのは……」

「私がこれまで聞いてきたまのさんの姿とも重なりませんね。まのさんは読者への責任感が非常に強い方だとうかがっていました」

久保田は頷いた。

「その話は、僕らも水飼さんからそれこそ耳にタコができるほど聞かされていました。『うちの先生ほど読者のことを考えている人はいない。寝ても覚めても、読者を喜ばせるにはどうすればいいかばかりを考えている』っていってましたから。実際、仕事のしかたはかわってましたけれど、毎週毎週、子供たちからきたアンケートハガキをそれこそ山のように、ユニバースの編集部から届けさせていましたからね。ふつうはいちいちそんなの読みません。たまにすごくいい内容が書いてあるのがあったりすれば編集さんがもってくる、というのもありますけど……」

「つまりそれくらい多くの読者に必要とされていることを感じていた人が、急に必要としてくれる人はひとりでいい、といいだしたわけですね」

「そうです。あの、変ないい方ですが、マンガ家の中には、読者のことなんて何も考えない人もけっこういるんです。ただ、考えないといっても、人気がなければもちろんやっていけないですから、一種の天才肌っていうか、『やりたいようにやる、人気はあとからついてくりゃいい』みたいな人とか、もっとすごいと、『人気なんか関係ない。自分は描きたいものしか描かないんだ』っていう、芸術家気どりの人もいます。そういう人だったら、そのときのまの先生みたいなことをいっても驚かないのですけど……」

「それは創作姿勢の変化みたいなものとはちがったわけですね」

久保田は首を傾げた。

「わかりません。でもちがうと思います」

「それ以外の変化はどうです？　一種のお経のようなものを唱えるとか……」

「いえ、そういうことはなかったです。だから宗教とはちがうのでしょうね。いわれているような勧誘とかもなかったようですし。たとえば少女マンガだと、けっこう宗教にはまっている先生とかは多いんです。そうなると担当さんやアシさんたちまで入信しろってやるんで、けっこう周りは大変らしいんですけど、まの先生の『ブロケード』は、そういうものではなかったと思います。やはり生き方セミナーなのかな。結局、水飼さんのこととか『ホワイトボーイ』の終わり方とかで、まの先生も悩んだのじゃないですかね。それでそういうところに入って立ち直ろうとして……。マンガ家としては終わったけれど、人間としては立ち直ったのだからいいんじゃないっていった編集さんもいました」

「じゃあそのセミナーのことは、編集者には知られていたのですか」

「それほどでもないでしょうけど、やっぱり噂になりやすい話ですし」

横森も手塚もそうした話を私にはしなかった。しづらかったのか、すべきでないと判断したのか。

「でもそこも一年くらいでやめて、また描いたんですよね、先生。ユニバースに載って、人気はとれなかったみたいですけれど」

「つまりその『ブロケード』の活動をしている間はあまり創作活動をおこなっていなかった。やめて再開したけれども、今度は、人気を得られるような作品を生みだせなかったということですね」

「そうです。その頃先生は、高田馬場かどこかに仕事場があるという話でした。僕が知

って る先生の消息は、だいたいそのあたりまでです」

「単なる噂でも何か聞いたことはありませんか？」

久保田は首をふった。

「まったくないです。まのまままるは、本当に消えてしまったんです。僕なんかもときどき思うことがあります。俺は本当にあのユニバースで人気一位のマンガのアシスタントをやっていたのかなって。だって、あんなに騒がれた『ホワイトボーイ』なのに、今はみんなまるで忘れてしまったみたいなのですから。『ホワイトボーイ』なんてマンガ、あったっけっていう感じで」

「今は読めないのですか」

「ふつうの本屋さんでは売ってませんよね。専門店とか。あとはマンガ喫茶でたまに見るくらいかな。おっ懐しい、なんて思って手にとりますよ。このベタ、確か俺が塗ったのだっけって」

「原画はどうなりました？」

「原画、ですか？」

「ええ。連載当時の『ホワイトボーイ』の原画です」

「どうなったのかな……。水飼さんが生きていたときは、水飼さんがきちんと管理していましたけど」

「『マルプロ』にあったのですか」

「あったと思います。先生の部屋に、保管用のキャビネットがあって、各話ごとにそこにしまわれていました」

「『マルプロ』を解散した時点で、守本氏の管理下におかれた、そういうことですか」

「そう、なるのでしょうね。おそらく」

やはり原画の流出に守本はかかわっていたのだ。守本が私に警戒心を抱いた最大の理由はそこにあった。

「まのさんは、『ブロケード』というセミナーに対して、寄付金などは払っていたのですか」

「さあ……。そういうことは僕にはわかりません」

私は頷き、黙った。久保田は少し考えていたが、いった。

「今考えてみると、まの先生にとって水飼さんはすごく必要な人だったのだと思います。その水飼さんが亡くなって弟さんがでてきたのですけれど、やっぱり信用はできたとしても、水飼さんの代わりにはならなかったと……」

「代わりというのは、たとえば金銭面とかスケジュールの管理以外の何かですね」

久保田は頷いた。私の目を見ていった。

「ときどき思うことがあるんです。今になって、という意味なのですが。『ホワイトボーイ』というのは、まの先生と水飼さんの合作だったのじゃないか、と。もっというと、まの先生がまったくタッチしないまま完成された作品もあったのじゃないかって」

私は久保田を見つめ返した。

「それは、水飼さん本人が作品を描いていたということですか」

久保田は小さく頷いた。

「水飼さんはもともと、高校のマン研で先生といっしょだった人です。『マルプロ』ができて初めの頃は、アシスタントがおらず、絵をずっと手伝っていたこともあったと聞きました。だから描けた筈なんです。色紙は、よく描いていました」

「色紙というのは？」

「読者プレゼントなんかでだすやつです。最近は、数が多いと印刷しちゃってあるものにサインをするだけ、ということもあるんですが、全部肉筆で描いてある色紙だと、『ホワイトボーイ』の主人公の絵と先生のサインが入っていて、水飼さんはよく代筆していました。

「待って下さい。マンガの場合、主人公の顔の絵が描ければ、あとはオーケーですからね」

「マンガの世界では、そういうことはよくあるのですか。合作という方の話に関してですが」

久保田は困ったような表情になった。

「何ていえばいいのかな。マンガって、結局は合作なんですよ。一から十まで先生本人が描いたっていうのは、たとえば四コマとかはありますけど、そうじゃないストーリーマンガだと、連載じゃありえないんです。持ちこみなんかはもちろんちがいます。アマチュアだからアシスタントは使えませんし。まあ、ベタやトーンを仲間に手伝ってもらう、くらいのことはあるでしょうけど。

週刊なんかやっていれば当然、全体の何パーセントかは、アシスタントが描いている部分があるわけです。その上ストーリーだって、先生ひとりだと詰まるから、編集さんが考えていたりもします。中には、話によっては、最初から最後まで編集さんが考えたストーリーを絵にしている場合もあります。有名な話だと、アニメでめちゃくちゃヒットした『闘神エンブレム』の、主人公の名セリフ、『地獄で笑え！』なんてのは、実は編集さんが考えたやつなんです。だから、『ホワイトボーイ』が、まの先生と水飼さんの合作だったとしても、僕らは驚きませんし、別にいけないこととも思いません」

「しかしその水飼さんを失えば、まのさんにとっては大きな痛手になりますね」

「ええ。でも、もともとは、『ホワイトボーイ』は、まの先生の作品なんです。キャラクターも世界観も先生が作ったもので。ですから、先生にその気があるなら、また作品は描ける筈です」

「才能を使い果たした、とは思わない？」

久保田の表情がやや険しくなった。初めて見せる感情の変化だった。

「才能って何ですか。目に見えるものですかね。確かに『ホワイトボーイ』の終わりは、絵も荒れていましたし、話もはっきりいってめちゃくちゃでした。でもそれは『ホワイトボーイ』で描くべき話がなくなってしまっていただけかもしれないじゃないですか。アイデアをだせるのも才能でしょうけど、かわらずにずっと絵を描ける才能もあるんです。もっといえば、自分がもう、その作品に対して気持が離れているにもかかわらず、それでも描いたものが人気投票の一位になるってのは、すごい才能だと思いませんか」

「確かにその通りだと思います。ただまのさんが描かれなくなっている現状を、そう説明しようとする考え方はあると――」

「そうですね。それは否定しません。もう一度浮かびあがらなければ、そういわれてもしかたがないんです。『ホワイトボーイ』は確かにとっくに終わっているべきマンガでした。でもユニバースや水飼さんがそれを許さなかった」

「水飼さんも終了に反対していたのですか」

「一番の強硬派でした。『ホワイトボーイ』に惚れこんでいましたし、もしかするとさっきいったような理由もあったと思います。『ホワイトボーイ』であれば、水飼さんはいつでも描くことができましたからね。でも先生がちがう作品を立ちあげれば、しばらくはそうはいかないでしょう」

「いっしょに立ちあげるわけですから、それも代筆できたのではないですか」

久保田は微笑んだ。どこか哀しげな笑みだった。

「それが才能ですよ。使い果たしているとかいわれていても、まの先生は、新作を立ちあげようと思えば、苦しんだとしてもそれができるんです。新しいキャラ、新しい世界観、そういうのを、編集さんの力は借りるにしても、できますよ。でも水飼さんには無理だったでしょう。それをできるなら、水飼さんもマンガ家になってます。結局、水飼さんは上手に真似ることはできても、オリジナルを作れる人ではなかったんです。だから『ホワイトボーイ』をやめて欲しくはなかった」

「では連載の終了を決断したのは」

「もちろんまの先生です。人気が落ちてきて、『もう、やめよう』って。自分にもプライドがある、といわれたら、さすがに編集もそこまで引っぱった以上、反対もできませんし」

私は考えていた。水飼は、まのまるにとって、単なるマネージャー以上の存在だった。いや、それをいうなら、「ホワイトボーイ」にとって、と改めるべきかもしれない。久保田ははっきり断言するのをさけているが、「ホワイトボーイ」の連載には、水飼の手になる回があった、とほのめかしている。

「うかがいたいのですが、水飼さんが描かれた『ホワイトボーイ』と、まのさん本人が描かれたものと、久保田さんは見分けがつきますか？　色紙とかではなく、連載中の作品で――」

久保田は首をふった。

「それはたぶんできないと思います。僕らができるようなら、かなりやばい絵ですからね」

「ではできるのは」

「先生本人だけでしょう。今は」

私は息を吸いこんだ。流出した原画は、どちらだったのか。守本が無作為に選び売りにだしたのなら、関係はないだろう。だがまのままるが、選んで売りにださせたとしたら。

私は長々と話を聞かせてもらった礼を告げた。そしていった。

「最後にうかがいたいのですが、まのさんは、今はどうしていらっしゃると思いますか？　まだどこかでマンガを描いてらっしゃると思いますか？」

「もう描いていないと思います。さっきの『ブロケード』はやめてしまいましたが、あそこから受けた影響で、先生本人がかなりかわってしまったことは、まちがいありません。今の先生はきっと、マンガ家とはまったくちがう人生を歩いていると思います。それが何であるかはわかりません。ふつうに結婚して、サラリーマンのような暮らしをしているかもしれません。でも少なくとも、先生の中からマンガは抜けた、そう思います。

でなければ、きっと業界のどこかにいる筈ですから」

　私の目を見つめていた。

「マンガを描くって、つらいんですけど、楽しいんです。まして、天辺に立った人が、そう簡単にやめられる筈がない。矛盾しているようですけれど、そこまで昇りつめた人の消息がまったく聞こえないというのは、完全に縁を切ったから、としか、思えないじゃないですか」

　久保田はいった。

「水飼さんが生きていたら、どうだったでしょうか」

「その質問はナンセンスです。水飼さんが亡くなったから、先生は『ブロケード』に入ったんです。『ブロケード』にいったから、マンガを必要としなくなった」

「でも『ブロケード』をやめた後、また作品を発表しましたよね」

「それは決してマンガに戻るという意味ではなかったと思います。僕も読みましたが、あれはアマチュアのマンガでした。アマチュアが、自分が楽しむためだけに描いたマンガで、ユニバースで一位を張った作家が、読者に向けて描いたものとはとうてい思えませんでした。別人格の人が描いたんですよ、絵は、確かにまの先生でしたが。

　それが証拠に、業界は、あの作品を見て、いっせいに引いたんです。まの先生にはもう頼めないって。少なくとも一流誌は頼みにはいかなかったでしょうね」

休筆期間を経て発表した作品は、まのまままるのマンガに対する「訣別宣言」であったということか。意図したものであったかなかったかはともかく、結果としてはそうなった。

そしてまのまままるは、消えた。

話を終えた久保田の顔には、別人のような生気が宿っていた。まるでまのまままるについて語ることで、何か彼の人間性を抑えこんでいた呪縛が解けたかのようだ。

私は再び礼をいい、立ちあがった。レジで会計をすませていると、久保田がかたわらに立ち、いった。

「でも、たとえどんなことがあったとしても、先生は幸せです。天辺に立ったのだから。僕も一度はそうなってみたい。このまま一生、アシは、やっぱりつらいですから」

微笑んでいた。白い歯が、少年のようにこぼれている。私は頷き、いった。

「少年誌はずっと読んでいませんでしたが、久保田さんの連載が始まることになれば、また買います」

「ハガキもだして下さいよ。『今週一番おもしろかった作品』のところに丸をつけて」

「約束します」

24

私が訪ねたのは、虎ノ門にある法律事務所だった。かつての古巣「早川法律事務所」に在籍していて、その後独立した弁護士のオフィスだ。彼とは「早川法律事務所」の草野球チームでバッテリーを組んでいたことがある。当時早川法律事務所には、ふたつのチームがあった。

野沢というその弁護士は、霊感商法や新興宗教にからむ訴訟を多く手がけている。市民団体とのネットワークもあり、そうした事件の被害実態の情報ももっていた。

野沢はちょうど裁判所から戻ってきたばかりだといった。バッテリーを組んでいた頃に比べ、十キロは肉がつき、額がみごとに後退している。

久しぶりの挨拶を交し、私は本題に入った。事務所は、応接間を含めふた部屋しかない、こぢんまりとした作りで、彼の他に若い弁護士がひとりと、事務員が三名いる。

「『ブロケード』というセミナーを知っていますか」

「『ブロケード』？」

野沢は額に手をあてた。

「聞いたことはないな。うちにデータがあるかな。水上さん、『ブロケード』って、検索できる？」

コンピュータに向かっていた女性事務員がふり返った。

「『ブロケード』ですか？　カタカナで？」

「たぶん」

私は頷いた。

「やってみます。お待ち下さい」

キィボードを叩き始めた。野沢は、その水上がだしてくれたコーヒーに手をのばした。

「また始めたんだってね」

「ええ。でもわからないことの方が多いですね。はたして誰かの役に立っているのかどうか」

「そんなものだよ。最近、わかってきた。世の中は、誰もが加害者であり被害者だ。僕らが誰かの役に立つということは、誰かを困らせてもいる。まあ、うちが相手にするような詐欺師みたいな連中は別だが、はたからみれば眉唾ものの団体だって、本気で救済されたと信じている人は確かにいるのだからね。その人たちは、そこにいかなければ、今の自分はないと思う。そして今よりも過去の方が、絶対的に不幸だったと信じているものを、あなたはまちがってるとはいえない。金は返してほしいけど、いわれたことについちゃ信じてるという人がけっこう多い。そうなると、一種の無銭飲食みたいなもので、こっちもやりにくいときがある」

「ありました、『ブロケード』」

水上がいった。野沢が私に目配せした。

「申しわけないけど、プリントアウトはできない。うちのデータはいろいろなところから協力をあおいでいるから。ここで読んでいってくれるかな」

私は立ちあがった。水上が私に椅子とマウスを譲ってくれた。

「ホームページもあったようですけど、今は閉鎖されていますね。こういう団体って、経営者を含む何人かの中心メンバーが、吸いとれるだけカモから吸いとると、ぱっと解散して、また別の場所で別の名前で始めたりすることが多いんです」

私は頷き、画面を見つめた。

「『ブロケード』人は誰かを支えて生きている」と表紙にあった。マウスをクリックすると活動概要が表示された。

活動開始は、今から七年前の日付になっていた。東京都渋谷区に本部をおき、勉強会、講習会を通して、主宰者である「錦織和人主事」の生き方に対する姿勢を広めていこうという主旨のもとに設立された。六年前から五年前までにかけての活動がピークで、週に一度、講習会が開かれ、半年に一回は「全国大会」も開催されている。その後徐々に、講習会の回数が減り、二年前を最後に、実質的な活動を停止している。最大時の所属会員は、公称で千八百人、賛助法人は四十六社、となっていた。

「たいした規模じゃないな。実際は公称の十分の一も会員がいればいいのだから。このていどなら、町内会のお年寄りの身の上相談みたいなものだ」

私の肩ごしにのぞきこんだ野沢がいった。私は画面の一点に吸いこまれるような錯覚を味わっていた。データをくり返し読み、いった。

「この錦織という主宰者についての情報は何かあるかな」

「ないかもしれないな。名前のところをクリックしてみて」

アイコンを移動し、クリックした。画面が変化した。

「『錦織和人』支え支えられる生き方を考える会『ブロケード』主事。生年一九四七。経歴不詳、現住所については『ブロケード』の項、参照」

「やはり何もないな。本名かどうかも怪しい」

野沢がいった。私はふり返った。

「『ブロケード』と錦織に関する情報はこれだけ？」

野沢は頷いた。私は画面を戻した。そこにある人名は、「錦織和人」だけだ。住所もひとつしかない。渋谷区初台二丁目。

ミチルが知らせてきた錦織の自宅住所と一致する。

「何か心あたりがあるみたいだな」

私のようすを観察していた野沢がいった。

そのとき私の携帯電話が鳴った。私は断わって電話をとりだした。

「割れたぜ、お前を待ち伏せた連中」

沢辺だった。

「東和会の新宿本部から話が入ってきた。上村ってチンピラで、守本と兄弟分の盃を交してるしゃぶ屋だそうだ」

「あとは上村の手下か」

「そんなところだろう。上村はしゃぶのアガリで、今はいい顔になっているが、その前は守本の下でくすぶってたらしい」

「わかった。あとで電話する」

私は切って野沢に向き直った。

「この『ブロケード』に入っていた人間をどなたか知りませんか」

野沢は水上を見た。水上が答えた。

「『ブロケード』絡みでは裁判はありませんね。まともとはいえないかもしれませんが、金銭上のトラブルが起きたという情報があればここに載っている筈ですから」

『ブロケード』に興味があるのかい。活動を停止しているし、主宰者が名をかえているとすると、当時の情報を集めるのには時間がかかるかもしれないな」

野沢がいった。

「この錦織という主宰者に興味があるのです。経歴や家族構成、そして現在何をやっているか」

「うちの依頼人で『ブロケード』に入ってたのはいるかな。公さん、水上にかわってやってくれ」

私は立ちあがり、椅子をゆずった。水上はキィボードを叩き始めた。依頼人の情報が入っているのだろう。エチケットとして、画面の方は見ずにいた。

「こういう自己開発セミナーは、一種の中毒のようになる人がいる。初めはそれほど過激ではないところにいき、講習をうけているうちに、確かに自分がかわったと感じるらしいんだな。すると、もっと大きな可能性が自分にはあるような気がしてくる。その可能性を発見しようと、別のセミナーに参加する。そうしてセミナーのハシゴをしているうちに、感覚が麻痺してきて、一般世間から見れば突拍子もないような講習も真にうけるようになる。セミナーというのは本来、自分の潜在能力をひきだすための手段なんだが、そういう人にとっては、目的となってしまう。セミナーに所属していることが自分の存在証明なんだ。そしてそのためには、セミナーの内容が過激であればあるほど、目的の充足もある」

野沢はソファにすわり、煙草に火をつけた。私は向かいにかけた。

「特に最近は、規模が小さくて内容が過激なところが増えている。まあ規模が大きなところは会員数も多くて、企業とも提携するから、どうしたって過激にはやりようがない」

「彼らは何かを期待しているのですか」

「期待しているといえばしているし、していないといえば、していない。私の会った依頼人のうち何人かは、申し分のない家庭環境に育ち、高い学歴を身につけていた。はたから見れば、充分、幸福を手に入れているだろうと思える人たちだ。じゃあなぜわざわざそうしたセミナーに参加したかといえば、より自分を高めたかったからだという建前が返ってくる。しかしむろん建前だけで裁判沙汰になるほどの金を、怪しげなセミナーに注ぎこんだりはしない。本音は別にあるんだ。不安だよ」

「不安？」

「子供の頃は学校で、社会にでてからは会社で、培われてきた彼らの価値基準が揺らいでいるんだ。漠然と身につけ、そして世の中の大半の人も同じような基準をもとに生活をしている。ところが何かの弾みで、たとえば会社の出世コースから外される、あるいは身内に小さな不幸が生じる、といったきっかけがあると、自分がこれまで信じてきたものは、実はまちがっていたのではないかと思い始める。世の中の人は、セミナーやカルト宗教にはまるような人間は頭の悪い奴だと考えているが、実はそうじゃない。むしろ世の中のおかしさに気づくだけの賢さを人よりもっている人たちなんだ。その上、責任感もある」

水上は次々と画面情報をスクロールさせチェックしていた。野沢は言葉をつづけた。

「弁護士だからいうわけじゃないが、世の中というのはおかしなものだし、不公平なものだ。だがある意味、イノセントなそういう人たちはその疑いを感じた瞬間に、傷つくし動揺する。そして何とか現実に対応できる基準を身につけようとするんだ。それが結果、より現実から乖離《かいり》していくことになるのが皮肉なのだが。どうもそうは思わないらしい」

「なぜです？」

「ほめられるからさ」

「ほめられる？」

野沢は微笑んだ。

「人はほめられたい生きものじゃないか。疑問を感じ、新たなセミナーに参加する。頭のいい主宰者は、参加者が疑問を抱いたことを、まずほめる。

『あなたは鋭い。この歪《いびつ》な現実に気づかずに、利用されているだけの人々がたくさんいるというのに、矛盾に気づき、何かがおかしいと感じとった。それだけであなたは、人よりすぐれている』というわけさ。連中はよく、『覚醒』とか『発見』という言葉を使う。そうして一般社会との関係を断ち切らせるのさ。自分たちは特別な存在だ、という意識を植えつけるために。そして言葉はやわらかだが、結局は、所属する集団対社会という、対立構造を認識させる教義のようなものを押しつけていく」

「ほめられるのを求めるのも、そこに不安があるから？」

「おそらくそうだろう。だが形のはっきりした不安じゃない。会社の倒産がはっきり見えているのに、セミナーにいく人間はいない。ハローワークにいく方が先だ。自分の周囲で、不幸な人間が多く生まれている。もしかすると自分もああなるのではないか。いや、もっとひどいことになるのではないか。だとすれば自分の信じてきたものは何だったのか。自分は最善を尽してきた筈だ。なのに何かが起きるとすれば、大本の、基本的な考え方の部分がまちがっていたのではないか。今のうちにかえておかなければ、とり返しのつかないことになる——そんな不安だ。だから宗教に安寧《あんねい》を求める気持とはややちがうかもしれない。ただ入りこんでしまうと、すべての価値基準が安定していて、不安を抱かないですむ、という点では同じだろうが」

「ひとり、いらっしゃいました」

水上がいった。

「失礼」

野沢はいって立ちあがり、水上の肩ごしにモニターの画面をのぞきこんだ。

「この人か」

低いうなり声をたてた。許可がない以上、のぞき見するわけにはいかず、私はソファにすわっていた。

「難しいな。未成年だし」

「未成年？」

私はいった。野沢は頷き、私の向かいに戻ってきた。

「もちろん、当時、未成年だった、という意味だ。今は成人している。この人は、複数の霊感商法やカルト系の宗教にかかわってきた経歴がある」

「つまり宗教のハシゴをしていた？」

野沢は頷いた。

「そういう被害者は少なくない。この人の場合は、子供の頃からオカルトに強い興味をもっていた。『前世』あるいは『輪廻転生』といったテーマに惹かれ、そういうものを扱っている本や雑誌を愛読していた。やがて学校の友人から、興味の対象に近い教義をもっているカルト系宗教の存在を教えられ、そのセミナーに興味本位で参加して、信者になった。勧誘ではなく、自発的に参加したケースだ。こうしたカルト系宗教では、勧誘だけではなく、教義に対する興味から自発的に信者になるケースもけっこう多いんだ」

「それはやはりオカルトに対する興味が根底にあるからなのですか」

野沢は再び頷いた。

「ある宗教学者によれば、戦後急速に拡大した新興宗教が大教団化していく過程で、社会に適合していくために捨てていった要素をあえてひろいあげていった新宗教があり、そういうところほど尖った教義をもつし、小規模だが発展しているのが現状だ、という」

「捨てた要素というのが、つまりオカルトですか」

「に、近いものだろうな。終末論を掲げ、ファンダメンタリズム、根本主義にかえることをうたったり、呪術的な神秘主義に走り、一種の『奇跡』を演出したりするところだ。依頼人は、こうした新宗教への参加、離脱をくり返している」

「信者は本物のオカルトや『奇跡』を求めているのでしょうか」

「我々の目からはそう見える。ある意味では冷静なわけだ。参加した宗教が〝偽物〟である、と見破ることができるわけだから」

「でもこの世に『奇跡』など存在しないとは考えない」

「そう。『奇跡』やオカルト的事象の実在を、たとえばこの人は信じている。というより、私の印象では願っている、というところかな」

「願っている？」

「先ほど、集団対社会という対立構造を認識させる、と私がいったのを覚えているかい」

「もちろん」

野沢は息を吐いた。

「ここから先は、弁護士ではなく、社会学者や心理学者の領域だと思うのだが、素人なりに私の意見をいう。集団と社会の対立とは、つまり価値観の差異だ。その差異が大きければ大きいほど、対立構造は明確になる。そこまではわかるな」

「わかります。社会は『奇跡』やオカルト的事象の実在を認めない」

「そう。集団は認める。たとえばある集団の教祖が『奇跡の秘儀』とでもいうようなものを信者の前でおこなったとする。あるいは『終末の予言』ともいうべき、巨大事故や災害の発生をいいあてたりする。だがそれじたいが信者を強く惹きつけるということでもないんだ」

「『奇跡』をおこなえる、『予言』が当たるから、教祖として敬われるというのではないのですか」

「もちろんそれはあるが、現代はもう少し複雑だ。テレビにも超能力者や霊能者と称する人間が登場するだろう。では彼らは、教祖としてまつりあげられるかといえば、そうではない。十八世紀くらいまでなら、彼らも充分、教祖となる資格をもっていたろうが、現代となると、そうもいかないのが実情だ。なぜなら現代における新宗教、とりわけ尖鋭的なものに走る信者には、『奇跡』や『予言』だけではなく、彼らの存在を肯定してやる価値観が必要になってくるからだ。簡単にいえば、私の依頼人の多くは、社会における自分、相対的に見た自分、と、本質的な自分、本来自分が思うところの自分、に大きなギャップを感じている人が多い。人からはこう見られているが、本当の自分はまったく別の人間なのだ、という思いだ。社会のもつ、自分というものをはかる価値観に、いらだち、不満をもっている。誰も本当の自分をわかってくれていない、自分の真実の価値に気づいていない、ということさ。それを社会で口にすれば、『甘え』とか『うぬぼれ』という返事がかえってくることにも気づいている。そして心のどこかで、確かにその通りかもしれない、という不安を抱いてもいる」

野沢のいいたいことが、少し私にも理解できたような気がした。

「つまり、自分の価値を否定的に判断する社会が否定する『奇跡』や『予言』が実在すれば、その価値判断はあやまっていることになる。『奇跡』や『予言』の実在は、自分の本質が、社会の判断とはちがうものであることを証明するかもしれない」

「そういうことだ。実際は、社会が否定する『奇跡』や『予言』が実在したからといって、社会に否定されていると感じている彼らが肯定されるべき価値の持ち主だという論理は成立しない。また、彼らが感じるほどには、社会は彼らを否定してもいない。しかし彼らは、自分が、『より特別な存在』であることを、誰かに認めてもらいたい。その受け皿をもたない、ただの超能力者や霊能者では、教祖になれないというのは、そういうことだ。現代は、宗教は信じたい者によって見いだされる時代なんだ。『奇跡』や『予言』をおこなったからといって、向こうから信者はおしよせてこない。ギブアンドテイクというか、信者の信じたい姿を、あてがってやらなければならないのさ」

「楽なビジネスではありませんね」

私がいうと、野沢はにやりと笑った。

「確かに。頭が悪い人間には向かないね。ただし、新宗教というのは階級制度をもっていることが多い。この制度は、尖鋭的な教義をもつ集団ほど絶対的だ。信者の自尊心を満足させるために必要であると同時に、ビジネスとして成立させるためにも不可欠だ」

「階級を貢献の対価にする、ということですね」

「その通り。貢献にはいくつもの種類がある。信者を増やす勧誘、内部をまとめていく活動、そして教祖・教団の懐ろを潤す献金だ。勧誘や活動をうまくこなせない人間は、せっかく手に入れた新価値観下にあっても、再び否定的な存在にされないために、必死になって献金をおこなうわけだ」

「でもやがて気づく？」

「気づくというよりは、不満さ。社会における自分の価値が不当に低いと感じ、その社会が否定する価値観を持つ集団に加わった。集団の価値観と自分の価値観に、さほどのちがいはなく、ここでなら自分は認めてもらえると信じている。ところが、自分の価値を集団は認めてくれない。勧誘も活動も、献金もしたのに、自分より〝低い〟人間が、階級的には上にいっている。そうなると、どう思うか？」

「どう思うんです？」

「『この宗教はインチキだ』」

私は苦笑した。

「まさか」

野沢は首をふった。

「本当のことだ。気づくとか目が覚めるのとはまるでちがう。だからこそ、こうした人間は、ハシゴをするんだ。次こそ自分の真価を認めてくれるにちがいない、と信じて」

「真価を社会が認めてくれない、と思うのはなぜなんでしょうか」

野沢が今度は苦笑した。

「それがわかったら、俺だって弁護士なんかやっていない。高等教育もうけ、歪でもない環境に生まれ育った若者が、なぜ実像とかけはなれた真価を、第三者に認められるよう願うかなんて、俺にわかりっこないだろう。考えてみることもあったが、思うのはやっぱりありふれた答だ。うぬぼれている、とか、楽をしたいのだろう、とか、現状に不安があるのだろう、とかさ」

「不安？　不満ではなくて？」

野沢は煙草に手をのばした。

「不安だ。若くして、カルト宗教に走る人間は、将来に対して大きな不安を抱いていることが多い。不安の対象は、自分個人であったり社会全般であったりするが、要は、社会と同一化するのをひどく恐れている」

「社会に未来がない、と感じているのですか」

「少なくとも明るい未来は信じていない。といって、具体的に、どんな悲惨な未来が待ちうけているかをいってみろ、といったところででてこない。せいぜい環境汚染とか、醜い大人になる、とかいったていどだ」

「大人になることを恐がっている、とは私も今の若者を見て思います。特に十代の」

野沢は深刻な表情になった。

「そう。これがらみの依頼人だけでなく、事務所としてかかわったおおぜいの若者が、大人になることを恐れている、という印象はあるな。私の頃は、大人になりたかった。大人になったら、今こそそしなければならない行動を、大手をふってできるようになるから、と」

「こそこそしている若者なんかいませんよ、先生」

　水上がいった。

「こそこそしているのはむしろ大人で、若い人は、どこで何をするのも平気です」

「それが強がりに見えないか」

「強がり？」

　野沢の言葉に水上は首を傾げた。

「皆がそっくりの化粧をしたり、身内以外の人間をすべて風景と同一視するような行動は、俺には強がりに見える。そっくりの化粧をすることは、一種の保護色で、自分ひとりに攻撃が及ぶのを避けている。身内以外を風景と見なすのは、自分の価値を認めない人間の存在を無視したいからだ。つまりは、不安と戦うための強がりだ。異端とされることを、今の若い人が何よりも嫌うのが、その証明さ」

　私は「ブロケード」に話を戻した。

「『ブロケード』について、その依頼人から話をうかがうわけにはいきませんか」

「君が直接、というのは難しい。私に任せてもらえないか」

「わかりました。錦織について知りたいんです。特に錦織の係累で、現在高校生になっている娘がいたか、どうかを」

野沢は私を見やった。

「失踪人なのか」

「いいえ。その娘は失跡していません。聖良学院に通っていて、奇妙ですが強い影響力を、周囲に対し、もっています」

野沢の話を聞いたことで、私の内部で肥大化していた錦織の〝魔力〟が中和されていた。私は感謝したい思いだった。

「影響力というのは何だい？　昔の女番長みたいなものか」

「少しちがいます」

私は首をふった。

「錦織という女子生徒は、特定の、自分の『犬』と称する奴隷たちに対し、生殺与奪の権力をもっているのです。実は、その生徒の指示にしたがった、『セイル・オフ』のメンバーがひとり、先日自殺しました。そのメンバーも、高校生でした」

野沢は眉をひそめた。

「自殺しろ、と命じたのか」

「いいえ。自殺せざるをえなくなる状況に追いこまれるような、ある行為を命じられたんです。その高校生は、女子生徒の影響力から逃れたくて『セイル・オフ』にきていたんです。薬物依存におちいったのも、その女子生徒の存在がきっかけでした」

野沢は考えこんだ。

「わからないな。惚れていた、ということか」

「そういう感情もあったと思いますが、もっと強くあったのは恐怖です」

「惚れてりゃ恐い、ということもある。たとえばどんな亭主でもカミさんが恐いのは、惚れているからこそだ。恐怖の方が上回ってしまったら、惚れるもくそもない。逃げることしか考えないだろう」

「その女子生徒にとって、人との関係というのは、すべて憎しみから発展しているように、私には見えます。憎むことが、彼女にとってのコミュニケーションなんです。憎まれないことが救済であり、彼女と良好な関係を保てる唯一の方法です。憎まれないためには、『犬』になる他はない」

「信じられないな。そこまでの価値を相手に感じさせる人間なのか。たとえば絶世の美少女とか」

「容貌に恵まれていないわけではありませんが、やはり強く感じるのは憎しみです。話しているだけで伝染してきます。正直、私自身も、彼女と話したあと、彼女を憎みました」

私の言葉に野沢は首を傾げた。

「不思議だな。いったいどんな理由で、そんな感情をもつように至ったか」

「依頼人に、心あたりはないか、訊いてみていただけますか」

野沢は頷いた。

「試してみよう。ただ依頼人が話を拒むようなら、あきらめてくれ」

「わかりました」

私は長々と邪魔したことを詫びて立ちあがった。

事務所の戸口まで私を送った野沢がいった。

「人が人を信用できなくなればなるほど、弁護士という仕事は忙しくなる。早川さんのところにいた頃は、プロはプロ、アマはアマで、悪いことをする人間の領域ははっきり分かれていた。それがかわってきた、というのはつくづく感じる。プロのような悪事を働くアマが多すぎる」

「プロはどうするのでしょう？」

「技術の特化だな」

野沢は笑った。

「過激な犯罪の専門家が増えていく。あの頃は、〝殺し屋〟なんて海の向こうの話だったが、今は誰もそうは思わない」

「気をつけなければなりませんね」

私はいった。野沢は真剣な表情で頷いた。

「金や権力が殺意の対象となる時代は終わった、と私は思っている。これからは情報の所有者こそ、身の周りに注意を払うべきだ。特殊な情報をもっている人間に危害が及ぶ可能性がある」

「なぜです？」

「インターネットだな。インターネットによって、人は誰もが情報の発信源となることが可能になった。インターネットと携帯電話は、どこの世界でもそうだが、我々弁護士の世界でも状況を激変させたよ。情報の移動が速く、広くなり、しかも以前は情報のやりとりといえば即ち、交流であり面会であったのが、そうではなくなった。情報の動きとコミュニケーションはまったく別ものになったわけだ。私はそこら辺に、若い人の変化の理由があると思っている」

「おもしろそうな話です。またゆっくり聞かせて下さい」

野沢は笑った。

「本当は皆、気づいていることとさ。さっきのカルト宗教の話ではないが、世の中を大きくかえるのは、奇跡や予言なんかじゃない。もっと身近で誰もがかかわっている事象や事情の変化が、ゆっくりと少しずつ、しかし確実に世の中をかえていく。この場合、世の中とは、つまり人だ。どれだけツールが発達し、生活の中にハイテクが入りこもうと、それによって人間間《かん》の問題が減るわけじゃない。人や企業の契約書は、ハイテク化が進んでメディアが複数になればなるほど複雑化し、ぶ厚くなっていく。イコール、我々の仕事も増える一方、ということだ」

「人間の心もそれにしたがって変化していく？」

「キィワードは『多様化』だろうな。教育学者みたいなことはいいたくないが、『多様化』はやはり人間をわがままにしている。だがこれほど文明の進んだ資本主義世界では、『多様化』によってしか需要を生みだすことができない。需要を生みだすことが、資本主義の経済原則である以上、人はどんどんわがままになっていかざるをえないな」

私は頷いた。

「ま、こんなことをいっているようじゃ、私は充分、年よりというわけだ」

「野沢さんだけじゃありません。私も年よりだと自分を思います」

「連絡をくれよ。縁側とまではいわないが、日なたぼっこできる時間があれば――」

虎ノ門を後にした。沢辺の携帯に連絡を入れる。

「上村の件はわかった。守本もしゃぶを扱っているのか」

「それは聞かなかったな。守本のシノギはやはりポルノが中心らしい。だが必要なら上村から回させるのは簡単だろう。そっちは何かわかったのか」

「妙な偶然を見つけた」

「妙な偶然？」

「まのままるが一時入れこんでいた自己開発セミナーについて調べたんだ」

「マンガ家の調査からは手を引いたのじゃなかったのか」

「いきがかりさ。そのセミナーの主宰者は、錦織と関係がある人間のようだ」

「関係がある？」

「父親かもしれない」

「何という団体だ？」

「『ブロケード』。最初にまのままるを連れていったのは守本らしい」

「わかった。守本や上村の周辺で、『ブロケード』という名前を当たってみる」

「頼む。錦織の、あのやりかたも、そこに何か関係しているかもしれない」

また連絡する、といって沢辺は電話を切った。

考えを整理したくて、私はかつて足繁く通った喫茶店に入った。以前の職場であった早川法律事務所の近くにあり、数えきれないほどモーニングサービスを食べた店だ。私は二十代で、自分を若者の端くれだと信じていた。大人たちには理解できない、彼らの心の動きが読め、行動を予測するのは簡単だと感じていた。

事実、若者、特に十代、二十代の失踪人調査にかけてはピカ一だという評判をとっていた。

今考えれば、私は「若者」にとっての裏切り者だったのかもしれない。外見が若者であることを武器に、若者の聖地に踏み入り、彼らの秘密に耳をそばだて、それを大人たちに売るのを仕事にしていたのだ。だがいいわけするなら、あの頃は今ほど、若者と大人のあいだに大きな亀裂は存在しなかった。漠然と大人を嫌い、社会に同化されていく未来を否定しながらも、嫌うだけの価値を大人に認めていた。不安はあったが、それは自らに対してではあっても、社会に対してではなかった。野沢のいう「強がり」や「保護色」を必要だと感じることはなかった。インターネットや携帯電話などがもつ匿名性、顔をあわすことも、氏名を明らかにする必要もなく情報を送りだす方法の存在があの頃あったら、何かかわったのだろうか。わからなかった。方法はあくまで対抗手段でしかない。今ほど強い不安をもたなかったあの頃は、対抗手段の必要性も認識しなかったのではないか。

「保護色」や「匿名性」を手段とするほど、何が彼らを怯えさせているのか。

野沢の話は、私の混乱に思ってもみなかった道を与えてくれた。私は錦織を怪物と考え、恐怖に近い憎しみを抱き始めていた。錦織は、私が理解できない若者の考え方、否定したい感性の、具現化した存在だった。

しかしそれらが実は、優越感ではなく、不安や恐怖から発しているものだとしたら、印象は大きく異なってくる。若者の多くが、自分を弱者と考え、社会に対して「強がっ」たり、生きのびる手段として「保護色」や「匿名性」を必要としているのだとしたら。

彼らにそういう気持を抱かせたのが社会の何であるのか、私にはおそらく理解できない。なぜなら、大人である私は、彼らにとっては社会の一部であり、不安や恐怖を抱かせる存在かもしれないからだ。

私は、現在の社会がことさらに若者を痛めつけているとは思わなかった。希望を踏みつぶし、絶望だけをその未来に横たわらせているとは感じていなかった。

自然環境は悪化しているだろう。不況は、彼らがものごころついたときにはそこにあり、いまだ改善の実感はないかもしれない。だがそもそも、自然破壊や不況というものが、都会の盛り場こそを聖地とみなす若者に、何ほどかの意味をもつのか。

いったい何が彼らを後退《あとずさ》りさせ、「不安」や「恐怖」、さらには「憎しみ」を与えているのだ。社会に対する同化そのものなのか。そうならば、社会が人間を痛めつけ、未来を奪い、絶望を抱かせていることになる。若者であることが、社会外の存在であるという猶予を与え、そして若者である期間が終わるとき、絶望に呑みこまれていくのだ、という不安を植えつけている。

そうかもしれない、と思った。痛めつけられ、絶望している大人を捜すのは、都会では苦労しない。テレビは、現実に背を向け、空虚な笑いとおためごかしの同情と、そして対象すら定かでない怒りばかりをあおっている。ブラウン管の中で眉をひそめる人間（大人）そのものが、視聴者の眉をひそめさせるための出演者であり、笑いや同情は、自らより下位に位置する人間の存在を認識させ、安堵させる情報の産物でしかない。社会は多様化し、確かに需要の選択肢は広がっている。しかしそれは結局、いけどもいけども、手に入る幸福は、一部の頭の良い資本家が作りだした「既製品」でしかないことを示している。

ブランドブームは、貧弱な個性と自らの醜さを糊塗するためのものではなかったか。若いときに貧弱であった個性が、成長にしたがって豊かになるとはいいきれない。社会との正面きった闘いは、確かに強烈な個性を与えるだろう。しかし社会との妥協、埋没は、さらに個性を失わせるだけだ。ならば限られた期間に、目いっぱい自分を飾りたて、個性のつけ足しをおこなおうとする気持は、理解できなくもない。

どうせ失ってしまう個性、奪われ、飼いならされてしまう自我だからこそ、できるときに飾り立て、顰蹙《ひんしゅく》を買ってでも発現させたいのではないのか。

にもかかわらず、そこに「保護色」を必要とし、「匿名性」という逃げ場を確保しておかなければならない現在とは、どんな社会なのか。

誰かを恨むわけにはいかなかった。罵る権利すらなかった。なぜならそれを作りだしたのは私なのだ。私という大人とその眷属《けんぞく》が、若者たちにそんな社会しか与えなかったのだ。いいかえれば、社会における大人は、常に「早い者勝ち」で、おいしいもの、楽しいものを奪いつくしてきた。いつだって、遅れてきた若者に残されているのは、甘い汁を絞りつくしたカスだけだった。若者はしかし、そのカスから、大人たちが気づきもしなかった、あるいは気づいても見向きもしなかった甘い果肉を見いだしてきたのだ。

だがとうとう、その果肉が消えてしまった。どう捜し、どうつつき回しても、もはや一片の果肉も見つけだせなくなったのではないか。

むろん、それはすべての若者ではないだろう。しかし「持てる者」と「持たざる者」の差異は大きく、さらに広がる未来がそこには待ちかまえている。「持たざる者」は、限られた手段を駆使して、わずかな果肉を手中にしようとする。

それが売春であり、狩りだとしたら。

二十《はたち》になれば、肉体の価格は下落し、犯罪者は「少年A」という盾を失う。

それはちがう。その未来はまちがっている。しかしこの言葉を理解させてやる「力」を大人はもたない。「力」なき言葉は、理屈の押しつけでしかないことを、私はたっぷりと学んできた。なぜなら「理屈」を押しつけていたら、私は若者であると同時に優秀な探偵でいることができなかったからだ。

かつてあれほど愛飲したフレンチローストを、私はひどく苦く感じていた。若者に同情したことはないし、理解するふりもしてこなかった。

これからもそんな気持や芝居を決して、この生き方の中にもちこみたくはない。

だが同情と憎しみのどちらかを選ばずして、私は錦織と向かいあうことができるだろうか。

憐れむなら、まだ憎んでいる方がまともなような気がした。よい、ではない。許される、でもない。ただ「まとも」なだけだ。

私の、この考えが真相を知る入口になるのかどうか、自信はなかった。たとえ真相だとして、真相はあくまでも事実に過ぎず、誰かを救いだしたり何かを生むものではないことは、とうにわかっている。

いずれにせよ、私が次に錦織と対決するとき、私が携えていく「武器」の中に、この考えがあることだけは確かだ。

そう。やはり、これは闘いだと認識しよう。私と錦織の闘いだ。しかし、大人と若者の代理戦争にはしない。

たとえ、錦織がそれを望んだとしても。

25

私は車で初台に向かった。錦織についてさらに知るには、張りこみしかない、と感じていた。

以前きたときと同じ場所に車を止め、家を見つめた。小さな白塗りの一軒家。時刻は午後五時を過ぎている。

やがてあたりの家の窓に明りが点る時刻になった。錦織の家には明りがつかない。

午後七時になると、私は車を降り、少し離れた場所にあるコンビニエンスストアに歩いていった。雅宗を見つけた店だ。

あのとき雅宗は、パンと缶コーヒーを手に、レジに並んでいた。錦織と会うために、ずっと待つつもりでいた、と私に告げた。

――いろんなとこに、住んでるんだ。ここだけじゃない。だから今日は帰ってこないかもしれない
車内で交した会話がよみがえった。

家族は、と訊ねた私にこういった。
――いないみたいだ。手伝いみたいのはいるけど、夕方には帰る
あのときの雅宗と同じように、パンと飲物を買い、車に戻った。家の明りは消えたま
まだ。
雅宗は、小倉の連絡先は、携帯電話に記憶させていたのでなくしてしまった、といっ
た。
錦織に会うためには、ここで待つか、渋谷にいく他、道が残されていなかったのだ。
だが渋谷にいくことを雅宗は恐れていた。そしてその不安は的中した。渋谷では、かつ
てのチーム仲間が雅宗を狩ろうとした。
知らせたのは小倉だ。小倉は、「シェ・ルー」をたまり場にしているチームとつなが
りがある。「シェ・ルー」の店長である伊藤は、守本の所属する組の系列である東和会
からクスリを仕入れ、さばいている。小倉も同じだ。
それを快く思わない人間が、渋谷にはいる。遠藤組の二代目。そしてチームをイラン
人に襲わせた人物。売人である小倉を狙わず、顧客である高校生たちを襲わせた。
奇妙だ。イラン人による襲撃の目的は何だったのか。イラン人は、売人としての縄張
りをおかされ、襲撃にでた、と私は考えていた。その結果、雅宗は孤立した。本来なら、
商売敵である小倉を狙うべきなのに、イラン人はそれをせず、高校生を襲った。それを

私は、イラン人の側に、小倉に手をだせない理由があったからだと考えていた。

かりにそうだとしても、イラン人の襲撃の狙いが、チームと小倉をひき離すことだったとしたら、なぜあの晩、チームは、小倉の知らせに応じて、雅宗を狩りに動いたのか。

ちがう。

イラン人による襲撃と、小倉の密売はつながっていない。小倉は確かにクスリの密売人だが、チームにクスリを売っていたのは、伊藤ではなかったのか。小倉とチームとの間には、クスリの売買とは別のつながりが存在する。だからこそ、チームは動いたのだ。

何かがある、囁く声が聞こえた。

イラン人による襲撃は、縄張りをおかされたことへの怒りから発した――私にその考えを植えつけたのは、遠藤の言葉だ。イラン人を動かしたのは平出組で、小倉を痛めつけられない理由があったからだ、と遠藤はいった。そしてその理由を知りたい、と。

雅宗をチームが狩ろうとしたとき、遠藤が現われ、私と雅宗を救った。私はその礼に、伊藤が密売人であることを教えた。にもかかわらず、遠藤は、イラン人の襲撃が小倉からクスリを買っている高校生に対する〝警告〟であるという説の矛盾に気づかなかった。クスリを売っていたのが伊藤なら、イラン人は、伊藤を狙った筈なのだ。

つまり、イラン人が襲わなかったのは、小倉ではなく、伊藤の方なのだ。伊藤を襲えない理由があるから、高校生を襲った。小倉は、「シェ・ルー」をたまり場にするチームを、商売の対象にしていない。実際に、私が目にした小倉の客は、チームの人間ではなかった。

私は「シェ・ルー」で最初に話した少年の言葉を思い返した。

少年は確かに小倉に怯えていた。小倉がナイフをちらつかせ、雅宗がいつ戻ってくるか教えるよう迫った、と。そのことが、雅宗をチームから孤立させる原因になった。それはいい。

その上で、まだ病院に入っている仲間がいる、ともいった。しかしそれが小倉によるものでないことは明らかだ。

小倉の目的は、雅宗の孤立化にあった。イラン人の目的はちがう。結果は同じことになったが、クスリの売買にからんだものだ。イラン人を動かした人物の目的が、チームのクスリ購入を阻むことだとしたら、それは達せられていない。なぜなら高校生たちは、イラン人の襲撃を、まったく別の理由によるものとうけとめたからだ。

雅宗は危険だ、雅宗に近づくな。

それによって雅宗は死に追いやられた。

にもかかわらず、襲撃はくり返されていない。その理由は何か。

警察の目を恐れた、とも考えられる。だがそうでないとすれば、それはなぜなのか。

クスリの購入が阻まれたからではないか。いいかえれば、クスリの購入はつづいたが、イラン人を動かした人物が望まない密売人からの購入は止まった。この場合、望まない密売人は、伊藤でも、まして小倉でもない、ということになる。

私は息を吐いた。「セイル・オフ」にやってくる者が、心底、薬物依存から立ち直ろうと願っているとしても、そこですべての真実を語るとは限らない。いいたくないこと、秘密にしておきたいことを語らないというのは充分ある。いや、むしろ、その方が多い。「セイル・オフ」は教会ではない。おかした罪のすべてを告白し、懺悔《ざんげ》しなければ、受け入れられないわけではない。

排除された密売人は、雅宗だったのではないか。

そうならば、小倉も伊藤も襲われず、そしてイラン人による襲撃が一度きりであった理由も、すべて説明がつく。

雅宗は自分がチームにクスリをさばいていたとは、一度もいわなかった。

私は携帯電話で「セイル・オフ」にかけた。堀を電話口に呼びだしてもらい、訊ねた。

「堀さん、雅宗は、自分がクスリをさばいていた、といったことはあるかい？」

まだ立ち直っていない堀の口調は重かった。

「さばいた、とはっきりとはいいませんでしたが、回してやったというようなことはいっていたと思います」

「どう感じた？」

「どう、とは？」

「奴は売人もやっていたと思うかい」

「わかりません。やっていたかもしれません。別に珍しいことじゃありませんから……」

薬物汚染が広がる大きな理由のひとつに、売人と依存者の重複性がある。薬物依存者は、当然の話だが、自分が摂取する薬物を買うための金が必要になる。薬物の量が増えれば、それだけ大金がいる。その金をどうやって稼ぐのか。

食費などの生活費をきりつめたところでタカがしれている。その範囲内でおさまっていれば、逆に薬物依存になどならない。

手っとり早くクスリ代を得る手段は、自らが売人になることだ。

友人、知人にクスリを卸す。その利ザヤで、自分のクスリ代を浮かすのだ。

薬物の密売組織は、そのシステムで売人をリクルートする。クスリ代欲しさに、自ら売人を買ってでる薬物依存者はいくらでもいる。

警察は、そうした売人をいくら取締っても、薬物の乱用がくいとめられないことを知っている。売人は、密売組織にとっては、消耗品にすぎない。

「奴は、堀さんに飲ませたクスリを、自宅の部屋に隠してた。本気でクスリと縁を切ろうと思っている人間が、部屋にクスリをおいておくだろうか」

私はいった。

「それは……。正直いって、わかりません。捨てきれないでいたのかもしれません。依存者って、もったいないって思うんです。クスリのことに関しちゃ、本当に意地きたなくなっちまうんで」

堀は口ごもった。

「それはわかる。酒呑みが酒を残さないのと似ている」

「酒よりもっとです。酒は、自販機や酒屋で買えますけど、クスリはそういうわけにはいきませんから。だから止めようとは思ってても、捨てる決心ってなかなかつかないんです」

「奴がもってきたクスリは、どれくらいの量があった？」

「けっこうありました。俺、俺……確かめてみたくなったんです。もう、俺は平気だって。またクスリをやっても、溺れることは絶対にないって——。わかってもらえないでしょうけど……」

薬物依存と、一度限りの薬物摂取は別ものだ、という考え方が、依存者の中には常に存在する。

たとえば禁煙をつづけて何年もたっている人間が、ほんのでき心で、煙草を一服したりする。それで禁煙が解けてしまう人間と、解けない人間がいる。禁煙を指導する医師などは、そういう行為は絶対にすべきでない、という。だが人は、自分を試してみたいという欲求をもつものだ。堀がはまったのは、まさにそうした心理の落とし穴だった。

「あんなことがなくたって、堀さんはきっと二度とクスリには手をださない。ただ自分の強さを試したかった、そうなのだろ」

「そうです」

私の言葉に少し力づけられたように、堀はいった。

禁煙の例でいえば、一服しても禁煙が解けなかった者は、ある種の勝利を感じる。自分はもう二度と喫煙者に戻らない、という意志を再確認し、自己に対する満足感を得る。試したいという衝動は、その満足感に対する飢えからきているのだろう。

「雅宗はそのクスリを、自分ひとりのために自宅にもっていたのだろうか」

「それはどうかわかりません。でも奴は女といるときも使うといってましたから……」

「でも女はクスリをやらない。雅宗にやらせ、見ているだけだといっていなかったか」

「ええ……。そういえば、そんなことといってました」

「雅宗はクスリを誰から仕入れていたか、いっていたか」

「いえ」

「セイル・オフ」は警察ではないし、警察とつながってもいない。薬物の売買に関するどんな情報があろうと、それを通報することはありえない。

薬物事犯というのは、薬物の存在なくしては、立件が難しい犯罪なのだ。だからこそ警察は、誰がどれだけもっているのか、という情報を欲しがる。

　密売組織は薬物依存者を売人に仕立てるが、警察は薬物依存者を密告者に仕立てる。

「お前は逮捕しないでおいてやるから、かわりに誰から買ったか、他に友人の誰がやっているかを白状しろ」と、警察官にいわれた経験のある依存者は多い。だからこそ人を信用もできなくなるし、その不信感をなくさせるために、「セイル・オフ」は決して警察には協力しない。そのせいもあって、民間の薬物依存者更生施設に対し、警察はあまり好感を抱いていない。中には、そうした施設では、薬物の入手情報が交換されている、むしろそうした施設に身をおくと、薬物依存から脱却できなくなるとさえ、口にする司法関係者もいる。

「ありがとう、堀さん。早く元気をだしてくれよ」

「公さん、俺のしたことって、許されるんですかね」

「それは俺にはわからない。でも『セイル・オフ』は成功者が集まって自慢話をする場所じゃない。むしろどんな失敗をどれだけした人がいるかってことで、これから立ち直ろうっていう人に力を与えていくところじゃないかい？」

「でも、人ひとり死んじまったんですよ」

「それは確かに重大なできごとだ。でも責任が堀さんひとりにあるわけじゃない。俺にだってある」

「公さんは、雅宗が売人だったかどうかってことをどうして気にするんですか。雅宗がもし売人だったとしても、俺のやったことは、やっぱり許されないです」

「もちろん、雅宗が売人であったかどうかということと、奴の命の重さは関係ない。ただ、もし奴が売人も兼ねていたとすると、奴の周りで起こっていたできごとのいくつかに説明がつくんだ」

「できごと？」

「奴の元のチーム仲間がイラン人の売人に襲われて怪我をした。もしかすると襲われた理由は、奴にあったのかもしれない」

「そういや、奴はイラン人が恐いといってたことがありました。殺されるかもしれないって。理由はいいませんでしたけど――」

「わかった。もう少し調べてみる」

「雅宗がチームから追いだされたのは、クスリをやってたからじゃなくて、クスリを売ってたからだって、公さんは考えているんですか」

「簡単にいえば、そうなる」

伊藤に会いにいこう、と私は思っていた。雅宗のチームに対し、クスリを売っていたのが、伊藤だったのか、それとも別の人間であったのか、それをつきとめたい。

また連絡するから、といって私は電話を切った。携帯電話を上着に戻し、錦織の家に目を向けた。

平日の夜七時。周囲の家では窓に明りが点っている。だが錦織の家の窓は暗いままだ。雅宗のいっていた、お手伝いらしい人間の出入りもない。

この家は、ずっと明りがつかないままなのではないか。ふと、そんな気がした。家に命があり、温もりを宿しているものだとしたら、この白い、小さな二階家は、外見こそまだ新しいものの、とうに命を失った亡骸《なきがら》なのではないだろうか。

私は車のエンジンを始動した。求める答は、この家を張りこんでいても得られない。渋谷の街にこそある。

車をゆっくりとバックさせ、Uターンをして走りだした。ルームミラーの中で、もう一度あの家を見た。

暗く、静まりかえったままだ。

26

「シェ・ルー」に伊藤の姿はなかった。私と雅宗を襲ったチームの仲間のような若者もいない。

私は入口のレジにいた女性店員に、伊藤は休みなのか、と訊ねた。

「伊藤さんは、辞めましたけど」

半ば予期していた返事がかえってきた。

「今、どこにいらっしゃるかわかりますか」

店員は首をふった。私は念のため、別の店員にも訊ねてくれるよう頼んだ。伊藤にかわって店長になった、という男が厨房から現われた。

「伊藤さんは、先週いっぱいであがりました。突然といえば突然でしたけど、何だか一身上の都合ということで……。今はどこでお勤めになっているかは、知りません」

「連絡先とか、わかりませんか」

「ありますが、たぶん連絡はつかないと思います。引っ越しもするといっていましたから」

「携帯電話はどうです？」

それなら、と番号を教えられた。私はその場からかけてみた。電源が切られている、というテープが流れた。

「つかぬことをうかがいますが、辞められる前、伊藤さんは怪我をしていませんでしたか？」

「怪我、ですか？」

新しい店長は怪訝な顔をした。伊藤より若いが、落ちついた印象がある。

「ええ。喧嘩をしたような怪我です」

「いいえ」

店長は首をふった。私は礼をいい、「シェ・ルー」をでた。

私は伊藤が東和会とつながっていることを、遠藤に話した。それは遠藤の面子《メンツ》を潰し、へたをすれば伊藤の命を奪いかねない情報の筈だった。なのに伊藤は無傷だったという。

「シェ・ルー」をでて、雑踏の中に立った。いつもと同じように、街頭を十代の若者が占拠している。彼らに緊張感はない。この街では、盛り場に身をおいている、という緊張感は大人が抱くべきものだ。

私が十代の半ば頃、新宿はやはり若者によって占拠された街だった。シンナーや睡眠薬が密売され、背景には暴力団がいた。売人は街を縄張りにする若者たちの中にいたが、収益はやくざのものだった。その構造だけは、いつの時代もかわりがない。

私は財布の中から、遠藤にもらった名刺をとりだした。印刷されている携帯電話の番号にかけると、留守番電話サービスにつながった。

会って話がしたい、と告げた。最後に会ったとき連れていかれたバーで待っている、と吹きこんで、電話を切った。

百軒店まで歩く間、緊張は感じなかった。もしかすると、雅宗と私を襲ったチームの連中とどこかですれちがっているかもしれない。だが彼らは私を見分けられないのではないか、そんな気がしていた。

肌を黒く焼き、髪を脱色する、大人には見分けのつかないファッションが、若者どうしのあいだでは見分けがつく。野沢のいう匿名性とは、大人に対してのものだ。奇妙な思いこみだが、逆にそうした若者には、大人の見分けがつかないのではないか。

実際はどうかわからない。だが大人がそういう若者たちを見て、皆同じに思えるように、若者が大人たちを見ても、皆同じように思えても不思議はない。たとえば異星からきた宇宙人が、ラッシュ時の通勤電車を見たらどう思うだろう。

ネクタイにスーツ姿のサラリーマンから〝個体差〟を感じとるのは難しいのではないか。

私は若者を異星人と感じているわけではない。だが若者は、興味の対象を同年代に絞りこむ傾向がある。対象を外れる年代の人間は、三十代、四十代、五十代、六十代、どの年齢であっても、風景と同化する存在でしかない。渋谷の街を歩く私の姿は、そこを占拠した若者たちの大半にとって風景の一部でしかないような気がしてならないのだ。

バーは、以前きたときと同じように、客の姿がなかった。木の扉を押した私を、赤いベストの老人は低い声で迎え入れた。

「いらっしゃいませ」

カウンターだけの店は、七人で満席になる。

私はその中央に腰をおろし、ビールを注文した。老人は無言でビアグラスとビールの小壜をカウンターに並べた。おしぼりもつきだしもない。

ビールをグラスに注ぎ、ひと口で半分ほどを干した。煙草に火をつけ、遠藤のことを考えた。

遠藤は初めから私に紳士的にふるまっていた。縄張り内で奇妙な行動をとった私を、一方的に排除しようとせず、逆に情報を提供し、私からも得ようとした。

私は彼を頭の切れるやくざだと感じ、ある種の好感すら抱いた。さらに彼は、チームの襲撃から私と雅宗を救い、雅宗が私の言葉に従うよう、諭した。

もしかすると、遠藤は、私が考えた以上に頭の切れる男なのではないか。

カウンターの端に、年代物のピンク電話がおかれている。それが鳴った。

バーテンダーの老人が受話器をとった。

「はい」

相手の言葉に耳を傾け、再度、はいと答えた。少し間をおき、もう一度、はいと口にして受話器をおろした。その目は一度も私には向けられなかった。

だが私は電話の相手がわかった。遠藤にちがいない。遠藤は、私がひとりでいるかどうかを確認するためにかけてきたのだ。

私は老人を見つめた。老人は不自然に目をそらせた。私の勘はまちがっていない。

数分後、バーの扉が開かれた。

「いやあ、遅くなっちまって。申しわけない。いつもは携帯のスイッチは、切らずにおくんですがね。今日はちょっと身内の寄り合いがあったもので……」

遠藤が私の横に立ち、いった。紺のタートルネックに、濃いグレイのスーツを着けていた。ストゥールに腰をおろし、

「俺もビール」

と、老人に告げた。

「突然お呼びたてして、申しわけありません」

私はいった。

「いやいや。夜は本当は暇なんですよ。あんまり飲み歩くようなこともしないし。用がないのにうろついちゃ、嫌がられますからね」

遠藤は朗らかにいって、ビールを注いだグラスを掲げた。

「先日はお世話になりました」

私は頭を下げた。

「とんでもない。あれは偶然です。で、どうです、あの坊やは。何とかなりそうですか」

「駄目でした」

「駄目？　逃げだしたんですか。静岡だかどこかに連れて帰るっていってませんでしたっけ」

遠藤は眉をひそめた。

「連れて帰りました。だがあのあと、自殺したんです」

「そいつは……」

いって、遠藤はグラスをカウンターに戻した。しばらく無言だったが、いった。

「若いのに、何をそんなに焦ることがあったんですかね」

私は首をふった。

「それを知りたいんですよ。遠藤さんと約束をしていましたが、さっき『シェ・ルー』

にいきました。伊藤さんと話をしたくて」

遠藤は黙って私を見ていた。

「辞められていた。今、どこにいるかもわからないそうです」

「もう渋谷には寄りつかんでしょう」

遠藤はいった。

「叱ったのですか、彼を」

遠藤は苦笑した。

「叱る、か。もう少しきついことをいいましたがね。俺は佐久間さんとした約束通り、奴には手をださなかった」

私は遠藤の顔を見直した。

「イラン人の話をしていいですか」

「イラン人？　ええ」

遠藤は怪訝そうに頷いた。

「初めてお会いしたとき、『シェ・ルー』にたまっている高校生を襲ったのは、平出組の使っているイラン人だといいましたね。平出組は、縄張りをおかしている小倉を直接痛めつけることをせず、かわりに客の方を威したのだ、と」

遠藤は首を傾げた。

「そうでしたっけ。そんなことをいったかもしれない。確かに妙な話ですからね。あの野郎は野放しになっていて、誰も締めようとしない」

「しかし、小倉が高校生たちにクスリを売っていなかったとしたら、どうなります？」

「だから伊藤なんでしょう。佐久間さんはこのあいだ、そう教えてくれた」

遠藤は私を見つめ、いった。私は頷いた。

「伊藤は、小倉とつながりがあり、東和会からクスリを仕入れていると、あなたに認めましたか」

「認めたっていうのかな。手前も男なら恥を知れよっていってやりました。黙ってうなだれていましたけど……」

「イラン人が手をだせなかったのは、つまり小倉ではなくて、伊藤だったということになりますね」

遠藤は私の言葉の意味がわからないような表情で煙草に火をつけた。

「だから――？」

「なぜ伊藤にはイラン人が手をだせなかったのか、という疑問がひとつ。その次に、伊藤はイラン人による襲撃のあとも、クスリをさばいていたにもかかわらず、高校生が襲われなくなったのはなぜか、というのがふたつ目です」

「どっちも俺にはわかりませんよ」

遠藤はいって勢いよく煙を吐いた。チタン製のジッポの蓋を鳴らし、澄んだ音をたてた。

「私は考えて、ある仮説をたててみました」

「どんな仮説です？」

「伊藤は東和会からクスリを仕入れてはいたが、それを直接、『シェ・ルー』で高校生に売ることはしなかった。ある人間を通して売っていた。ところがその人間がいなくなったために、クスリを売れなくなり、結果的にイラン人による威しは、効を奏したのと同じになったのです」

「ある人物って誰です」

「雅宗です。このあいだの坊やですよ」

「なるほど……」

遠藤は考えこんだ。

「坊やは売人をやっていると佐久間さんに話したんですか」

「いいえ」

私は首をふった。

「いいませんでした。ですがやっていても不思議はなかった。彼はリーダーだった。しかしあなたがあのとき見抜いたように、腕っぷしでのしあがったリーダーではなかった。

男前と、本当は強くもない喧嘩で、『勝った』という伝説をうまく使ってリーダーの地位にのしあがったんです。その地位を維持していくために、他の人間ができない何かを、雅宗はチーム内でする必要があった。それが売人だったのかもしれません。雅宗にいわなければクスリが手に入らない、というのは、一種の特権ですからね」

「売人が特権ですか。俺には信じられないな」

遠藤は首をふった。

「問題はイラン人です。雅宗が売人であることをイラン人が知っていたとは思えません。知っていれば当然、雅宗は狙われたでしょうから。するとイラン人が襲いたくとも襲えなかった相手は、やはり伊藤ということになります。ではなぜ、伊藤には手がだせなかったのでしょう」

「あの野郎に手をだせない理由なんてあったんですかね」

不思議そうにつぶやいた。

「あるとすると、ひとつだけ、です」

私はいった。

「何です？」

「伊藤がどこかの組の正式な組員だった、という理由です」

遠藤は黙った。

「正式な組員にちょっかいをだせば、組どうしの戦争になる。そんなことになったら、遠藤さんがいうように、警察がとびかかってくる。だからこそ、平出組はイラン人を使い、しかも、伊藤ではなく、伊藤からクスリを買っていると思しい高校生を襲った」

遠藤は目を上げた。

「奴が東和会だったというんですか」

「伊藤が東和会の組員だとすると、とんでもないことになりませんか。『ブラックモンキー』はともかく、『シェ・ルー』は、渋谷の遠藤組の縄張りのどまん中にある。遠藤さんと二度目にお会いしたのは、『シェ・ルー』でしたね。あのとき店の人間は、遠藤さんが何者であるかを、全員が知っているように、私には見えました。そんな場所で、東和会の組員が働くでしょうか」

「じゃあどこだっていうんです？」

私は遠藤を見つめた。遠藤は笑いだした。

「うちの人間だと？　佐久間さん、無茶な話をしないで下さい。遠藤組の人間が、よその組のクスリを扱ってたっていうんですか。もしそんなことになったら、伊藤は指一本どころじゃすみませんよ。奴が組員だったら、今ごろはセメント詰めで、どこかに沈められていますよ。奴はぴんぴんして、『シェ・ルー』を辞めたんでしょう」

「確かに内緒でやった仕事なら、そうでしょう。しかし組うちで許可を得ていたら？

それどころか、組そのものの命令でやっていたのだとしたら？」

「馬鹿ばかしい。東和会がそんな奴にクスリを卸す筈がないじゃないですか」

「東和会は、渋谷の組じゃない。伊藤が遠藤組の正式な組員だと知らなかった。伊藤がいわなければ、わからないことです。平出組はちがう。同じ渋谷を縄張りにしていますからね。でも平出組も理解に苦しんだ筈です。なぜ遠藤組の組員が、東和会が卸すクスリを売っているのか。下手にちょっかいをだせば、同じ渋谷の遠藤組とことをかまえることになる。もしかすると、遠藤組にそれとなく知らせて、制裁させようとしたことがあったのかもしれません。しかしうまくいかず、やむをえずイラン人を使った。それも伊藤を避け、客である高校生の方を狙って」

遠藤は黙っていた。

「伊藤にとってそれは少々困った事態だったかもしれない。平出組の意図が、伊藤にはわかったからです。そして伊藤と高校生とのあいだをつないでいた雅宗が、私のところの施設に入ることになり、伊藤は売人を失います。結果的にクスリは流れなくなり、平出組の目的は達せられた。その後も伊藤は、『ブラックモンキー』に出入りをしていました。となると、伊藤の目的は、クスリを売って得る金ではなく、クスリに関する情報だったということになります。そのためには、なるべく自分が遠藤組の組員であると知られていない方がよかった。平出組には知っている人間がいても、それをわざわざ東和会にまで密告はしないでしょう。もしそんなことをしてこじれれば、平出組は、遠藤組と東和会の両方を敵に回すことになる。あるいは伊藤が『ブラックモンキー』に出入りしていたのは、遠藤組と東和会が手を結びかけている、と平出組に思わせる効果もあったのかもしれません。

いずれにしても、伊藤のその行動は、遠藤組の知らないところでは決してできない。むしろ、組うちのかなり高いレベルからの指示がなければできない筈です」

遠藤は新たな煙草に火をつけていた。

「前代未聞の話かもしれません。ある組の組員が、そうであることを隠して、別の組のクスリを扱う。ふつうの組員なら、当然そんなことはできません。伊藤は、『シェ・ルー』の店長という表の仕事をもっていたから、それができた。そして組長と幼な馴染みというつきあいがあったから、できた。私もすっかりだまされました。今までいろいろなやくざを見てきましたが、伊藤がそうだとは、とても見抜けませんでした」

伊藤の怯える顔を覚えていた。その芝居に私はすっかりだまされた。

「――かりに佐久間さんのいう通りだとして、いったい何だってそんなことをしなけりゃならないんでしょうねえ」

遠藤がつぶやいた。まるで人ごとのような口調だった。

「さあ。もしかすると遠藤組の組長という人は、非常に頭が切れる上に少しかわり者なのかもしれません。こういう時代、クスリというのは確かに大きなシノギだが、警察に目をつけられる確率も高い。警察の目をよその組に向けさせておいて、シノギをあげる方法がないか模索するつもりで、実験をおこなっていた。そこへ何も知らない私がしゃしゃりでてきた。ただ追い払うこともできたけれども、この方法が外からはどう見えているかを知りたくて、いわばモニターの役割に、仕立てたかったのではないのでしょうか」

「だったら『シェ・ルー』を伊藤がやめたのはなぜです？　俺の指示でやったことなら、何もびくびくする理由はないでしょう」

遠藤はいった。私は息を吸い、遠藤から目をそらせた。

「私じゃないですか。私は伊藤さんが東和会の経営する店に出入りしていることに気づいた。その上、私は東和会の系列にある組の幹部の名をあなたに告げた。守本という男です。あなたは、私と東和会とのあいだに何かのつながりが生じ、そこから伊藤と自分との関係が伝わるのを恐れた。そこで伊藤さんに姿を消すよう命じた。『シェ・ルー』をやめさせ、『ブラックモンキー』への出入りも禁じた。東和会が遠藤組に利用されたと考えるのを防ぐためです」

遠藤はほっと息を吐いた。

「伊藤さんは制裁を加えられてもいなければ、叱責をうけてもいない。それどころか、

『ご苦労さん』と、あなたに肩のひとつも叩かれていたかもしれない」

遠藤は煙草の煙を天井に吹きあげた。

「参ったな」

ぽつりといった。

「佐久間さんのいったことをそうだって、俺は認めるわけにはいかない。とはいえ、認めなくとも、東和会が知れば、うちにとっちゃ厄介なことになる。東和会に比べりゃ、うちあたりは、吹けば飛ぶような組だ。すぐに戦争だ何だって話にはならんでしょうが、遠藤組の二代目はセコいことを考える野郎だといわれるかもしれない」

「何か得るものがあったのですか」

私はいった。遠藤は私を見た。

「伊藤の件で？　そうですね。クスリは銭になる。だがその銭を、別の有効なところに使わない限りは、あまり意味がないってことですかね。東和会のあのシノギは、あまり大っぴらにやりすぎていて、いずれ小倉もパクられるでしょう。小倉なんてのは、どうでもいいチンピラで、パクられようが懲役打《ぶ》たれようが、東和会にとっちゃ知ったこっちゃありません。東和会が渋谷で卸すぶつの大半は、あの店に出入りするカタギの若い衆に流れているんです。そこのアガリで、東和会はCD屋をオープンさせました。ドラッグ系の好きなミュージシャンのCDを集めたショップです。そっちは『ブラックモンキー』に比べ、東和会のカラーが薄く、警察にも目をつけられにくい。警察は『ブラックモンキー』のバックを知ってますからね。いつでもガサをかけられると余裕をかましている。小倉は、いわばそのときのための捨て石です。もっていかれる人間はひとりでも少ない方がいい。警察とのつきあいってやつもある。とりあえず、ぶつと人をだせば、警察は納得しますから。だから小倉には好き勝手させてるわけです」

「それも伊藤さんからの情報ですか」

遠藤は苦笑した。

「ま、そんなところです。小倉のやっていることは、こちらには筒抜けでしたから。ああいう奴は、いずれ消されるかパクられます」

私に向き直った。

「さて、どうしますか。俺は佐久間さんを甘く見ていたようだ。俺の描いた絵をここまで見抜かれるとは思ってなかった。あなたがあちこちにいって喋るとなれば、放っておくわけにはいかない。とはいえ、喋るなと俺が口止めしたところで、そいつはきっとあなたにとっちゃ何の意味もない」

私は店のドアをふり返った。

「外に若い衆を待たせてあるのですか」

遠藤は無言だった。

「どこかに私を連れていって埋める？」

「それも選択肢のひとつです。あなたはあちこちに顔が広いようだ。この世界で顔が広い人間というのは、ときとして姿を消してそれきりだったりする。我々にとっちゃ、よくある話だ。『あの人も顔が広くなりすぎたのだな』ってわけです」

私は遠藤を見つめた。そのていねいな口調に本質を隠されていた恐怖が、ゆっくりと私の内部で形をとり始めた。私を殺すのは、選択肢のひとつなどではない。遠藤は最初から、その解決法しか考えていなかったのだ。

「聞けばずいぶん危い目にもあってきているそうじゃないですか。竜を狩る騎士ってのは、引退しない限り、いつか最後の竜にあう。たいていそいつは、よもやと思うような場所で出会ったりするもんじゃないかな」

遠藤はいった。

「私を殺す方がリスクが小さいと考えているのですか」

「当然でしょう。あなたはカタギだが、まっとうな商売をしているわけじゃない。いつかどこかで消されても、誰も驚かないような稼業だ。うちに疑いがかかる確率は何分の一だ。それに比べりゃ、東和会がちょっかいをだしてくる確率はもっと高い。あなたが喋ればね」

私は黙った。

「小さな組ですがね。仏さんのおき場所くらいはもってます。骨になってからのあなたが見つかるぶんには、確率はもっと低くなる」

「情報の代価は情報です」

私はいった。遠藤は能面のように無表情になって私を見ている。

「遠藤さんが懸念している、東和会への情報洩れは、私が東和会からの情報を得ようとしたときに起きる」

「なるほど」

さして興味を感じていない口調だった。

「あなたが私の必要としている情報をくれるなら、こちらの情報が向こうに流れることはない」

「それはどうかな。俺が佐久間さんに、東和会に関する何かを教えれば、教えたという話そのものが、俺やうちにとっての命とりになるかもしれない。これ以上あなたに、俺の首根っこを押さえさせるわけにはいかんでしょう。その上、俺があんたの欲しがってる情報をもっているとは限らない」

私は息を吐き、いった。

「守本のことを本当に知らなかったのですか？」

遠藤は首をふった。

「もういいでしょう。これ以上佐久間さんが何を知ったって、世の中はかわりゃしない。あなたも覚悟をしてやってきた稼業だ。じたばたするのはやめましょうや。恨むなとはいいませんが、こっちも遊びや洒落であなたをこうするわけじゃない。わかりますよね」

いってから笑った。

「わかるわけねえか」

酷薄な笑いだった。上着から携帯電話をとりだした。ボタンを押し、でた相手にいった。

「俺だ。表に車、回せ」

「守本のシノギはポルノだ。そのポルノの販売員をやっている桜淵は小倉の大学の先輩で、私が知りたいのは、桜淵の背景なんだ」

遠藤は電話を上着におさめ、

「知らねえな」

と短くいった。

「そんなチンピラのことを俺が知っている筈ないでしょう」

「桜淵は失踪したあるマンガ家の原画を通信販売で売りにだした。そのマンガ家が失踪直前に強い影響をうけた自己開発セミナーがあり、紹介したのは守本だった」

遠藤は聞き流していた。

「お勘定」

バーテンダーにいった。

「ふたり分、払っとく」

財布をだし、一万円をカウンターにのせた。

「自己開発セミナーの名前は『ブロケード』――」

財布をしまいかけた遠藤の手が止まった。バーの扉が開かれ、見覚えのあるやくざが顔をだした。

「車、着きました。いちおう、もう一台用意してあります」

やくざは私をちらりと見やった。好奇心とわずかに憐れみのこもった目だった。

「段取りは？」

遠藤が目を下に向けたまま訊ねた。

「ついてます」

遠藤は頷き、

「少し表で待ってろや」

と告げた。やくざははい、と答え、ドアを閉めた。

遠藤は私の顔をまじまじと見つめた。

「『ブロケード』?」

私は頷いた。

「守本が、その行方不明になったマンガ家をはめた?」

「守本はそのマンガ家の弟だ」

「マンガ家はどうでもいい。『ブロケード』について何を知ってる?」

「それをこれから調べようとしている」

私はいった。「ブロケード」の名が、私の死期を遅らせている。

「なんでそんなものに興味をもつ? マンガ家を捜してるのか」

「当初はそれが仕事だった。今はもうひとつ理由がある。小倉を動かし、雅宗を自殺させた高校生の娘がいて、その子は『ブロケード』の主宰者とつながりがある」

遠藤の目が動いた。

「錦織。そうか……」

額に手をあてた。

「ミスったぞ。そうか。そうだったか」

私を見た。

「娘の名を聞いてたのに気づかなかったよ。ぼけてるな、俺も」

「『ブロケード』について何を知ってる?」

遠藤は無言だった。不意にまったく別のことを考え始めたのがわかった。やがて考えがまとまると、私を直視した。

「水に流してもらえますか」

口調が戻っていた。

「私を殺そうとしたことを？」

「まだ指一本触れちゃいない。迎えの車を呼んだだけです」

遠藤は人なつこそうな笑みを浮かべた。

「流せないといえる立場じゃないでしょう」

「そりゃそうだ。流してもらえなきゃ、うちは段取りどおりやるしかなくなる」

「流しましょう」

私はいった。

「話を聞かせてもらえるなら」

遠藤は首をふった。あきれはてた、という表情だった。

「佐久間さん、あなた病気だ。そうまでして、いろいろ知りたいのかね」

私は無言だった。

「金ですか？　ちがうだろう。たいした金じゃない筈だ。なんでそんなにあれやこれや知りたがる？　知れば知るほど深みにはまるってこともあるだろうに」

「水に流します。だから教えて下さい」

私はいった。遠藤はほっと息を吐いた。

「参ったね。よく生きてこられたもんだ。もしかするとあなたは、とんでもないバックがついているか、めちゃめちゃ口が固い人間なのか、どちらかなんでしょうね。だがどれほど口が固くたって、心配性の人間てのは、世の中にいるもんだろうけどな」

ひとり言のようにいった。

「誰かが何かを知ったとして、それがその人間の幸福につながるとは限らない。しかし、知らないでいるよりは、知っていたいと思う。知ったことで優越感を味わうとか、誰かに何かを施してやれるとか、考えているわけじゃない。ただ知るのが上手だったり、簡単にはあきらめないような性格であれば、そういう人間も、どこかで誰かの役に立つかもしれない。ただそれだけです」

「それだけでずっとやってきたんですか」

私は小さく頷いた。

「こんな目にあったのも初めてじゃないんでしょう。ふつうは疑問を抱きませんか。俺らが危い橋を渡るときは、たいていは大きな銭のからむときだ。でもあなたはそうじゃない。命がけで何かを知って、それで一生とはいわないまでも、五年十年暮らせるっていうのなら、俺も納得しますよ。でもそうじゃないんでしょう」

「そうですね」

「じゃ何なんだ？　自分にしかできない、と思ってんですか」

私は遠藤の目を見た。

「そうかもしれません。何かを知ろうとしている人間がいて、それを誰かに頼んだとき、それをやれる人間は何人もいる。ただ、人にかわって知ろうとする行動は、必ず誰かを傷つける。そこの部分を、自分は人よりうまくやれる、そんな自負はもっています」

「そんなもの、人に頼む方がまちがっているんじゃないですか。知りたけりゃ、自分で調べりゃいい。その手間や、よけいな真似をすると威されるのを嫌がる連中があんたに頼む。そんなもの放っておいて、もっとましな、もっと人に嫌われないですむ、稼業があるでしょうが」

「あるのでしょうね」

「病気じゃなけりゃ馬鹿だ。どっちなんだい？」

「それを私に訊くのですか」

自然に笑みが込み上げてきた。遠藤は私を威そうとしているのか、いさめようとしているのか。

私の笑みに遠藤もつられた。

「あなた哀しい人間だ。哀しい生き方をしているとか、哀しいことしか考えられないっていってるんじゃない。あなたみたいな人間がきっと、何万だか何十万だかにひとりいて、その稼業が天職だってことに気づいちまってる。気づいちまってる以上、どうあっても他のことができない。そいつが哀しいっていうんです」

私は首をふった。

「本人は哀しくはありません」

「もういいですよ。俺が悪かった。あんたを埋めると決めたら、さっさとやるべきだった。俺もあんたにひきずられちまった。あんたの知りたがる、そのやり方にね。俺はもう少し上手に生きたい。それはあなたを利用するってことでもある」

「こういう仕事は、常に誰かに利用されているから成立するんです。現に遠藤さんも一度私を利用した」

「確かに。今日あなたを埋めないのは、まだ利用できるからだ。それがわかってても利用されるあなたは、何よりも知りたがりだからだ。自分の命を的にかけられても平気なくらい」

「利用できなくなったら埋めるのですか」

「そういうこともあるかもしれない。俺と同じことを考えている人間が、今この瞬間、他に何人いたって、俺は驚かないですね」

「『ブロケード』に何があるのです?」

遠藤は私を見つめた。私は黙って見つめかえした。遠藤の苦笑が大きくなった。

「結局、あんたって人の知りたがりを止めさせるには、殺す他ないってことなのかい」

そうだ、と見得を切る勇気はなかった。その瞬間、遠藤は、やはりな、とつぶやいて手下を呼び寄せるかもしれなかった。

遠藤は宙を見やり、大きく息を吐いた。

「なんで俺が伊藤を、東和会のクスリのシノギにもぐりこませたか。それは、東和会に、うちのでかくなりそうなシノギを昔、のっとられそうになったことがあったからです。それが『ブロケード』だ」

「自己開発セミナーが？」

「さっきいったでしょう。クスリで稼いでも、そのアガリをぶっこむ有効なところが必要だって。うちはその順番をまちがえていた。先にぶっこむ先を見つけたんだが、かんじんの銭がなかった。錦織って野郎は、天才か詐欺師か、その両方かだった。死んだうちの親父が見つけてきて、妙に目をかけていたのが、あの『ブロケード』を作ったんです。俺はよく知らなかったが、ああいう自己開発セミナーが、跳ねて、宗教になるときには、でかい銭がかかるものらしい。うちはそれができなかった。そこで奴は、東和会にもっていった」

「それでうまくいったのですか？」

意外なところから、「ブロケード」に関する事実が見えてこようとしていた。

遠藤は首をふった。

「そいつをうちが許す筈はないでしょう。東和会との話が完全につく前に、一発、錦織には、強烈な威《おど》しをいれましたよ。もし東和会と組みやがったら、このままじゃすまさない。お前の頭もぶち抜くし、東和会にも今までのうちとの関係を洗いざらいばらす、とね」

「遠藤組との関係とは何だったんです？」

「初期の費用や、奴が本部として立ちあげたビルの家賃なんかです。もともとうちが債権がらみでおさえていたビルの部屋で、奴は『ブロケード』をスタートさせた。うちは知りあいの印刷屋を通して、パンフレットやらテキストを作ってやった。一番貢献したのが賛助法人の開発だ。もともと錦織は、経営コンサルタントの事務所にいて、そこのオヤジは、商法改正前は総会屋として鳴らした男だった。その総会屋とうちの親父とにつきあいがあり、改正前は、うちの組もからんだ金の流れがあった。総会屋が用心棒を買ってでた企業の株主総会に、〃兵隊〃として組員を送るぶん、見返りをもらっていたわけだ。だが商法がかわってからは、大っぴらに〃兵隊〃を動かせなくなった。企業の方も、総会屋に銭を渡せば自分もパクられるってんで、腰が引けた。総会屋は、経営コンサルタントに商売がえし、その後、うちの親父も引退して、つきあいが遠くなった。

そこからでてきたのが錦織だ。奴はもともとのオヤジのところをとびだして、自己開発セミナーを始めた。だが、法人の賛助会員を集めなけりゃ、にっちもさっちもいかない。そこでうちに泣きついてきた。うちは、総会屋とのつきあいがあった時代の古いパイプを開けた。はっきりいうが、企業の総会屋担当の総務なんてのは、皆が皆、まっとうなサラリーマンてわけじゃない。中には月々の賛助金を上乗せさせて、そのぶん手前の懐ろを肥やしてた野郎なんかもいた。俺はその頃駆けだしで、領収証の束もって、企業の総務を回ってたから、よくわかってる。だが商法改正で、いっせいに払えないといわれたときも、うちは、『しかたないですね』と、笑ってひきあげた。だから貸しはあったということだ。その貸しを、錦織に回してやった。どのみち、このままほっておけば、昔の総務担当は皆定年になって貸し倒れで終わるパイプではあった」

「つまり、かつての総会屋担当の人間たちへのコネを使って、『ブロケード』は、賛助会員の企業を増やしていった？」

遠藤は頷いた。

「その通りだ。元いた総会屋のオヤジには、そんなことは頼めない。自分の方からおんでたのだし、下手すりゃ、そのオヤジも頭が回るから、『ブロケード』ごと乗っ取られかねなかった。ところがうちは、奴や奴の元のオヤジほどのノウハウがない。金とコネを提供するだけで、あとはアガリからの回収を待つばっかりだ。それでも、そこそこうまく回ってはいた」

「あるときを境に『ブロケード』は活動を縮小しています。その理由は、新興宗教への転換の失敗、ということなのですか」

「でかい金が必要だった。うちはそれをだせなかった。まだしばらくは、自己開発セミナーのままでいい、といったんだ。だが錦織はそれじゃ満足しなかった。教祖になりたくなったんだろう。そこでこそこそ東和会に話をもっていった。それがわかって、威したってことだ。奴はうちの動きを見越していた。いつのまにか本部の住所を、うちがもってるビルから自宅に変更していたくらいだ。だが最後の最後で、うちにばれて威される羽目になった」

「つまり最終的には、東和会は『ブロケード』と結託しなかったということですか」

遠藤は黙った。何かを考えていたが、いった。

「『ブロケード』とは、ね。うちも本気で奴の命《たま》をとることを考えたし、奴もそれはわかっていた。たとえ東和会にすがったとしても、前にうちとつるんでいたことが明らかになれば、儲けもでないうちから守ってもらえるわけはない。そこで奴は姿を消した」

「姿を消した?」

遠藤は頷いた。

「消えた。少なくとも錦織って名では、自己開発セミナーも、宗教も立ちあげちゃいない。どこかに潜って、別の名前で何かをやっているんだろう」

「東和会はどうしたんです？」

「手を引いたか、ちがう形で奴の新しい商売に銭をだしたか、それはわからない」

「話をもっていって、急に手を引いたとなれば、東和会からもにらまれたのではないですか」

「だろうな」

あっさりと遠藤はいった。

「あるいは、東和会に埋められちまったのかもしれない。もしそうでも、俺はちっともかまわないがな」

「東和会の守本については知っていたのですか」

「上村の兄弟分ですよね。新宿東和会の――」

上村は、沢辺の調べで、私を襲った連中を動かしたとわかった、覚せい剤の卸し元だ。

「上村というのは、しゃぶを扱っている男です」

「『ブラックモンキー』にクスリを流している張本人ですよ。頭のいい野郎で、クスリのアガリをどんどん別のシノギに回している。さっきのCD屋を開いたのも、裏は奴だし、以前世話になっていた守本にもだいぶ金を回してるって話です。守本はそのおかげでポルノの仕事を広げることができた。ポルノは、あれでけっこう元手がかかりますからね。女優や監督は威してやらせるってわけにはいかない。現金がいるんです」

「守本が他に何をシノギにしているか知っていますか」

遠藤は首をふった。

「そこまでは。よその組の話ですからね」

「錦織が話をもっていったときの、東和会の窓口は誰です？」

遠藤は答えなかった。

「守本ですか？　それとも上村？」

「考えて下さいよ」

遠藤はいった。

遠藤組が、その動向をどこからか知ることができるとすれば、渋谷で商売を展開している上村だろう。

「上村ですね。上村は、マネーロンダリングが得意で、資金力もある」

遠藤は微笑んだ。

「佐久間さん、あなたはなんで上村のことを知っていたんです？　『ブラックモンキー』のバックだからですか」

「いい質問です。私が上村の名を知ったのは、ごく最近ですよ。『ブラックモンキー』にからんでじゃありません。上村の手下に待ち伏せされ、痛めつけられたからです」

「ほう？」

「入院しました。ふた晩ですが」

遠藤は笑みを浮かべたまま、私の顔や体を見回した。

「痛めつけられ方が上手なのか、それほど本気じゃなかったのか」

「両方でしょう。とはいえまだ湿布は貼っています」

「そういや、少し匂う」

「上村は守本に頼まれて、兵隊を動かしたのだと思っていました。でも今の話を聞くと、少し事情がちがうようです」

「どんなところが？」

「守本は、私が失踪した彼の兄のことを嗅ぎ回るのをひどく嫌がっていた。理由のひとつは、その兄の描いたマンガの原画を、守本の息のかかった人間がマニアに売りつけたからです」

「マンガの原画なんて金になるんですか」

「そのマニアは金持です。一千万を払いました」

「驚いたな」

遠藤はつぶやいた。

「原画の流出に守本が関係していると私が知ったことを、守本も気づきました。つまり、守本が、失踪している兄の居場所を知っていると、私が考えていることも知ったのです。守本は兄から私を遠ざけたかった。そこで上村を使って、私を襲わせた」

「筋が通ってる」

「ところが、上村の側にも、私をほっておけない理由があった」

「何です？」

「上村の使っていた売人を、私はかまっていた。しかもそれには錦織の娘がからんでいた」

遠藤は顎をそらした。無言で煙草をとりだし、チタンジッポで火をつけた。

「錦織の娘の役割は何です？」

「それがわからないのです」

私はいった。

「錦織の娘は、雅宗の心をリモートコントロールし、壊せる、と私にいいました。そしてその通りのことをした。ところが、雅宗を『セイル・オフ』に向かわせたのも、同じ錦織の娘なんです。いわば彼女は、雅宗を右に左にふり回し、最終的に破滅させた張本人だ。なのに、上村からは何のおとがめもない」

遠藤は煙草の灰を落とし、私を見た。

「その娘が鍵ですか」

「と、失踪しているマンガ家です。二人は、守本と上村、そして雅宗という三人を通してつながります」

「なんだ」

遠藤はつぶやいた。

「聞いてみりゃ、うちが何もしなくとも、東和会が遠からず、あなたを消すような話じゃないですか」

「威さないで下さい。今日はもう充分、恐い思いをしたんです」

「錦織の野郎がどうなったか、だな」

遠藤はつぶやいた。

「佐久間さんの話を聞くと、奴が上村や守本と組んで、新しいシノギを始めているかもしれないって、気がします」

「それを私に知られるのを恐れた？」

「そいつはどうかな。錦織はあなたのことを知らない。娘が知っているとしても、その娘は、あなたと守本がトラブったことを知らない。もし全部がつながって、佐久間さんが関係する人間すべてを嗅ぎ回っているとなれば、躊躇なく消すでしょう。つまり風前の灯ってやつだ。いずれ全部がクリアになって、どこかでお茶してるところを頭に一発くらうって段取りだ」

「本当に？」

遠藤は頷いた。

「本当です。銭を洗う仕組がばれるのは、どこの組でも一番嫌うなりゆきです。それがひとりの探偵が全部からんでるとなれば、どんなことがあっても消しますよ」

「ですが私は、まだその仕組の全部がわかっているわけじゃない」

「でもからんでる面子《メンツ》をすべて知ってる。仕組を知られたと思われても、どうしようもない」

「生きのびる方法は？」

遠藤は力のない笑みを見せた。小さく首をふる。

「一引く一が零ってわかるまで。生きられるのはそれまでの時間です。うちあたりの話より、よほど深刻だ」

思いだしたようにいった。

「まさかとは思いますが、警察《サツ》は頼らんことです。銭を洗う仕組なんてのは、よほど克明でなきゃ警察は動かない。それに裏を連中はとりますからね。そいつには時間がかかる。そこまで生きちゃいられない」

私は黙った。遠藤は口元に手を当てて考えていた。

「もちろん、これっきりそれっきりで、佐久間さんが静岡に帰っておとなしくしているとなれば、少しはちがうかもしれない。静岡くんだりまで鉄砲玉を送れば、あとあと警察もうるさいでしょうし……」

それは、錦織には触るな、ということだ。なぜ雅宗が死ななければならなかったか、知ろうとするのを放棄しろ、というのと同じだ。

私は天井を見上げ、息を吐いた。

「私が殺されればいいと思っています？」

遠藤を見やって訊ねた。遠藤は首をふった。

「俺はそこまで根性が曲がっちゃいない。確かに手間を惜しむたちですがね」

私は黙りこくった。どちらにせよ、私を殺したがる人間を捜すのには苦労がないらしい。それも憎まれているからではなく。

同情したのだろうか。遠藤がいった。

「そのマンガ家ってのを見つけてみちゃどうです？　話を聞いてると、危くないのはそいつだけだ。マンガ家がもしかしたら、突破口になるかもしれませんよ。それにしたって、万にひとつの希望ですが」

捜さないと決めたのではなかったか。平穏な暮らしを乱さないために。

だが見つけなければ、私の命が失われると遠藤はいう。

その言葉には説得力があった。

27

百軒店のバーをでた。誰も追ってはこず、車に押しこめられるようなこともなかった。きたときと同じような渋谷の雑踏に身をおくと、バーで過した時間は、すべて手のこんだ芝居だったのではないか、とすら思えてきた。

だがあれは決して芝居ではなかった。ひっきりなしに携帯電話の着信音が鳴りひびき、私を〝透明視〟する若者ばかりの坂を早足で歩きながら、私はこれからとるべき行動を考えていた。

車は宮下公園の駐車場に預けてあった。酔いはない。バーをでたときから、全身に冷たい汗をかきつづけていた。バーのある路地には、ひと目でやくざとわかる男たちがたたずんでおり、表通りとぶつかった位置には、遠藤のシーマを含む、三台の高級車が止まっていた。

あれは断じて芝居ではなかった。

足を動かし、頭を働かせた。私には、まず大きく分けてふたつの選択肢がある。

ひとつはこのまま静岡に大急ぎで帰り、すべてを忘れる道だ。その場合、まのまるると周辺の人間を、傷つけたりいらだたせることはなく、私自身の危険もあるていど回避はできる。

ふたつ目の道は、まのまるを捜すこと。まのまると錦織を結ぶ、東和会のからくりを見きわめるのが目的だ。問題はその結果だった。殺人のような、大きな犯罪がかかわっていない以上、そのからくりが明らかになったとしても、その時点ですぐに警察が動くとは考えられない。遠藤がいうように、警察はマネーロンダリングの仕組に興味を抱くだろうが、そのこみいった構造の裏をとるまでは、何もしようとはしない。つまり警察が私の危険を排除してくれるという結果を、あてにはできない、ということだ。

私が最も知りたいと考えているのは、娘の方の錦織に関する事実だ。だが錦織父娘が、東和会のマネーロンダリングの仕組と複雑にからまりあっている以上、そこを避けて通るわけにはいかない。

車に戻った。乗りこみ、ドアをロックし、エンジンを始動した。

まのまるは、仕組を解明する鍵だった。まのまるの現状を知るのは、「ブロケード」＝錦織父娘と、東和会＝守本、桜淵、上村らのつながりを明らかにすることにつながる。

しかし東和会と少しでもつながるラインから、まのまるについての情報を集めるのは危険だった。守本は論外であり、小倉や桜淵に対する接触も、遠藤のいう「一引く一は零」という結論をもたらしかねない。

調査におけるカードとは、常に人である。ある情報を入手するためには、それについて知る人間を見つけだすのが最善の方法だ。もちろんその人間に最短距離で辿りつくとは限らないし、辿りついたとしても簡単に情報が得られるとは決まっていない。長時間かかった調査をあとから分析すると、目的の情報を中心にした、らせん軌道を自分が描いていたことに気づかされることがある。

今、私にはらせん軌道の全体像が見えてきたばかりだった。そのらせんを縦割りにすると、半分には東和会が関係していて、そこにカードとなる人名、「守本」「小倉」「桜淵」などが並んでいる。残りの半分に並ぶ名が、「岡田」「久保田」「手塚」などだ。渦巻きの中心部に、「まのまる」と「錦織父娘」の名があって、それはまだ今の段階では重なりあっている。最終的にその名前の位置関係をはっきりさせることが、私の目的というわけだ。

何ということだ。私は怯えつつ、調査をつづける方法を考えている。できるだけ東和会を刺激しない方策を立てながら、まのまるに近づく手段をとろうとしている。

その理由は、好奇心なのか。好奇心で、私は自分自身を死の淵に追いやっているのか。

ちがう。

私はもはや傍観者ではなくなった。雅宗が死に、その死の責任の一端が自分にもあるとわかったときから、私は傍観者であることができなくなった。

上村の手下たちに痛めつけられたのは、理由にならない。沢辺がいうように、私はどこかで、それを自分の責任であるかのように考えている。したがってそれについての補償や報復を求める気持は希薄だった。

だが雅宗の死についてはちがう。私はおかすべきでないタブーをおかしたわけではない。むしろ雅宗と錦織との関係を、もっと知ろうとしなかったことが、私の責任なのだ。責任を今になって果たしたからといって、雅宗の命をとり戻せるわけではないのは、わかっている。

しかし私は当事者だ。雅宗を「死の現場」へと追いやった張本人なのだ。自分自身の死の恐怖に怯え、雅宗と錦織との関係を知ろうとする行動を止めれば、私は永久にその責任を果たすことができなくなる。

責任は、錦織に対する報復なのか。

そうかもしれない。今は、そうとしておく他ない。私を錦織のもとへと向かわせている原動力は、確かな怒りだ。それはまちがいない。殺されることなく、渦巻きの中心に辿りつけたとき、私がどう感じ、何をするか、私自身にも予測はつかなかった。

気づくと私は、車を銀座に向けていた。らせんの残り半分の中で、私の知る限り最も中心に近いカードに会うためだった。

彼は私との再会を拒否した。しかしそれは、傍観者であった私との再会だ。当事者となった私と会うのは、これが初めてになる。

むろん、これまでもそうであったように、拒否するのは、彼の自由だ。

「ウインター」の扉を押した。以前岡田と会ったときより、かなり遅い時刻だった。岡田のうしろ姿を見つけた。カウンターの端にすわり、頬杖をついている。カウンターの内側の壁によりかかった弓絵と言葉を交していた。他の客はいない。

「あら。いらっしゃい」

弓絵が目を私に向けていった。岡田は動かなかった。

「――朽《く》ちていきゃあいいんだよ」

とつぶやく声が聞こえた。

弓絵はその状況をおもしろがっているようだった。手にしていた煙草を口もとに運び、優美な仕草で煙を吐いてから、

「お気に入りのインタビュアーがいらしたわよ」

と、岡田に告げた。

ふり返った岡田の顔を見て、酔っていると悟った。顎をひき、目をすがめて、私を見

すえた。

「もう会わねえ、といわなかったっけか」

「おっしゃいました」

私は扉のところにたたずんでいった。岡田はしばらく私を見つめていたが、ふんと鼻を鳴らし、再び背中を向けた。

「まあ、いいや。ここは酒場だ。酒をくらいにくる客を追い払う権利は俺にはない」

それきり私を無視したようにグラスを叩り、

「おかわり」

と弓絵につきつけた。

弓絵はグラスを受けとると、岡田の隣のストゥールを目で示し、どうぞ、といった。

私は岡田からひとつおいた隣に腰をおろした。弓絵が新たな酒を注いだグラスを、岡田の前においた。

「何にします？」

「車なので、できればソフトドリンクを」

「酒を飲まねえのなら、喫茶店にいけよ。ここはバーだ」

岡田が吐きだした。

「いいじゃない。コーヒーだってジュースだってお金はとれるわ」

弓絵がとりなした。岡田は答えなかった。

「岡田さん」

私は声をかけた。

「何だ」

ふりむかずに岡田はいった。

「まのまるさんを、捜さなくてはならなくなりました」

「勝手にしろや」

「『ブロケード』という、自己開発セミナーをご存知ですか」

「知らねえな」

答が早かった。知っていて答えたくないのか、すべての私の問いに対して答えたくないのか。

「ご不快なのはわかります。ですが、今の私は、もう興味本位だけでまのさんを捜しているのではありません」

岡田は無言だった。ジンジャーエールが私の前におかれた。

「先日お会いしたとき、私の関係する、薬物依存者更生施設から、入所者がひとり逃げだした、というお話をしたのを覚えておられますか」

岡田は無言を守っていた。

「私は彼を見つけ、静岡の施設に連れて帰りました。彼が薬物依存者となった背景には、『ブロケード』の主宰者、錦織の娘が深くかかわっています。そして私が連れ帰った翌日、彼は自殺しました」

「死にたい奴は死なしときゃいいじゃねえか。何を騒いでやがる」

岡田はいった。

「問題は、彼を死にたくさせた理由です。その少年は、錦織の娘によって、ある種の精神的リモートコントロールをうけていました。それを私は見抜けなかった。そして彼は施設に内緒で薬物をもちこみ、トラブルが起きて、死を選ぶという最悪の結果となりました。つまり、そこには私の責任もあるのです」

岡田は再び黙った。

「私は『ブロケード』を調べることにしました。『ブロケード』には、ふたつの暴力団がかかわっていました。もともとは、今回の件とかかわりの薄い、渋谷の遠藤組、そして次に、まのさんの弟がいる東和会です。『ブロケード』は、まのさんが失踪される前、弟に連れていかれ、強い影響をうけた自己開発セミナーであることがわかりました。つまり、まのさんの失踪は、『ブロケード』を介して、暴力団とつながっている可能性が高いのです。ですが、私にとって重要なのは、『ブロケード』の主宰者とその娘に関する情報です。主宰者は、『ブロケード』を、自己開発セミナーから拡大して、新興宗教にもっていこうとしていた。その過程で東和会がかかわったのです。そうした団体の主宰者の娘がうちの若者を死に追いやったという事実は、『ブロケード』そのものの性格と、無関係とは思えません」

「じゃあ何か、お前は、その教祖だか何かの娘が、洗脳で、若い衆を自殺させたとでもいうのか」

「洗脳であったかどうかはわかりません。しかし自殺せざるをえないような立場に彼を追いこむ行動をとらせたのは確かです」

「その娘ってのはいくつだ」

「十七です」

岡田は噴きだした。

「十七歳のお嬢ちゃんが、それをやらかしたというのか。ふられたショックと考えた方が、よほど正解だろう」

「岡田さんはその娘にお会いになっていません。彼女は、何というか、非常に特異な個性をもっています。魅力的とか、そういう問題とは別に」

「どんな個性だってんだ。呪いでもかけるのか」

「強いていえば、それに近い。少年を連れ戻したとき、彼女は私に予言しました。私は必ず憎しみを抱いて、再び彼女を捜すだろう、と」

岡田が初めて私を見た。

「おもしろいな。マンガのネタとしては、な。もっともよほど絵のうまい奴じゃなけりゃ難しいだろうが。呪術ネタってのは、昔から人気の堅いジャンルなんだ」

「まのさんにお会いして、その父娘についてのお話をぜひ、おうかがいしたいのです」

「その娘に会えるのだろう。なぜ本人に直接訊かない」

「彼女と直接会ったのは、東和会が経営する店でした。東和会は、その店で薬物を密売し、アガリをさまざまな投資にふりわけて、マネーロンダリングをしているのです。つまりそこで私が彼女と『ブロケード』の関係について訊ねるのは、私を殺してくれと叫ぶのに等しいのです」

岡田は黙った。何を大げさな、といわれるのを私は予期していた。しかしそれをいわないのは、岡田本人が「ブロケード」と東和会の関係を知っているからだ。

「岡田さんは、『ブロケード』と東和会が関係しているのをご存知だった。だから私が薬物の話を、まのさんにからめてもちだしたとき、強く否定され、二度と調査に協力しないとおっしゃった。まのさん自身が薬物をやっているかどうかはともかく、その部分をつつけば、東和会のマネーロンダリングの問題が浮かびあがってくる。それを危険だと考えて下さった」

「人が親切でいってやったことを、結局は無駄にしたわけだ」

岡田は否定しなかった。

「あの時点では、私が連れ戻った少年は生きていました」

岡田はほっと息を吐いた。ショートピースを缶から抜き、火をつけた。無言でくゆらしている。

「まのさんが『ブロケード』に傾斜されたのは、マネージャーであった水飼さんの自殺が原因にあったからではないか、と聞きました。そしてもうひとつ。その水飼さんは、『ホワイトボーイ』の原画を描かれていた。アシスタントとして、という意味ではなく」

岡田は鋭い目で私を見た。

「誰から聞いた、そんな話」

「いえません。まのさんは、人気投票にとても敏感で、読者からのアンケートハガキすべてに目を通していた、といわれています。ですが、それを指示していたのは、まのさんではなく、水飼さんだったのではないでしょうか。いいかえれば、『ホワイトボーイ』の連載続行に、最も熱心だったのは、水飼さんだった、ということです。その『ホワイトボーイ』の連載が終了したとき、水飼さんは自殺した」

岡田はじっと私を見つめた。険しい表情だった。酔いが抜け、何か恐ろしい気配が、その面《おもて》には漂っていた。

「お前……」

岡田はひどく低い声でいうと、いったん黙った。私はその視線に、遠藤からうけた脅迫とはまた別の畏怖を感じた。

「危ねえ」

黙っていた岡田が不意につぶやいた。

「危く、べらべら喋らされるところだった」

それは開きかけていた扉が再び閉じた瞬間だった。

「岡田さん」

私はいった。

「何も聞かねえし、何も話さねえ。殺されるのが嫌なら、とっとと静岡に帰りゃいいじゃねえか」

「それも考えました。しかしそれでは雅宗を死なせてしまった責任が――」

「そりゃお前の勝手だろう！」

私の言葉をさえぎり、岡田は怒鳴った。

「責任をとりたいってのなら、東和会に殴りこんだらどうだ。それができねえで、安全なところばかり嗅ぎ回ってるのは卑怯だろうが！」

「そうでしょうか。若者を死なせたのは東和会ではありません。私であり、錦織の娘です。私は、若者が、錦織の娘の指示で自宅に薬物をとりに戻ったのを見過してしまった。

彼は依存者であり、密売者でもあった。それすら見抜けていませんでした。私が東和会を避けるのは、彼らの暴力が恐ろしいからでもありますが、東和会とぶつかっているだけでは、真相が見えてこないからでもあるのです。まのまるさんの失踪と『ブロケード』、そして東和会の間には複雑な関係があります。それを知るためには、まのさんのマンガ家時代の話がどうしても必要なのです。くり返していいますが、私にはまのさんを責める気も傷つける意図もありません。もちろん、過去を思いださせることで、不快な思いをさせるのは避けられないかもしれない。しかし、それは過去という事実であって、私の作りだしたいいがかりではないのです」

「お前は権利を手に入れられたと思っているのだろう。人の過去をつつき回す権利を。ただの、のぞき趣味じゃあ、できなかった。今は当事者となってそれができる。心の底で喜んでやがるんだ」

「そんないい方はないわよ」

弓絵がとりなした。

「うるせえ、婆あ！　何も知らねえのに黙ってろ！」

岡田は叫んだ。

「馬鹿いわないで！」

弓絵がぴしりといい返した。

「あなたがユニバースの編集長だったとき、家にいて子供を育てたり、父親の代わりにありとあらゆることをしたのは誰だったの」

岡田は弓絵をにらみつけた。

「わたしがユニバースやあなたについて何も知らないとでも思ってるの。駄々っ子をやりたいのなら、いつでもやらせてあげる。でも話を聞いていれば、この人は命をかけているのじゃない。ひきかえあなたはどうなの？　子会社にとばされて、楽隠居ならいいけど、都合のいいときだけしゃしゃりでて、大久保彦左衛門きどり。それは誰もあなたに頭があがらない。今のユニバースの土台を作ったのはあなたですものね。でもね、戦っているのは、もうあなたじゃない。血を流して、歯をくいしばっているのは、皆、現場の人たちでしょう。過去を気どって講釈を垂れるのなら、現場の人を少しは助けてあげなさいよ」

「こいつは編集者でも何でもない」

「でも現場の人だわ。あなたはどう？　現場だといえる？」

岡田はくやしげに唸った。

「何を偉そうに……」

「対等よ、今は。私はここで現場を張ってる。この小さな酒場で」

弓絵は昂然といい放った。岡田は深々と息を吸いこんだ。怒りをこらえるように手元を見つめる。

「彼を助けてあげなさいよ。あなたは質問に答えるだけでいい。しないのなら、それはただの意地悪よ。そんな人じゃないでしょう」

「くそ」

岡田は呻《うめ》いた。

「なんで俺はお前と別れたんだ。別れなきゃ、こんなことといわれずにすんだのによ。いい返せねえじゃねえかよ」

弓絵が微笑んだ。

「いつかいってやりたくて別れたのかもしれない。あなたもいつかいってもらいたくて」

優しい声音だった。私を見やり、

「ごめんなさいね」

とだけいった。岡田は空気が抜けたように、しゅんとしている。

「あなたは心の底からマンガに惚れてた。わたしは心の底からあなたに惚れてた。それって片想いじゃない。あなたがユニバースを離れたら、わたしを見てくれるかもしれない。そうも思ったときはあったけど、ユニバースを離れても、あなたはかわらなかった。だから今、こうしているのよ。不思議よ、考えたことある？　私がお店を開いてからの方が、あなたははるかにわたしといっしょにいてくれる。妻でいたときより、はるかに……」

目に涙がにじんでいた。私は視線をそらした。ここにいるべきではない、と強く感じた。しかしここを立ち去るのは、情報を得る大きなチャンスを捨てることに等しい。私はあやまることもできず、当然のことながら、二人の会話に口をさしはさめずにもいた。

「お前の勝ちだ。俺が悪かったよ」

岡田が吐きだした。苦笑いを浮かべている。

「お前のいっていることの方が筋が通ってる。俺は確かにこいつを助けてやるべきかもしれない」

「ありがとうございます」

私は岡田にいい、そして弓絵にもいった。

「いいのよ。あなたについてだから、いえたの。もしここに、彼の昔の部下がすわっていたら、わたしにはいえなかった」

そして、私と岡田のふたつのグラスをとった。

「氷が溶けちゃったから、新しいのにかえるわね」

それが岡田への合図だった。岡田は私に体の向きをかえ、口を開いた。

「お前のいったことは、半分以上当たってる。あるときから、『ホワイトボーイ』は、まのまるの作品であると同時に、水飼君の作品でもあった。だからって、それは何も悪いことじゃなかった。たまたま優秀なアシスタントとマネージャーが同じ人物であったにすぎない」

「岡田さんから、まのさんと初めてお会いになったときのお話を聞きました。その頃のまのさんのようすと、作品を別人に任せてしまうまのさんの姿というのが、私の中ではつながらないのですが」

岡田は煙草に火をつけ、目を閉じた。少し考えていたが、やがていった。

「表現者というのは、わがままなんだ。まのまるにとって、『ホワイトボーイ』はあるときから、自分には重要でない作品になってしまった。誤解をしないようにいっておくが、金のために、金だけのために、作品を描いている少年マンガ家などひとりもいない。一方で、自分の純粋な創作欲だけにしたがっていたら、マンガは商品として成立しなくなる。初期の『ホワイトボーイ』は、まのの創作意欲と商業性がぴったり重なった、希有な作品だった。だが連載が長びくにつれ、まのの中から、『ホワイトボーイ』で描きたいものがどんどん失われていった」

「他の作品ならば？」

「あったろう。いや、まちがいなくあった。はっきりいおう。早い段階で、次の作品にまのをシフトさせなかったのは、出版社や編集者のあやまちだ。まのの中に、新作に対する意欲や『ホワイトボーイ』でできないことの不満が残されているうちに、新連載を始めるべきだったのだ。だが、まのの意志とは関係なく、『ホワイトボーイ』は人気の一位をつっ走っていた。それはいいかえれば、『ホワイトボーイ』にかわる一位を生みだせなかった、編集者の怠慢ですらある」

「まのさんの心は『ホワイトボーイ』から離れていた。にもかかわらず、新作がヒットするかどうかに自信をもてない編集部は、『ホワイトボーイ』の続行を強要した、ということですか」

「強要というのは聞こえが悪いやな。だがそういうことかもしれん。会社は説得に俺をひっぱりだしたのだからな」

岡田は苦い表情でつぶやいた。

「まのは続行を了承した。おそらくそのときから奴の中で何かが腐りだしていった。新作への意欲も、現行の『ホワイトボーイ』に対する不満も、表現者としての気力というか、そういうものがすべて腐り始めていったんだろう。あれだけマンガが好きで、子供を喜ばせるものを描きたかった奴が、子供たちが喜べば喜ぶほど、生気を失い、作品をつき放す人間にかわっていってしまった。逆に、どんどん元気になっていったのが水飼君だった」

「つまりその頃から、表現者はまのさんではなく、水飼さんになっていったわけですね」

岡田は頷いた。

「アンケートハガキに目を通し、読者が何を一番望んでいるか、水飼君はまじめに調べ、作品に反映させた。だがそれは、『ホワイトボーイ』の転落の始まりでもあった」

岡田はいって、グラスに手をのばした。だがそれは酒ではなく、チェイサーとしておかれたウーロン茶の方だった。

「マンガは難しい生き物だ。読者の願いをすべて無視しても駄目だが、迎合して作家性を捨てると、もっと駄目になる。読者である子供たちは、こうなってほしいという願望をもちながら、一方で作者の作家性にふり回されることも望んでいる。作家性を失くし、迎合だけになった作品は、つかのまの人気は得られるが、一度離れだしたら、どうすることもできない」

「『ホワイトボーイ』の人気が衰え、いよいよ、ユニバースも打ち切りを検討せざるをえなくなった？」

「そうだ。すでにそのときには、まのままるのマンガへの思いはさめきっていた。いや、ちがうな。マンガへの思いじゃない。商業マンガ誌への思い、というべきだろう。打ち切りを決断したのは、まのではなく、水飼君だった。まのにとってはどうでもよくなっていたのだ。水飼君は気づいたのだと思う。自分の表現欲が、作家としてのまのままるを腐らせ、駄目にしたのだ、と。そこで彼は死ぬことを選んだ」

「まのさんは、そのとき非常に落ちついていたそうですね」

岡田はやりきれないように天井を見上げた。

「『ホワイトボーイ』の終了間際、衰えていく人気に、最も苦しみ、もがいたのが水飼君だった。彼は自分の作品がうけいれられない苦しみと、まのまるというマンガ家を駄目にしてしまったという苦しみの、ふたつにさいなまれていた。結果、ああいうことになったとき、まのまるの中から、マンガへの情熱と信じていた友人への思いの両方が、すっぽりと抜け落ちた。マンガ家としてのまのまるは、水飼君とともに死んだ」

「それで『ブロケード』に？」

「『ブロケード』を宗教として立ちあげようとしていた重次は、兄貴を広告塔にすることを思いついた。奴は兄貴を尊敬していたが、マンガ家、表現者という生き物を、決して理解できるような人間じゃない。そんな生理をもっていたら、やくざになどならなかったろう。しかし、重次が考えた以上に、まのは『ブロケード』にはまりこんだ。広告塔になるどころか、マンガ家を廃業してまで、『ブロケード』の活動に打ちこもうとした。それは大きな誤算だ、そうだろう？」

「マンガ家をやめればただの人です。金はあるでしょうが、広告塔としては役に立たない」

「そういうことだ。重次はけんめいになって兄貴を説得したようだ。だが兄貴の意志は固くて、まず『マルプロ』を解散してしまった。しかし何とかマンガ家をつづけるように説得はしたものの、『ブロケード』がある限り、兄貴はまたそこに走りかねない」

「それでどうしたのです？」

「ここからは俺の想像だ。重次は、兄貴に『ブロケード』がいかさまであることをばらしたのだと思う。少し兄貴の頭を冷やそうとしたんだ。そして、それきり、まのまるは行方不明になった」

「『ブロケード』も活動を停止した」

「広告塔を失い、目途が立たなくなったのだろう」

「それだけでしょうか？」

「それだけ、とは？」

「かりに広告塔ではないとしても、まのまるさんには莫大な印税収入があった。『ブロケード』としては、それには非常な魅力があった筈です」

岡田は厳しい表情になった。

「俺は、その『ブロケード』の主宰者である、錦織という人物には会っていない。話を聞いただけで、うさん臭い野郎だとわかるくらいだからな」

「まのさんをひっぱろうとした錦織と、守本の関係はどうなったでしょう。いいかえれば、守本は兄の金を吸い上げることで満足したのか、それともそれを止めさせようとしたのか」

「俺にはわからん」

「もし守本が止めようとしていて、錦織が吸い上げようとしたらどうなります？　その後錦織がどのような宗教活動をしたか、記録がないのです」

岡田は黙っていた。

「守本というのは、そういう人物だと思いますか。兄を守るためには、人を傷つけたり、あるいは殺すこともやりかねない――」

「いったろう。俺にはわからん」

「まのさんはまだ生きている。おそらく守本の、すぐ近くにいるでしょう。まのさんに会う方法をご存知ですか」

「今は俺とも音信不通だ」

「何か方法を」

岡田は考えていた。不意に弓絵を見た。

「おい、今日は何日だ？」

「十六日よ」

弓絵が答えた。岡田は私にいった。

「じき、水飼くんの命日だ」

私は岡田の顔を見つめた。

「今月の二十日が、水飼くんの命日なんだ」

岡田はくり返した。

「お墓はどこに？」

「確か地元、江東区の深川あたりにある寺だ」

「まのさんはそこにくると？」

「くるかもしれん、こないかもしれん。水飼君の遺族と顔を合わせるのを嫌がれば、くるとしても日にちをずらすだろう」

「水飼さんの家族はそのあたりにお住まいなのですね」

岡田は頷いた。

「ああ。クリーニング店をやってると聞いた。まのの方は、親父さんは死んじまって、お袋さんがいたが、どうしているかわからん」

「お寺の名前はわかりますか」

「調べればわかる」

まのまま るが、水飼の命日に墓参をするかどうか、賭けだった。だがマンガ家としての情熱と最良の友人を同時に失い、宗教活動に走ろうとした過去をもつ男なら、友人の命日に墓参に訪れることはあるような気がした。

「まのが現われるまで張りこむつもりか」

岡田が訊ねた。

「できればそうしたいと思っています」

「守本がいっしょにきたらどうする？」

「まのさんがひとりになるまで待ちます」

岡田は何かを考え始めた。やがていった。

「おそらくまのと守本は今、ぴったりとくっついている筈だ。かりにひとりになったところで会えても、あとで必ず守本がやってくる。お前が兄貴に会ったことを知れば、守本は絶対にほっておかないだろう」

「それはしかたがありません。それまで恐れていたら、誰からも話を聞くことはできなくなりますから」

岡田は小さく首を揺らした。

「俺もいってやる」

「岡田さん――」

「お前のためじゃねえ。マンガ家まのままるが生まれ、そして消えたことについちゃ、俺の中でも決着がついていない。俺は奴を生みだしたかもしれんが、最期を看とったわけじゃない。奴がマンガ家として死んだというのなら、それはそれでいい。マンガ家なんてのは、毎年、何十人と生まれ、そして死んでる。死ぬときはたいてい、ひっそりと、下手すりゃ本人も気づかないまま消えていっている。だが、まのままるに関しては、俺も俺なりの決着をつけるべきだった。現場を離れて、都合のいいときだけ気にするやり方は、俺とまのままるの関係に限っては、通らなかった。まのままるは特別なんだ」

「それは編集者である岡田さんにとって、ということですか」

「それだけじゃない。いいか、人気のでたたいていのマンガ家というのは、一般的にいやあ、幸福になる。金が入り、生活が安定して、周囲もちやほやする。人気てのは衰えるものだから、そのうち収入も徐々に減ってはいくだろうが、よほどの阿呆じゃない限り、それなりの人生設計をしていくものだ。特にまのままるほど稼いだのなら、マンガ家としてはともかく、ひとりの人間としちゃ、生活が不安定になることはない。ただし、マンガ家ってのは、まともな商売じゃないし、まともな考え方をしたがる奴がやるような商売でもないから、中には何億と稼いでおいて、すっからかんになっちまう奴もいる。アル中になったり、飯場に住みこむような奴だっていないわけでもない。だがなるべくならそうならないようにアドバイスしてやり、ときどきは目を向けてやるのも、編集者の仕事なんだ。もちろん全部の担当作家に対してそんなことはできやしないから、自分にとって特に大切な人間にだけ、ということにはなっちまう。とはいえ売れたマンガ家に対して、編集者がそんな心配をする必要は、ふつうはない。そこが難しい。自分が担当して、大切だと思うのは、やはり売れない人間より売れた人間だ。心配する必要もないが、担当を外れて時間がたてば、どうしているだろうと気になる。

反対に売れなかった奴とは、よほど気が合うとか、作家性に魅かれているのじゃない限り、疎遠になるものだ。しかし俺はよく、部下に対しては、売れない奴こそ大切にしろ、といってきた。売れた奴は、誰もが大切にしてくれる。だが、来年、再来年の雑誌の売り上げを支えるのは、今売れている奴じゃなくて、これから売れる奴なんだ。今、売れてないからと冷たくしておいて、売れてからちやほやしたって、おととい来やがれ、と考えるのが人情だろうが」

「では一度売れて、売れなくなった人間はどうなのです？」

「それが一番きつい。編集者の中で、そういう作家は、『終わった』人間だ。なのにちやほやされた過去があるからプライドも高いし、扱いにくい。とはいえ現に自分たちが今あるのは、そういう人間たちが雑誌を支えてきてくれたからでもある。やはりフォローはすべきなんだ。そしてそのフォローをする係は、その作家の一番いい時代をともに生きた編集者が担うべきなんだ」

「つまり、まのさんにとっては、岡田さんということですね」

「そうだ。だが、俺にも迷いはある。わかるか。俺はもう現場の人間じゃない。一方まのは、マンガ家だ。いくつになっても、売れなくなっても、現場にいるんだ。現場の人間に、現場じゃない人間がまとわりついて何の意味がある？　売れなくなったらなったで、また売れるような仕事をしたいと思うのがマンガ家なんだ。そんなときに、とっくに現場をあがったようなじじいが現われたって、嬉しくも何ともないだろうが。だから俺は、まのに近づかなかった」

「しかしまのさんはもうマンガを描かれないだろうと、岡田さんはいわれました」

「ああ、そうだ。俺もわかっていて、知らんふりをしていた。それはどこかでまのの復活を願っていたからだし、まののマンガ家としての死を認めたくなかったからでもある。そのあたりを、俺はあいまいなままにして、現場をあがり、こうしてやってきた。まののことは、いつだって、俺の胸のこのあたりにあって、チクチク刺激してきたさ。知らんふりをしてていいのか、決着をつけなくていいのか、と。だからお前が現われたときは、俺の知らんふりをつっき回しにきやがったと思った。結局はこうなる。知らんふりなんて、できねえんだ、となる。

本当は、俺こそがお前の依頼人になるべきだったんだ。まのままるの〝今〟を知ろうとしなきゃいけないのは、俺の方だったんだ」

「わかりました。まのさんと会うときには、いっしょにいて下さい」

私は頷いた。岡田は苦笑した。

「もしかすると、まのには、『あんた、誰？』といわれちまうかもしれん。今さら何の用だ、とな」

「それで傷つくことはないのですか」

「おいおい、傷つくのを恐がってたら、マンガ家も編集者もできやしねえ。傷つくかもしれないが、そう仕向けたのは自分なんだ。ものを創る現場てのは、そんなもんだ。どんなに性格がよくて、死ぬほど苦労した奴の作品であっても、性格最低でちょちょいとやっつけた奴の作品の方が上だったら、そっちを選ぶんだ。才能てのは、そういうことだ。才能のある奴には、そいつがどんなにクソタレだろうと、とりあえず俺たちは土下座する。腹の中で、この野郎、売れなくなったら見てやがれ、と思っていてもな。当然だろう、読者は、そいつの性格で作品を買うわけじゃない。おもしろがらせてくれるかどうかがすべてなんだ。

ついでに教えてやる。本当におもしろいものを創りだせる奴ってのは、皆、心のどこかが歪んでる。ただそれをうまく隠して社会生活ができるかできないかのちがいがあるだけで、本心からいい奴、裏表もないまっ正直な奴からは、本当におもしろい作品は生まれないよ」

「逆はどうなんです？」

「歪んだ奴がおもしろいものを作る、か？　そいつはちがう。才能もなく、ただ歪んでるだけって奴は、それこそ掃いて捨てるほどいる。そんな奴はハナから相手にされやしない。だから結局、長くこの世界に生き残るのは、歪んでいても、そいつをちゃんと自覚していて、周囲にはかわいいと思われる範囲でおさめておける人間さ。歪みを隠そうとしない奴は、売れなくなった瞬間、次をいっしょに考えてくれる者がいなくなる」

私は息を吐いた。

「厳しい世界ですね」

「厳しくもあるし、甘くもある。ほんの十数年しか生きていない若造の創ったものが、いきなり何百万という読者を喜ばせ、何十億という銭になるとすりゃ、こんなに甘い世界もない、と思えてこないか。つまりは才能のある奴には甘く、ない奴には厳しい、というだけだ」

「しかし才能は使えば減る、と岡田さんはいわれました」

岡田は頷いた。

「本当に塩《しょ》っぱいのはそこなんだ。才能は銭にかわった瞬間から消費されていく。でかい銭になればなるほど、消費量も大きくなる。あとはそいつの懐ろに、いったいどれだけの才能が眠っているかなんだ。たいていの場合、本人より編集者の方が、そのことには敏感だ。こいつの残量は、もうそうはねえな、とか、まだまだ叩けば、吐きだせるものがある、という具合にな。ただし、ひとりひとりのマンガ家にとっちゃ本人の問題だが、編集者にとっちゃ、担当している何人かのひとりの問題に過ぎない。そろそろ残量が少ないから、セーブしてやろうと思うのは、そのマンガ家を大切に感じているからで、別に自分にとって、それほど重要じゃない担当マンガ家なら、勢いでこのまま最後まで絞りだしちまえ、とこうなる。それでカラっけつになったら、はい、さようならだ。さて、次は誰をもってこようかな、ってなもんだ。だからって冷たいとか非情だとかはいわせねえ。なぜなら、作家の尻を叩いて才能を絞りださせるのが編集者の仕事で、そいつらはそれで給料をもらってるのさ。使い捨て主義だの何だのというなら、まず読者に文句をいえってことだよ。つまんなくなった、飽きた、と思っても、ずっと読んでやれ、買ってやれって、な。一番最初に見切りをつけるのは、いつだって読者なんだ。金を払っている以上、当然の話だがな」

「まのさんの才能の使い切られ方に対して、岡田さんはどう感じていたのですか」

「俺にそれを語れというのかよ」

岡田は目をむいた。再び怒りだすかと思った。しかしちがった。

「そうだな。あのとき会社は、まのを使い切ってでも、ユニバースの沈下をくい止めることを考える他なかった。いい時期に『ホワイトボーイ』の連載をやめれば、まのはもっと保つ作家だったろう。たぶん、だぞ。いずれにしろ、まのが、次にヒットする作品を作りだすまでには時間がかかったろうし、それが『ホワイトボーイ』並みの結果をだせるという保証など、どこにもなかった。ひとりの作家の才能を存続させるために、何十万部という部数、金にすりゃ、月に何億という銭を捨てられる編集者なんて、今の時代はいやしない。それができるとすりゃ、自分が社長で編集者で、労組も何もない出版社のオーナーってところだろう。ひとりを使い切ったって、いっこの雑誌の部数を維持する方が大事に決まっている」

「まのさんがどうしても止める、といいはっていたら、どうだったんでしょう」

「だからそのときさ。俺がひっぱりだされたのは。まのにとって、俺は特別の存在だった。ただし一回きりしか使えないカードとしてだ。それでも、カードであったことはまちがいない。売れちまえば、初代の担当だろうと何だろうと、カードと感じない作家だっているし、またそこまでの人間関係を築けない、無器用な編集者もいる。

まのは俺が切り札だってことを知ってたし、それを使わざるをえないユニバースの状況も理解してた。そしてそのとき奴は、本当の意味で大人になったともいえる。会社は、作家ではなく、雑誌をとる。ひとりを捨てて、他の全部を助ける。奴の中にあった純粋さが消えたのは、まさにそのときからさ。

つまりは、俺がそう仕向けたってことなんだ」

「この人はそれで自分をずっと責めてきたの」

黙っていた弓絵が突然いった。岡田はきっと弓絵をにらんだが、結局何もいわなかった。

「まのままるさんを駄目にしたのはご自分だ、そう考えてらっしゃるのですか」

「ときどきな。形あるものはいつか壊れる、そんなことはわかってる。俺という切り札を使おうが使うまいが、まのままるという才能の限界はいつかきたろう。要は俺にとって、あのとき、まのままるよりもユニバースの方が大切だった、ということさ。まのはまずそのことでショックをうけ、商業出版というものの現実に、初めて直面したというわけだ」

「後悔をされているのですか」

「するときもあれば、しないときもある。しないときのいいわけはこうさ。『誰かが奴にその現実を教えてやらなけりゃならなかった。だとすりゃそれは、俺の役目だ』」

私は黙った。岡田は息を吐き、酒の入ったグラスに手をのばした。

「事情を複雑にしたのは、水飼君だった。人の生死がからんだのだからな。いっておくが、俺は水飼君の死にまで責任を感じているわけじゃない。作家が、才能と作品の関係に絶望して選ぶ死に、編集者がいちいち責任を感じていたら、恐ろしくて連載の打ち切りなど、誰にもいいだせなくなる。またそのことで、編集者を脅迫する作家などいたためしはないし、そんな人間は、ハナからプロになどなれやしない」

「水飼さんは、特殊な環境にあった、ということですね」

「そうなるな。水飼君の死で一番傷ついたのはまのだが、奴もその責めを編集者に向けられないことをわかっていた。そういう場に水飼君をもっていったのは、まの自身だったからだ。つらかったろう」

「おっしゃった通りですね。まのさんは、『ホワイトボーイ』と同時に、何もかもを失くしてしまった……」

「そうさ。だから俺には、まのを見届ける義務があるんだ」

「わかりました。まのさんに会いにいくときには、岡田さんにもきていただきます」

私はいった。岡田は深く頷いた。そして思いもよらなかったことに、にっこりと笑った。あの、ガキ大将のような、誰をも惹きつけずにはいられない笑みだった。

「ありがとうな。俺にこのことを決心させたのはお前だ。礼をいうよ」

私は息を呑んだ。言葉にできない感情がこみあげた。それを無理にあらわすのはやめ、ただ頷くだけにとどめた。

「ごちそうさまでした。おいくらですか」

弓絵にいった。

「オン・ザ・ハウス」

短く弓絵はいって、笑った。

「あたしの奢りにしとく。またきてよ」

私は立ちあがった。

「ありがとうございます」

どちらにともなく、しかし大きな声で告げた。

28

岡田から連絡があったのは翌日だった。

「水飼君のお寺、わかった。景雲寺という。いつから張りこむんだ？」

「前日を考えています」

「わかった。俺の携帯の番号を教えておく。まのを見つけたら、電話をくれ。いつだろうと、飛んでいく」

「わかりました」

番号をメモし、私は答えた。

実際は、その日から張りこみを始めるつもりだった。まのの墓参が、命日をはさんだいつになるかわからない以上、慎重な行動が必要だった。

私はまだまのの写真を手に入れてなかった。手に入れる術があるとすれば、岡田か現役のユニバース編集部員だ。だが守本という弟に会っている以上、まのを見分けられるのではないか、という自信はある。

地図で景雲寺の位置を調べた。深川二丁目の運河のほとりだった。車を走らせ、いってみることにした。

運河は、隅田川からの支流で、橋の多い町を作っていた。運河をはさんである清澄庭園の近くに車を止め、私は景雲寺に足を踏みいれた。

墓所は、それほど大きな敷地ではなかった。都会の寺とはそうしたものだろう。並んでいる墓石はどれも控えめで、新旧のちがいをのぞけば、規模にさほどの差異はない。

私は墓参りをほとんどしない。両親の墓も東京にあるが、命日であっても訪れることはない。両親を偲ぶ気持がないわけではない。ただ、故人を偲ぶ場所として、墓が適当だと感じないだけなのだ。

都会では、一軒の家が何世代にもわたって守られていくのは難しい。結果、故人と共有した空間を、生きている人間が維持できなくなる。そのために、故人を偲ぶ場として、墓が有効な存在となる。

骨壺におさまった故人がそこにいる、とは私には感じられない。故人の物理的遺物は確かにそこにある。しかし物いわず、問いかけに答える存在では決してない。

語りかけ、答えるのは、常に私の心の内側に存在する故人だ。それは空想であり、幻影かもしれないが、姿形を伴っている。伴っていないときがあっても、その声を、彼または彼女のものである、と私は聞き分けることができる。

ならば、墓参りは、私にとって故人との再会の手段ではない。故人に対する感謝、懺《ざん》悔《げ》、あるいは憤《ふん》怒《ぬ》は、心のうちでおこなう。

来世があるかどうかは、今の私にはわからない。あるとすれば、私もいつかそこで故人と会う。心のうちで感じた気持は、改めて伝えられるだろう。なければ、墓所に赴こうが赴くまいが、伝える手段はない。故人が、未来永劫、意識として墓所につなぎとめられる、という考え方は、死者にとって決して快い環境とはいえないだろう。

比較的新しい墓石を捜すことで、水飼の墓を容易に見つけた。花は挿されているが、新しいものではない。過去一週間以内に、生花を供えた者はいないようだ。

俗名、水飼慎。

墓所をでて、境内への出入りを監視するのに適当な場所を捜した。張りこみは長時間になるし、できれば車を止めておける空間が望ましい。

運河に沿った一方通行路は、わりに道路幅もあり、人目を引くこともなさそうだ。墓所までは見通せないが、景雲寺に出入りする人物は視野におさめることができる。

私は清澄庭園から車を移動し、そこに止めた。命日まではあと三日ある。命日をはさんだ前後三日間が、おそらくまのままるの現われる確率が最も高い日々だろう。

私はそこで待つことにした。

29

十九日、午前九時に、私は定位置に車を止めた。二日間、まのと思《おぼ》しい人間は現われていなかった。祥月《しょうつき》命日である明日は、水飼の遺族がやってくるだろう、と私は思っていた。「水飼クリーニング店」が、一キロほど離れた葛西橋通りで今も営業をつづけていることは、昨夜確認していた。

十時に携帯電話が鳴った。岡田からだった。

「ホテルにかけてみたが、お前さんのでたあとだった。今、どこにいる？」

「景雲寺の近くです」

「早いな」

「まのさんの生活習慣を知りません。いつ墓参りに現われるか、想像がつきませんから」

「マンガ家ってのは、ほとんどが寝坊助だ。もしまのが午前中や、午後も早い時間にやってきたら、奴は昔とはまるでちがう生活を送っているってことになる」

岡田はいった。

「とはいえ、夜に墓参りもないだろうから、徹夜でくるって可能性もあるがな。何にせよ、しっかり見張ってろ。奴の顔はわかるのか？」

「守本とまのさんは似ていますか」

私が訊ねると岡田は一瞬、沈黙した。

「――昔は似ていた。だがお前も知っているとは思うが、やくざはやくざの顔になっちまうもんだ。今の守本とまのが似ているとは限らない」

「何か目立つ特徴のようなものはありますか。ほくろとか……」

「ない。最後に会ったときは背の割に太っちゃいたが、太ったり痩せたりはあることだからな。強いていや、眼鏡をかけているくらいだろう」

「わかりました」

「本当は、俺もずっとそっちにいたいのだがな。これでもそれなりに仕事がある。いつでも飛びだせるようにはしてあるが――」

「大丈夫だと思います。見つけたらすぐに連絡をしますから」

「だが声はかけるのだろう」

「そうしなければ、いかれてしまうでしょうから」

「だったらそのときに俺の携帯に電話をくれ」

「まのさんは、岡田さんに会うことを、どう受けとめると思われますか」

「わからん。嫌がるかもしれん。喜びはしないと思う。もし俺の名をだして、奴が嫌がるそぶりを見せても、電話だけはかけてくれ」

「別の方法もあります。とりあえず接触しないでおいて、まのさんを尾行し、住居などを確認してからお会いする」

「だが、尾行するってのは、一種のだましうちみたいなものじゃないか」

「そうとられる可能性はあります」

「だったらやめようや。お前も奴とはちゃんと話がしたいだろうし、俺も最初から奴をむかつかせたくはない」

対話を一方的に拒否されたら、尾行もかなわず、手がかりとなる情報を得るチャンスも失われてしまう。調査の常道としては、いきなりの接触よりも、まず住居の確認だった。

だが岡田の気持を無視はできなかった。

「わかりました。とにかく話をしてみます。ただし守本がいっしょの場合は、妨害をうけるでしょうから、尾行を先にします」

「そのときはしかたがない」

「連絡を入れます」

私はいって、電話を切った。

守本と水飼の関係は決して良好ではなかった。とすれば、墓参りに、まのが守本を同行する可能性は低い。だが一方で、現在のまのが守本の庇護下にあるとすれば、交通手段その他で、守本あるいは守本の手下の世話になることはありうる。

まのまもるは、水飼の自殺に対し、責任を感じていた、と岡田はいった。そのことについて、第三者が意見を述べる余地はない。マンガ家としてのまのまもると、マネージャー、そして代作者としての水飼の関係は、現場の編集者やアシスタントたちですら干渉できないものだったのだ。

私は久保田から聞いたまのまもるの言葉を思い返した。

――自分を必要としてくれている人間は、世界にひとりでいいんだ
その言葉を放ったとき、まのは、特定の人間を思い浮かべていたのだろうか。もし思い浮かべていたとすれば、それは通常、異性を想像させる。

まのは独身で、これまでの調査の過程でも、恋人や性的なパートナーの存在を感じさせる気配はなかった。

私は岡田の携帯電話を呼びだした。

「もうきたか!?」

私とわかると、岡田はわずかに興奮した口調でいった。

「いえ。お訊ねしたいことがあって。驚かせてすみません。まのさんは、恋人がいましたか?」

「恋人?」

「独身だったわけですよね。恋愛の対象となるような女性は、周囲にいなかったのですか」

「いない」

即座に岡田は答えた。

「どうしてそれほど確信をもたれるのです?」

「奴の好みを知っているからさ。売れっ子になってから、俺も奴を、バーだ、クラブだと連れていった。奴は女にはあまり関心がなかった」

「それはホモセクシュアルだったということですか」

「ちがう。女に興味はあった。ただ――」

「ただ?」

「奴が惹かれるのは、ふつうの女じゃなかった。つまり、ふつうというのは、同世代とかそういう意味だが」

「年齢の離れた女性に惹かれたわけですね」

「ああ。簡単にいや、奴はロリコンだった。おっぱいもふくらんで、下の毛も生えてきたような女には、まるで興味がなかった。奴は長いことそれを隠していて、恥ずかしいと思っていたのだろうな。俺に打ち明けたのも、ずいぶんたってからだ。そういう本や写真を集めていたみたいだ」

「では実際に恋愛対象にした女性はいなかった？」

「まったくいなかったわけじゃない。確かひとりくらい、いい仲になった子がいた。初めの頃のアシスタントだった。だが少しつきあったところで駄目になり、別れた」

「その女性と、あとあとコンタクトをとっていたようすはありましたか」

「ないな。それに週刊連載を抱えたマンガ家には、恋人を作る暇なんてない。たいていは編集者やアシスタントなんかの、近くの人間とくっついちまう。まのはそれもできなかった。俺の知る限りじゃ、奴に女はいなかった」

「『ブロケード』で、そういう女性に出会ったとは考えられませんか」

「そいつは、俺にはわからん」

私は詫びと礼をいって、電話を切った。

まのまるが、ロリータコンプレックスであったからといって、現在も恋人や配偶者をもたないとは断言できない。ロリータコンプレックスに限らず、さまざまな性的嗜好をもつ人間が、必ずしもその嗜好に合致しない、恋人や配偶者を得ることは多々ある。恋愛や結婚における、性的嗜好の合致は、選択基準のひとつにはなるかもしれないが、すべてではない。

もちろん、重度に偏った嗜好をもつ人間には、それは難しいだろう。特に現在は、風俗産業、あるいはポルノ、それにインターネットによる情報サイトなど、さまざまな性的嗜好への欲望充足が可能になっている。こうした環境では、意に染まぬ恋愛や結婚を選択する意志は失われる。

私は思いつき、沢辺に電話をした。

「ロリコン向けのマニアックな店というのを知らないか」

いきなり訊ねた私に、沢辺はため息を吐いた。

「何だ、ＳＭの次はロリコンか。朝から何てこと訊きやがる」

「君の嗜好に合わないことはわかってる」

「マニアの世界はいろいろあるが、ロリコンは一番厳しい環境だろう。ＳＭやスカトロ、体のフェチってのは、プロのサービスが合法的に供給できる。だが、ロリコンとなると

……」

沢辺は考えこんだ。

「わかる。児童ポルノも規制が最も厳しい筈だ」

「プロはいても、基本的にはまがいものだ。子供に見える大人が子供を演じているだけだ。そうだな、本格的な店となると、日本じゃかなり難しい。やくざでもその傾向は、あまり手をだしたがらないからな。もちろんそういう趣味の客はいるにはいるだろうから、アンダーグラウンドでは、ないとはいえない。だがよほどのことがない限り、情報がでてこないだろう。それに――」

「それに？」

「考えてもみろよ。かりにさらってきた子供にそういう商売をさせたとしても、ふつうの女ほどは長く商品価値が維持できないんだ。本物のロリコンだったら、体が『女』になったら、興味を失くすだろう。てことは、せいぜい、二、三年だ。そんな短いサイクルで、『商品』を用意するなんて、いくらアンダーグラウンドでも、リスクが高すぎてできっこない」

確かにその通りだった。そしてそれは、一見子供に見える大人にもあてはまる。彼女らの〝嘘〟が通じる時間も、決して長くはない。

「もし金に糸目をつけない、というのなら外国から養女をもらうしかないだろうな。もらうといっても、結局は買ってくるのだが」

「そういう方法はあるのか」

「それはある。東南アジアやアフリカにいけば、赤ん坊から売り物がそろっている。ただそれにしたって、ある年齢を過ぎれば用無しだ。本国に帰すなり、家から追いだすなりしなきゃならんだろうな。だから結局、ロリコンマニアは絵に走る。写真やビデオにはモデルがいる。その供給も難しい。イメージが法の枷《かせ》をうけずにカタチづくられるのは、絵だけだ。マンガやアニメも含めてな」

「マンガか」

私はつぶやいた。

「そうだ、しかしいろんな事件のせいで、マンガも今やきつい状況だ。マニアの中で一番悶々としているのが、ロリコンの連中だと思う」

「わかった」

「どうなってんだ」

「いずれ話す。『ブロケード』について何かわかったか」

「苦戦中だ。というのは、錦織の名が、あるときからすっぱり消えている。名前をかえたのじゃない限り、足を洗ったか、消されたかのどちらかだろう。消されたとすると、玄人の仕事だ」

「娘は生きて学校に通っているんだ。消されたというのは考えにくいな。行方不明になっているとしても、もう少し騒ぎになるのじゃないか」

「俺もそう思っている。だがいずれにしても、東和会はその後、『ブロケード』に関する一切にかかわっていない。『ブロケード』は消えている。いきさつについて知っているとすりゃ、守本、上村、このあたりだろうな。近づくのはちょっと厄介だ」

「上村はクスリのあがりを洗うために、色んな商売に手をだしている。そのひとつとして『ブロケード』に目をつけたんだ。その上村と錦織の接点に守本がいた」

「なるほど。とすりゃあ、何らかの形で『ブロケード』はつづいているかもしれないな」

「自己開発セミナーが宗教法人化するためには、大きな金が必要になるらしい。その金を上村がだし、それをきっかけに錦織の名が表舞台から消えた、と俺は思っている。一方、守本の方は、『ブロケード』の広告塔にするつもりで、兄貴であるまのまるを連れこんだ。ところがまのまるがあまりに入れこみすぎたんで不安になり、ひき離そうとしたらしい」

「そのときに守本と上村の利害が一致すりゃ、錦織は完全に消されているぜ」

「それも考えた」

「問題は、宗教法人化が成功したとすりゃ、その時点で錦織が必要だったかどうかだ」

「教祖はやはり必要だろう」

「錦織よりコントロールしやすい教祖が見つかったとすればどうだ。お前の捜してるそのマンガ家が教祖になっていたら?」

「まのままるが――」

私は思ってもみなかった可能性に絶句した。だが、いった。

「まのままるが教祖になれば、売れっ子マンガ家からの転身だ。それこそ話題になる。マネーロンダリングに宗教法人を使いたい東和会にとっちゃ、むしろ迷惑だろう」

「それにしたって、まのままるがどれだけ自分の過去を切り捨てたがっているかじゃないのか」

「教祖の過去を信者は知りたがる。難しいと思うがな」

「それはそうだ」

沢辺は認めた。

「『ブロケード』以外に、東和会の周辺から宗教法人の名は聞こえてこないのか」

私は訊ねた。

「目的がマネーロンダリングなら、連中にとっちゃ、絶対に洩れちゃまずい秘密だ。警察だけじゃなく税務署にも目をつけられるからな。おいそれとはでてこないだろう」

「そこをつつきだすのが君の力だ」

「お前の腹いせのためだとしても、どうもこりゃ持ちだしになりそうだな」

沢辺は再びため息を吐いた。

「俺とつきあって君が得したことはあったたっけ」

「命以外の部分じゃ、ねえ」

沢辺は断言した。

「命は確かに救ってもらったが、儲けた、と思ったことは一度もないね」

「だったら運命だとあきらめることだ。東和会と戦争をおこさない範囲で、情報を探ってくれ」

「戦争なんて起きやしない。極道の世界じゃ、一番金がかかるのが戦争だ。戦争をしてまで手にいれたいほど儲かる商売なんか、今のこの国じゃ、どこにもありゃしないよ。戦争を起こすくらいなら、身内を消した方が安あがりなんだ」

「覚えておこう」

「だからって人を極道扱いするなよ」

「わかってる。表向き、君は立派な実業家だ」

「本当にそう思ってるなら、ＳＭやロリコンじゃなくて、たまには日本経済の話でも訊けよ」

「いずれ、転職を考えたときに」

沢辺は笑い声をたてた。

「忘れるなよ」

その日一日も、まのは現われなかった。明日は水飼の命日だった。まのが水飼家の法事に参加する可能性もないとはいえない。だがその場合は、水飼家とまののあいだに連絡が存在することを意味する。

午後九時まで張りこみをつづけ、ホテルに戻ろうと車のエンジンをかけたとき、携帯電話が鳴った。

弁護士の野沢だった。

「遅くなって申しわけない。例の依頼人の方とようやく連絡がとれてね。『ブロケード』について少し聞くことができた」

「で、どうでした?」

「先に私の印象をいえば、典型的なビジネス優先の自己開発セミナーだ。類似のセミナーに比べて、特に際だった特徴はない。講習と合宿、それに教材販売が活動の中心だった。主宰者とされている錦織氏の方針は、人と人とのコミュニケーションを通して環境との融和をめざす、というもので、特に目新しくはない。講習会の雰囲気なども、極端にカルト的であったわけではないようだ。正直な話、聞いている限りでは、宗教までっていけるほどの強いカラーをもっていたとは思えない」

「それは錦織にそれほどのカリスマ性がなかった、ということですか」

「簡単にいってしまえばそうだろう。依頼人は、ある意味で〝目が肥えている〟ので、そう映った、ということもあるが。私の勘では、商売のまあまあうまい人物で、先行の似たセミナーのやり方を真似たというところじゃないのかな」

「会員の雰囲気はどうだったのですか」

「当初は企業会員が多くて、サラリーマンの受講生ばかりだったそうだ。だが後半は、サラリーマンとフリーターのような連中が半々になった、といっている」

「有名人の会員がいたとか、そういう話はありませんか」

「それは聞いていない。そうしたセミナーでは、受講生に有名人がいれば必ず広報に利用する筈だよ」

妙だった。守本は兄の正体を伏せて、「ブロケード」に連れていったということか。

「娘についてはどうです？」

「覚えていた。当時は十歳くらいで、かなり強烈な個性をもっていたらしい。父親よりもしばしば、カルト的な発言をセミナーでおこなっていたようだ。話を聞いていて、もしかすると錦織氏は、その娘を教祖にするつもりで、宗教化を考えていたのかもしれない、とは思った。ただ十歳かそこらでは、やはりそれ相当の『奇跡』や『予言の適中』をおこなえなければ、教祖にまで向かうのは難しいだろうな。聞いている範囲では、錦織氏の娘には、そこまでの能力はなかったようだ」

教祖崩れ、私の脳裏に、ふとそんな言葉が浮かんだ。錦織令は、教祖となることを嘱望されながら、何らかの理由で、そうはなれなかった。結果、現在は一見平凡な高校生活を送っている。

それが、あのように特異な個性を作りだしたのだろうか。

すべてではないにしろ、いくつかの断片が形を作り始めていた。

「『ブロケード』の現在については、情報らしいものは何もない。依頼人も、その後、『ブロケード』が活動を停止する前に脱会している」

「脱会に際して、引きとめ工作とかはおこなわれなかったのですか」

「なかったようだ」

「お手数をおかけしました」

「いや。ただ話を聞いていて感じたのだが、『ブロケード』の会員拡大の方法は、ある種のマルチ商法や総会屋などの手口に近いものがあったようだ。そういう意味では、プロが関係していた可能性は高い」

遠藤の言葉がそれを裏付けている。

「その通りです。暴力団系の総会屋が、『ブロケード』の立ち上げには関係していました」

「やはりね」

驚いたようすもなく、野沢はいった。

「だとすれば、活動が終息したのも頷ける。暴力団がこうした活動に関係した場合、あまり巨大化しないのが常なんだ。既成の宗教法人に対しては、連中は甘い汁を吸うためにとりつくことがあるが、自ら関与したものについては、巨大化させたがらない」

「なぜです？」

「おそらくは、コントロールできなくなるからだと思う。会ったときも話したように、現在の新宗教が巨大化していくためには、『奇跡』などのカルト的な演出と、組織的な信者対策がどちらも必要になる。カルト的な演出に限っていえば詐術も可能だが、信者の組織化は、構造が暴力団そのものと似てくるために、コントロールを失う可能性がでてくる。

コントロールを失った場合、組織による告発や排除といったことが起きるので、暴力団側は思わぬ損害をこうむる。告発者が信者であるため、脅迫があまり有効ではない、という側面があるからだ。作りあげられたまがいものの教祖であっても、信じる側の意志は強固だ。極端な場合、教祖が偽物であると自ら宣言しても、信者はそれをうけいれず、法的な手段や社会的な告発をためらわない。これは自分たちの内部も知られている暴力団側には手に負えない事態だ。信者数が多ければ多いほど、社会的な問題になるし、警察の対応も早い。しかも宗教にからんでいれば、公安関係者が動くのが、昨今の状況だ。暴力団の嫌がる形ばかりができあがっていく」

「やくざは、誰からも騒がれず、金儲けをしていたい」

「そういうことだ。既成の新宗教などに対しては、彼らは不動産の斡旋《あっせん》などで儲ける。これは通常業務だ。廃棄物の処理場や、カルト的な集団に対して、不動産を斡旋するのは金儲けになるからな。世間に嫌がられる集団のために抜け道を作るのは、彼らの得意分野だ。この場合、金だけの関係なので、彼らが組織的な危機におちいることはない」

「わかりました」

「だが、宗教がビッグビジネスになりうることを熟知しているのも暴力団だ。いつか宗教を完全な隠れミノにした暴力団が現われても不思議はない。新宗教など、暴力団と驚くほど組織系統が似ているところがある」

「現段階で、そうした可能性を感じている新宗教はありますか」

「つまり暴力団に完全支配されている、という意味で？」

「そうです。野沢さんがいわれるように、半端な関与を嫌うのであれば、完全支配しかありえません」

「どうかな……」

野沢は唸った。

「本当に完全支配されているのなら、暴力団色はむしろ完璧に払拭されているだろうからな——。我々の耳目には届いてこない」

「存在の可能性は否定できない？」

「そうだな。否定はできない。非常にあたまがよくて、用心深い連中がかかわっていれば」

「錦織はそういう人物だったでしょうか」

「会ったことはないので判断はできないが……。そう、『ブロケード』で一度甘い汁を吸ったわけだから、それきり姿を消すというのは、確かに納得できない。とはいえ、今現在、教祖として同名で活躍はしていない。もしかすると、名をかえて、どこかで成功している可能性はある。ただし、こういういい方をしてよいかどうかはわからないが、『ブロケード』の時代に比べたら、教祖としてひと皮むける必要はあったろうな」

「わかりました」

私は礼をいい、電話を切った。車をホテルに向け走らせた。

「ブロケード」が、宗教法人化し、まのままるがそこに組みこまれている可能性は高い、と私は見ていた。その場合、東和会の完全コントロール下にある宗教法人だ。そこには、守本も上村も深く関与している。

沢辺のいった、まのままる本人が教祖化している、という事態は考えにくい。

関与する宗教団体にマスコミが注目するのを嫌う、という暴力団の体質は、野沢の言葉が裏付けている。

まのままるの教祖化を、マスコミに伏せておくことは難しい。また、まのままるを教祖にすえるなら、その経歴を利用しない手はない。

唯一考えられるのは、まのままるをまったくの別人として教祖におくことだ。その場合、まのままるには、マンガ家としての経歴とは異なる、信者を惹きつける「力」が必要になる。

野沢のいう、「奇跡」であり「予言」だ。まのままる自身に、そうした変化の予兆があったという情報は、これまでの私の調査では入っていない。

眠りの浅い一夜が明けると、私は午前七時に、ホテルを出発した。

30

水飼慎の命日法要は、午前十一時に、景雲寺の本堂で始まった。

出席したのは、両親と思しい老夫婦と幼児を連れた夫婦の五人だけだ。彼らは子連れの夫婦の父親が運転するワゴン車で景雲寺を訪れ、喪服姿で本堂に入っていった。

私は車を降り、待った。一時間ほどして、僧侶とともに五人が墓所に姿を現わした。

新しい塔婆をもち、水飼の墓石に歩みよる。花が供えられ、線香が焚かれた。

よく晴れて風がない、空気の乾いた日だった。墓石からまっすぐにたち上る線香の煙が、離れた位置に立つ私の目からでも、くっきりと見えた。

やがて墓参が終わり、五人はワゴンに乗りこんで走り去った。ひっそりとした法要だった。彼らがこのあとどこへいくのか、あるいはいかずに日常に戻っていくのか、私にはわからなかった。

彼らが立ち去ると、墓所を含む境内には、再び静けさが戻った。私はしばらく墓所の外れにたたずんでいたが、やがて車に戻り、今までのように待つことにした。

午後三時を回った。

景雲寺の通用口は、私が車を止めた場所から、斜め後方二十メートルの位置にあった。左のサイドミラーの角度を調節し、私はすわったまま、そこを監視できるようにしていた。

ミラーの中に、シルバーグレイのメルセデスが映った。一方通行の路地をゆっくりと前進してきて止まった。

私は体を低くして、ミラーを注視した。メルセデスの助手席の扉が開いた。黒っぽいジャケットにジーンズをはいた男が降りたった。眼鏡をかけ、ずんぐりとした体つきをしている。

男を降ろしたあとも、メルセデスはその位置を動かなかった。運転席にいる人物の顔はよく見えない。

男は景雲寺の境内に入っていった。私は車から動かずにいた。今降りれば、私の姿はメルセデスの運転手の目に入る。それはさけたかった。

やがて男が戻ってくると、メルセデスに乗りこんだ。メルセデスは発進し、私は尾行を開始した。

メルセデスは永代通りにでると、都心方向へと向かった。日本橋、丸の内を過ぎ、大手町を右折する。日比谷通りを小川町で左折し、靖国通りに入った。

神保町の交差点で信号停止をしたとき、助手席の扉が開いた。墓参した男が降り立ち、メルセデスは信号がかわるのを待って発進した。私は急遽、ハザードを点けて、車を左に寄せなければならなかった。

多くのクラクションが浴びせられたが、何とか車を路上駐車させることに成功した。車を降り、携帯電話をとりだした。

メルセデスを降り立った男は、背後のクラクションにふり向くこともせず、まっすぐにすずらん通りの方角に歩いていった。

男のあとを足早に追いながら、私は岡田を電話に呼びだした。今いるのが、岡田の会社のすぐ近くだと告げると、岡田はこれからでる、とだけ答えて電話を切った。

私は神保町のすずらん通りに足を踏み入れた。男の姿を見失っていた。たち並ぶ書店のどこかに男が入ったのだろうというのは想像できたが、それがどれなのかわからない。

メルセデスの尾行をつづけるべきだったのかもしれない。このまま男を見つけられなければ、唯一のチャンスを私は失ったことになる。

すずらん通りの歩道に立ち、左右に目を配った。平日の夕刻で人通りは多く、見失った男は、特に目立つ容姿をしていたわけではない。

尾行は失敗した公算が高かった。

「おい」

声にふり返った。ダークグレイのスーツを着けた岡田が、かたわらに立っていた。

「奴は？」

「この中に入っていったのですが、見失ってしまったようです。ジーンズに、黒っぽいジャケットを着けていました」

岡田はそれを聞くと、とがめるようすもなく歩きだした。どこか行先に確信のこもった歩き方だった。私は無言であとを追った。

岡田は数メートル歩いたところで足を止めた。雑居ビルの入口で、かたわらに二階に通じる階段があった。二階はコミック専門の古書店だった。

「この上を見てきてくれ」

「わかりました」

私は答え、階段を登った。狭く急な階段の先は、人ひとりが通るのがやっとの通路を何本かはさみ、書架にぎっしりと成人向けコミックが並んだ店舗だった。男の姿はなく、階段を降りた私は、その旨を岡田に伝えた。

「わかった」

岡田は短く答え、スラックスのポケットに両手をさし入れたまま、向かいの歩道に渡った。

大型書店のビルのわきに、細い路地があった。搬入用の通用口と駐車場が隣接してある。

通用口の向かいにある、地下への階段を岡田は顎で示した。一階部分は喫茶店だ。

「あの下だ」

私は無言でその言葉に従った。階段は暗く、やはり急だった。降りた先は、ビデオと写真集が雑多に積みあげられた、倉庫にも等しいような空間だった。奥に小さなテーブルがあり、毛糸の帽子を着けた初老の男がひとりすわっている。そこが店舗だとしても、何の看板も、地上の路地にはでていなかった。

あの男がいた。いつのまにか白いマスクを着け、積みあげられた本の中に埋もれるように、しゃがんでいる。手にしているのは、見本用の、ビニール封をされていない写真集だった。マスクの上の眼鏡が曇っていた。

私は踵《きびす》を返し、地上へとあがった。待っていた岡田に頷いてみせた。

「かわってねえな」

岡田はつぶやくと、足を大きく広げた。上着からショートピースをとりだし、くわえて火をつけた。煙を吹きあげる。

「ここはどういう店なのです？」

「見てきたのだろ。神保町は、俺にとっちゃ庭だ。奴がいきたがりそうな店は、全部頭に入っている」

岡田は空をにらみ、答えた。

十分ほど待った。やがて茶色のビニール袋を手にした男が階段を登ってきた。マスクを外しておらず、うつむき気味に地上に立った。

岡田がショートピースを踏み消した。男が顔をあげ、岡田の存在に気づくと、眼鏡の奥で目をみひらいた。

「久しぶりだな」

岡田がいった。やさしい口調だった。

「ちっと散歩していたらよ、お前さんを見かけちまった。少し太ったか？」

男は無言だった。目が動き、私をとらえた。私は沈黙したまま目礼した。

「気にすんな。俺の知り合いでな、お前に会いたがってた奴なんだ。ここにいるのは偶然だ」

男はわずかに目を閉じた。

「よくいいますよ」

マスクの向こうから、くぐもった声が洩れた。細い、どこか頼りなげな声だ。

「何が偶然です。岡田さんの嘘にはだまされない。お寺から尾けてきたんでしょう」

岡田は苦笑すると、あいまいに首をふった。

「しょうがねえ。見破られてたか。俺が命日のこと、教えたのさ。お前に会いたくて、さ。でも、ちゃんと墓参りにいったんだ。偉いよな」

男の表情はかわらなかった。

「元気そうだな」

返事を得られず、岡田はいった。岡田らしくない、不自然な口調だった。男は無言のままだった。

「よかったら、そのへんでコーヒーでも飲まないか」

「――もう、話すことなんて、ないのじゃないですか」

男はいった。

岡田は大きく息を吐いた。

「別にもう一度お前を、ユニバースにひっぱろうってわけじゃない。俺も、もう、現場じゃないしな」

男は瞬きした。みひらいたと思っていた目が、もともとそういう形であることに私は気づいた。

「何やってるんですか、今」

「子会社だ。島流しみたいなもんさ。隠居しろってことだろう」

「がらじゃないですね」

「ああ、がらじゃない。だが俺みたいのがいつまでもいすわってちゃ、迷惑する奴もいる」

男のマスクがわずかに動いた。笑ったのかもしれない。だが曇りかけた眼鏡の奥にある目には、笑みのかけらも浮かんではいなかった。警戒と不安があるだけだ。

「どうだい」

岡田はいって、首を倒した。

「少し話そうや」

「迎えがくることになっているんです。一時間という約束で落としてもらったんで」

「まだあるのだろ、時間」

「他にも回りたいところもあるし……」

「迎えってのは、弟さんか」

「弟の会社の人間です。弟は、僕が出歩くのを、あまり喜ばないんですよ。今僕は、弟の世話になっているんで」

「何をやってるんだ？」

「別に。何もやっていないようなものです」

「なあ、いい歳こいた男が、立ち話はやめようや。そこに喫茶店もある。十分でいいからつきあってくれよ」

岡田はいった。

「駄目かい」

男は再び目を閉じた。

「断わりたいな」

独り言のようにいった。

「でも岡田さんには逆らえないですよね」

岡田の顔に痛みが走った。わずかに首を傾げ、岡田はいった。

「恨まれてるのか、俺」

「まさか」

男はいった。つぶやくように低い声だった。

「もう昔のことは忘れようと思ってます」

「静かに暮らしてるのか」

男は小さく顎を動かした。

「描いてないのか、もう」

男は再び頷いた。

「描かないのか」

「描けないでしょう、もう。手が動かないし、描いたとしても、どこも載せませんよ」

岡田は長い息を吐いた。

「もったいねえな」

「そんなことはありませんよ。充分だった。充分すぎるほど、充分やりました」

「まのさん」

私は口を開いた。男の目が私に向いた。

「私は佐久間といいます。一度、弟さんの会社をお訪ねしました」

「聞きました。ファンの方に頼まれたのだそうですね」

私は頷いた。

「その人は、まのさんの原画を手に入れ、まのさんのサインを欲しがっておられた」

「サインなんていつでもしますよ。でも、今の僕がどうしているかなんて、詮索されたくはない」

「わかっています。無神経なことをしたと反省しています。弟さんが怒られたのも、しかたがありません」

「でもあの原画にサインすべきなのは、僕じゃない」

「水飼さんですね。今日、まのさんが墓参りにいかれた」

まのは頷いた。

「『ホワイトボーイ』の作者は二人いる。作品によってちがうんです。そのファンの人が入手されたのは、僕の描いた『ホワイトボーイ』じゃない」

「だから売られたのですか」

「いや、いずれ僕の描いた原画も市場にでるでしょう。もう、僕にとっては必要がないものだ」

まのは私から岡田に視線を移し、いった。

「捨ててもよかったのだけれど、どうせならお金になるというんで、売りにだしたんです」

岡田は無言だった。痛みをこらえているような表情だった。

「ですからそのファンの方には申しわけないけれど、別の原画をいずれ買って下さいとしか申しあげられません」

「その人はもう、私への依頼を終了されました。私がここにいるのは、その人のためではありません」

まのは再び私を見た。

「じゃあ何のために僕を捜したんだ？」

「まのさんは、錦織令という、女子高校生をご存知ですか」

まのの目が不意に死んだ。感情が突然消え、何の表情も表われなくなった。

「――知らない」

「聖良学院の生徒です。父親は錦織和人といって、『ブロケード』という自己開発セミナーを主宰していました」

「知らない」

私は息を吸いこんだ。

「弟さんは、この錦織氏とは深いつながりをお持ちだった」

まのが瞬きした。スイッチが入ったかのように、目に感情が戻ってきた。冷ややかな、憎しみすら感じさせる視線が私をとらえた。

「知らないといっているでしょう。世話にはなっていますが、弟は弟、僕は僕です。弟の仕事に僕は一切、タッチしていない」

「まのさんに私がお会いしようと考えたのは、あなたが錦織令をご存知だと信じていたからです」

「信じるのはあなたの勝手だ。だが僕は知らない。さようなら」

まのまるは不意にいって、頭を下げた。まるで機械のようにぎこちない仕草だった。

そのまま歩きだした。

「待てよ。コーヒーをつきあってくれるのじゃなかったのか」

岡田がいったが、ふり返らなかった。岡田は私を見た。

私は動かなかった。

無理にひき止めたとしても、まのまるからは何もひきだせそうにない。

「悪いスイッチを押しちまったようだな、え？」

岡田が苦い口調でいった。

「錦織の名をだしたのがまずかったようです」

「どうする」

私は無言で息を吐いた。

「なあ、奴は何か悪いクスリをやっていると思うか」

岡田は訊ねた。私は首をふった。まのまるが、重度の薬物依存におちいっていると
いう印象はなかった。

「まのさんは、大丈夫だと思います」

岡田は頷いた。

「これで終《しま》いか」

「いえ」

私は答えて、まのままるの背中を呑みこんだ本屋街の雑踏に目を向けた。

「まだ終わってはいません。錦織自身に訊く手が残っています」

「それじゃあやくざをつっつくことになるのじゃないか」

「しかたがありません。まのさんに会えば説明が得られると考えた、こちらが甘かったんです。人は誰でも、話したくないことは話さない自由がある」

「気をつけろよ」

低い声で岡田はいった。

「他人の秘密に首をつっこんで殺されちまったら、誰も悲しんじゃくれねえぞ」

私は岡田をふり返り、微笑んでみせた。

「ありがとうございます」

岡田は首をふった。そこに立ったまま、いきかう人々にぼんやりと目を向けていた。

「もっと別の生き方が、できりゃいいのにな」

深いため息を含んだ声でいった。

31

秘密の中心部には、まのまるると錦織令がいる。そう考えた私の勘は、今もあやまっているとは思わない。ただ私のあやまちは、互いの名が、秘密の扉を開ける鍵だと思いこんでいたことだ。まのまるるに、錦織の名をぶつければ、これまでわからなかった「ブロケード」の実体が明らかになる、と、漠然と私は考えていた。しかしことはそれほど簡単ではなかった。扉を開くには、錦織の名の他に、まだ別の鍵が必要なのだ。

神保町で岡田と別れ、車をとった私はホテルへと一度戻ることにした。

すべての手がかりがまのまるるの〝拒否〟とともに消えたわけではない。まのまるるを運んだメルセデスの番号を、私は控えている。

部屋に入ると、シャワーを浴び、ベッドに横たわった。見落としていた「鍵」がないかを検討すべきときだ。

まのまるるに対して錦織令の名が鍵として機能しなかったように、その逆もまた同様の結果しかもたらさないと、私には思えた。錦織に対して、まのまるるの名をだしても、かんばしい反応が得られるとは思えない。

人の感情を理屈で理解するのは難しい。が一方で、人間関係には、ことにそこに暴力団などの裏社会が及んでいる場合、利害関係で、欠けている情報を類推することは可能だ。

東和会は「ブロケード」を資金洗浄ビジネスに利用しようとした。

主宰者である錦織和人との接点に上村と守本がいた。上村はかつて守本の下に身をおき、今は薬物の密売ビジネスに手を染めている。そのもとに密売人として小倉がいて、雅宗もまた上村の流すクスリをさばいていた。

雅宗は「シェ・ルー」の店長である伊藤からクスリを仕入れていた。伊藤も小倉も、東和会の渋谷における橋頭堡《きょうとうほ》である「ブラックモンキー」で、クスリを入手していた。その「ブラックモンキー」に、錦織令もしばしば姿を現わしている。

今この瞬間、錦織令は、私が「ブラックモンキー」にやってくるのを待っているかもしれない。勝ち誇った笑みを浮かべ、私の怒りを歓迎し、快感にすりかえようとしている。

錦織令の中にある憎しみは、「ブロケード」のなりたちと無縁のものではない、と私は考えていた。

錦織令は「ビジネスマン」であった父親に比べると、はるかにエキセントリックで、

「教祖」としての素質を備えていた。しかし父親か、父親を陰で支える人間たちに、彼女を「教祖」にしたてあげるだけの演出力がなく、そこに至ることはできなかった。それが彼女に、あの特異な個性を与えたのだろうか。憎しみを、唯一の人間関係のよりどころとする。

ちがう。それだけである筈はない。「教祖」になりそこなった少女が、ただそれだけで、人を、周囲の社会を、あれほど憎みきれる筈はない。もしそうならば、憎しみの奥底にあるのは、実にちっぽけな失望と僻《ひが》みでしかないことになる。

奇妙ないい方だが、私は錦織令の内側に、憎しみに対する確かな手応えを感じていた。その憎しみは、ただの僻みや「教祖」になるという夢の喪失から生まれたものとは思えないのだ。

ひとつの鍵として、父親の存在がある。存在の消失、とそれはいいかえてもいい。「ブロケード」が遠藤組と袂《たもと》を分かち、東和会に接近し始めたときから、父親である錦織和人の存在はあいまいになっている。

殺されたか、まったく別の名にかわって活動をしているのか。

別の氏名を名乗っているとすれば、娘と思しい錦織令が、その名をかえていないのはどういうわけなのだ。

錦織令と東和会の関係も不明だった。接点である筈の父親の姿が、どこからも見えてこない。

もし東和会が錦織和人を殺しているのなら、娘である令が、彼らの縄張りをうろつき、彼らの商品を、その〝犬〟にさばかせている状況を、これほど寛大にうけいれるだろうか。ただのガキだと見過すには、小倉はドラッグビジネスに深入りしすぎている。

遠藤は、小倉はある種の消耗品だ、といういい方をした。小倉が逮捕されても、東和会はそれほど傷つかない。小倉の逮捕から先には累が及ばないと、東和会はたかをくくっている、というわけだ。

実際、小倉がどれほど愚かで、クスリによって頭のタガがゆるんでいようと、警察に対し、東和会の幹部の名を口にするとは思えない。小倉が知っているのは、せいぜい「ブラックモンキー」に出入りする東和会の使い走りくらいで、上村や守本といったクラスの名がでよう筈はない。

私は起きあがった。

「ブラックモンキー」に、誰がクスリを運んでいたのかがわかったからだ。

桜淵だ。桜淵が運び、小倉や伊藤などの売人に分けられる。

桜淵は、守本のひきいる「ムーンベース」が製作したポルノの販売店を仕事先にしていた。一方で美大に通った経験があり、それが小倉との接点になっている。

桜淵は、小倉とちがって、組織の中心部を知っている。小倉の口からその名がでて、逮捕されることになったとしても、桜淵は決して上村や守本の名は口にしないだろう。すれば生命が危い。

その桜淵は、まのまままるの原画、実はマネージャーだった水飼が描いたもの、を売りつけている。原画の入手先は守本だと思われるが、守本の命令でやったとすれば、それはひどく危険な行為だ。

ポルノショップの店長であり、クスリの運び屋でもある男が、金になることなら何でもやるという構図は想像しやすい。しかし万一、原画の入手経路を追及されたとき、桜淵と守本の関係を解明する手がかりになりかねない。

守本は決して喜ばないだろう。

すると原画は、守本の手を経て桜淵に渡ったわけではない。

まのまままるは、原画が売りにだされたことを知っていた。つまり原画は、まのまままるから直接、桜淵に渡ったのだ。

桜淵が鍵だったのかもしれない。

まのまままるが、原画を売って得た金を何につかおうとしたのかは、わからない。桜淵にとってはいいこづかい稼ぎだったろう。かりに折半としても、五百万円だ。

一方、守本が、まのまままるの原画が売りにだされていることを知っていたかどうかは疑問だ。まのまままるは知っていた。作品が自分の作でないことすら指摘した。桜淵の動きを、守本は知らない可能性がある。

見方をかえれば、桜淵はまのまると接点をもっている。守本を通さず、原画の販売を依託されたのだ。

私はベッドを降りた。桜淵は、一連の犯罪行為の要となる位置におり、尚かつ、私が揺さぶることのできる弱点をもっている唯一の人物だった。


新宿に向かった。客を装って、そのポルノショップを訪れた日から、二週間近くが経過している。桜淵が私の顔を覚えている公算は小さかったが、用心して店内には足を踏み入れないことにした。

閉店は午前二時と聞いていた。ポルノショップにしては〝健全〟な時刻だが、それ以上遅くまで開けていても、酔っぱらいの客が増えるだけということなのだろう。

酔っぱらいが起こすトラブルに対し、警察の助力はあてにできず、といって背後組織の力をおおっぴらに借りることもできないという、複雑な立場に、店はおかれている。

何人かの客が出入りし、ショルダーバッグをさげたメッセンジャーの姿も目にした。とはいえ、その一帯は、通行人が長時間足を止めていられる場所ではなかった。

午前二時二十分、桜淵が階段を降りてきた。

二階の店舗へとつづく急勾配の階段にシャッターを降ろし、桜淵は歩きだした。そのおちついたようすからして、店のアガリをもち運んでいない、と判断できる。少し前にメッセンジャーがでていた。おそらく、今日のアガリを、どこかに届けたのだろう。

寄り道はしなかった。区役所通りにでると、終夜営業の駐車場に入っていく。渋谷で見た4WDの姿がそこにあるのを確認し、私はタクシーに乗りこんだ。新宿歌舞伎町の深夜は、流れこんだタクシーの客待ち空車で身動きがとれなくなることを見こし、車ではこなかったのだ。

4WDは、私の乗ったタクシーの鼻先で区役所通りに合流した。いらつくようすもなく、靖国通りにでるのを、桜淵はじっと待っている。

靖国通りを右折した4WDはスピードをあげた。大ガードをくぐり、甲州街道へと入る。多摩ナンバーのプレートから、あるていど予測のついた方向だった。

その後上高井戸で環状八号に合流し、右折すると北に向かった。すぐに人見街道を左折し、三鷹市に入った。

桜淵が4WDを乗り入れたのは、一階に駐車場を備えたマンションだった。さほど高級ではない、賃貸用の建物だ。

マンションの前でタクシーを降りた。午前三時になっていた。

駐車場の奥にあるガラス扉の前で追いついた。

「桜淵さん」

驚いたようにふり返った。長髪を束ねた顔に、不安と警戒の色が濃く浮かんでいる。

「突然、声をかけて申しわけありません。あなたが帰ってこられるのをずっと待っていたんですよ」

尾行したと気づかせないためにいった。

「何」

私の顔を思いだせないようだ。一度きりの客だ。無理もない。

「あるマンガ家さんを捜している者です。あなたがその方の原画をもってらっしゃるとうかがったもので」

「何？　何いってんの。知らないよ、そんなの」

といって、すぐ背を向けることはしなかった。

「あなたが、以前故郷堂《ふるさとどう》にお勤めだったことも調べたんです。そこの顧客名簿から、『ホワイトボーイ』の原画販売のダイレクトメールを送られたでしょう」

「ふざけんなよ、知らねえよ」

ガラス扉に手をかけた。

「守本さんのところにもうかがったのですがね」

扉を開きかけた手が止まった。私をふり返った。

「守本さんには内緒でやった仕事だ。まのさんに頼まれて。ちがいますか」

目をみひらいた。私は首をふった。

「逃げない方がいい。私は警察の人間じゃないし、ここで逃げても何もかわらない。私は話をしたいだけで、誰から聞いたとか、いっさいどこにも喋らない」

桜淵は咳ばらいした。

「――あんた何者？」

「だから調査員です」

「どこの」

「フリーですよ。まのさんと、その周辺に関することを調べています。別に雑誌に発表するとか、そういう目的じゃありません」

「守本さんがどういう人だか、知ってるの？」

「もちろん。『ムーンベース』も。それと上村さんのことも」

「それってすげえヤバいってわかってんのかよ」

私は頷いた。

「だがヤバいところにいるのは、私だけじゃない。あなたの仕事は、新宿のお店の他に、渋谷に品物を届けることもある。その場所には、たとえば小倉のような人間がいて、品物を待っている。あなたがどこからその品物をもってくるかは、絶対の秘密だ。だからあなたは、守本さんや上村さんとの関係を決して知られてはいけない立場にある。ところがあなたが売ったあの絵は、結果的にあなたと守本さんとの関係を裏づけかねない。ちがいますか」

桜淵は私に向き直った。

「あんた逃げるなっつったよな。逃げる以外にもできることはあるんだぜ」

その手がジーンズのヒップポケットにすべりこんだ。

私は首をふった。

「それもやめた方がいい。私をここで殺し、騒ぎにならないうちに死体を処分する方法を知っているなら別だが、結局、あんたが困る方向に物ごとを進めるだけだ」

桜淵の目を見つめた。

桜淵の右手が動いた。とりだしたバタフライナイフが形を成す前に、その肘を蹴りあげた。

ナイフがとんだ。駐車場のどこかに落ち、固い金属音をたてた。

桜淵は低い呻き声をたて、肘をつかんだ。

「どうする？　まだつづけるなら、誰かが一一〇番するまで、ここでやってもいいが」

私はいって、桜淵との距離を詰めた。

「それとも、上のあんたの部屋にいって、話をつづけるか」

「上は勘弁してくれ。ガキが腹の中にいるんだ。カミさんの」

桜淵は涙目になっていた。

「じゃ、車の中で話そうか」

桜淵は頷いた。彼からキィをとりあげ、私は4WDの運転席にすわった。桜淵は助手席だ。

私は車のドアロックをかけ、エンジンは回さずにおいた。桜淵は大きな息を吐き、煙草をとりだした。

「どうしたいんだよ、いったい」

「話を聞くだけだ。話が終われば帰るし、誰から聞いたかも喋らない。私の依頼人は、あんたのことは何も知らない人間だ。報告書にあんたの名前を載せる必要すらない。わかるな」

桜淵は黙っていた。

「まず訊いておきたいことがある。あんたは守本か、上村か、いずれにしても東和会の系列の組員なのか」

たぶんちがうだろうと思っていた。正式な組員だったら、ポルノショップの店長はつとめられない。警察のマークをうけるし、手入れをうけた場合、罪が重くなる。

桜淵は首をふった。

「冗談じゃねえ。バイトだよ、バイト」

「今の仕事は、誰の紹介だ」

「上村さんだよ。上村さんから守本さん紹介されて——」

「上村と知りあったきっかけはクスリか」

桜淵がクスリに目がなかったという伊藤の話を思いだし、私は訊ねた。桜淵は無言で頷いた。

「昔、新宿で遊んでて知りあったんだ。クスリ代を浮かせたかったんで、上村さんの仕事を手伝った」

末端の密売人はこうして作られる、という典型だ。自分のクスリ代を浮かせるために、自ら売人となる。五錠売れば一錠がただになる、そういい含められるのだ。

「で？」

「で、とは？」

「それが今の仕事になったいきさつだ」

「学校いかないでぶらぶらしてたら、上村さんが、お前も今のままじゃきついだろうって、守本さんを紹介してくれたんだ」

「まのまるに会ったのはいつだ」

「守本さんの会社で、本のデザインを手伝ったとき。半年くらい前だよ。まのさんが遊びにきて……、少し話したら、まのまるだってわかった」

「まのは隠さなかったのか、昔の仕事を」

「最初は黙ってた。守本さんのいる前では。でも守本さんがいなくなって、二人でお茶飲んでたとき、俺が昔、故郷堂にいたって話したら、マンガ描いてたんだっていって……」

「守本は、兄貴が昔話をするのを嫌がっているということか」

桜淵は頷いた。

「何ていうか、まのさんはふっきれてるけど、守本さんの方がふっきれてない。まのさんは、『自分はもう終わった』っていういい方する。守本さんの方が、出版社に兄貴を使い捨てにされたと考えてる」

「まのまるは、大金持だろう。ちがうか」

「金はあんまりない、そういってた。売れてた頃、マネージャーが株や土地を買ってて、それがすごくでかい金額になってて、バブルが弾けたときに精算したら、たいして残らなかったって。マンションはなんこかもってるみたいだけど、今はその管理を守本さんに任せてるっていってた」

「つまり自由になる金が少ないということか」

「じゃないの。でも金にぴいぴいしてるのとはちがう」

「まのは今、どこに住んでいるんだ」

「守本さんの会社のすぐ近く」

「中目黒か」

「代官山。もってるマンション。同じところに守本さんも住んでる」

「いっしょに住んでいるのか」

桜淵は首をふった。

「部屋は別々。そこは、残ってたお金で、守本さんが安く買ったマンションだっていってた」

「守本は兄貴の財産を管理しているのだな」

「たぶんな。そんなことは訊けないだろ」

「いったことはあるのか、まのの部屋に」

「一度だけ。守本さんにばれるとうるさいんで、一回だけいった。俺がサイン欲しいっていったら、くれるっていうから」

「原画を預けられたのはそのときか」

桜淵は頷いた。

「まのさんの部屋には、古い原画が、段ボール詰になっておいてあって、これ何ですかって訊いたら、『ムーンベース』の引っ越しのときにもってきたんだ、って。開けたら入ってて、すげえなって驚いた。そしたら、金になるかって、いわれたんだ」

「売った原画は適当に選んだのか、それとも、まのが選んだのか」

「まのさんが選んだ。なんこかとりだして見ていて、じゃあこれって渡された。売れたら半分くれるって話で」

「それで一千万で売ったんだな」

桜淵は目をみひらいた。

「なんで知ってんだよ」

「調べるのが仕事だ、当然だろう。で、どうした？」

「どうしたとは？」

「半分の五百万をまのに渡したのだろう。まのは何といった？」

「まだ金になるんだなって、不思議そうだったよ。もういいだろう」

4WDのドアノブに手をかけた。その肩をおさえた。

「まだだ。錦織という男を知ってるか」

「にしきおり？　誰だ、それ」

「『ブロケード』という自己開発セミナーの話を聞いたことは？」

「知らねえよ、そんなの。なんでそんなのがでてくんだ」

話の方向をかえた。

「小倉は知ってるな」

「小倉って、大学んときの、小倉かよ」

「そうだ。今は渋谷で売人をやってる」

「あいつがどうしたんだ」

「売人にひっぱりこんだのはお前だろう」

「知らねえよ、そんなの。そりゃクスリを教えたのは俺だけど、あんな、脳ミソが溶けるほどはまるとは思ってなかったんだもんよ」

「小倉にくっついてる女子高生はどうだ」

「ああ、知ってるよ。守本さんの娘だろ」

「そうなのか」

何だって、という言葉を呑みこみ、私はいった。

「そうだよ。いっしょに住んでるもんよ」

「初台に家があるのじゃないのか」

「初台？　知らねえよ。守本さんのマンションに住んでるってよ」

「それがなぜ小倉とくっついた」

「くっついたってわけじゃねえだろ。小倉がひと目惚れして、追っかけ回してたんだ。それでおもしろがって、奴隷だとか何とかいってるんだ」

「守本はそれで平気なのか」

「平気みたいだな。何ていうか、守本さんて変なんだよ。いっしょに住まわせてるけど、別に男とか、好きにさせてるし」

「母親は？」

「知らないよ。別れたんじゃねえの」

「娘だって、はっきりいったのか、守本が」

「そうじゃねえけど、まさか情婦《おんな》じゃないだろうよ。情婦だったら、手をだしたらいちころに決まってんだから」

私は黙った。少し考えを整理しなければならない。

「――何度も会ったことがあるのか、その女子高生と」

「渋谷じゃな。守本さん家《ち》なんていかないからさ」

「じゃあなぜ、守本がいっしょに住んでいるとわかる？」

「誰かから、たぶん小倉から聞いたんだと思う。小倉が代官山に送ってくっていってて、どこらへんだって聞いたら、守本さんのマンションだった」

「小倉は守本を知ってるのか」

「まさか。あんな脳ミソ溶けた奴を相手にするわけないだろう」

「じゃあ小倉にクスリを渡しているのは誰だ」

桜淵は言葉に詰まった。

「だから……『ブラックモンキー』の店員だよ」

『ブラックモンキー』にクスリを運んでいるのはお前だな」

「馬鹿いうな。誰がそんな話、認めるかって——」

いったが、声は弱々しかった。思いつき、私は訊ねた。

「小倉の住居《すまい》、どこだ」

「自由が丘だ。あいつはぼんぼんだからよ」

「東京の出身なのか」

「ちがうよ。岡山だか鳥取だか、あっちの方。親が金持で、仕送りいっぱいしてくんだ」

「それならなぜ、売人なんかしている」

「趣味だよ。あいつはおかしいんだよ」

私は小倉の住所を正確に訊きだした。小倉から、この桜淵のようにまともな話が聞きだせるとは思わなかったが、知っておく必要はあった。

「もういいだろ、勘弁してくれよ」

「最後にひとつ訊く。守本でも上村でも、何か宗教団体に属しているか」

「はあ？」

あっけにとられたように、桜淵は私の顔を見つめた。

「そんなわけないだろ。何いってんだよ」

「わかった」

私は頷いた。

「お前がまのまるの原画を売ったことは、守本に内緒にしておいてやる」

「あたり前だろ。守本さんにばれたら、ぶち殺されちまう」

「守本はそんなに恐いのか」

「切れるとな」

「切れたのを見たことあるのか」

「ないよ。上村さんから聞いた。昔、モデルを半殺しにしたことがあるって。撮影んとき、いうこと聞かなくて、歯も鼻も全部折られて、顔ぐしゃぐしゃにされたって。もともとソープだったらしいけど、それで仕事になんなくなって、今は横浜だかどっかの安い売春屋にいるって。整形しても戻らねえぐらい、顔歪められたんだと」

「女だから半殺しですんだのかもしれないな」

私がいうと、桜淵の顔は青ざめた。

「よけいなこと、いうなよな」

「心配するな。身重の嫁さんが未亡人になっちゃかわいそうだ。いったろう、お前の名はどこからもでないって」

桜淵は黙りこんだ。もしかすると自分は途方もなく愚かなことをしてしまったのではないかと、後悔している表情だった。

やがていった。

「まのさんに会いにいくのかよ」

「場合によっては、な。お前から聞いたとはいわないから安心しろ」

「そうじゃないよ。宗教だったら、まのさんがやってるよ」

桜淵の顔を見直した。

「やってるとは？　信仰しているってことか」

「じゃないの。前いったとき、部屋にでっかい、仏壇みたいのがあった」

「どの宗教だ」

「知らねえ」

桜淵は首をふった。

「なぜ、話した？」

ふと気になり、訊ねた。桜淵はふっと息を吐き、洟《はな》をすすった。

「俺は、『ホワイトボーイ』の、本当にファンだったんだ。部屋にいって話してて、まのさんにもうマンガを描かないのかって訊いたら、まのさんがその仏壇みたいのをさしたんだ。今はこれがあるから、自分は生きていける、マンガはいらないって。なんかすげえ変な感じだった。信じてんですかっていったら、自分が信じてやんなきゃいけないんだ、信じてる人間がいれば、本当になるとか、わけわかんないことといって」

私を見た。

「なあ、そんときにいわれたんだよ。何百万て人間が自分の描くものを待ってるプレッシャーがわかるかって。人から待たれるのはつらいぞって。誰にも頼れなくて、頭が変になりそうになる。自分が神様みたいな気になったり、反対に読者の奴隷になったような気分にもなって、しまいにどっちなのかわかんなくなる。もう、そういうのはいいって。はっきり、目に見える人間のために、何かやりたいって……」

私は頷いた。

「週に何回か、その集会にでてるっていってた。そこで、自分が本当に自分だってわかるって」

「誘われたか」

「俺も、くるかなって思って正直、身構えたけど、こなかった。なんか、信じてるけど信じてない、そんな感じで」

「信じているけど、信じていない」

私がくり返すと、桜淵は頷いた。

「妙だったな、あれは……」

「他に何か覚えていることはあるか」

私がいうと、不意に夢からさめたような目をして、桜淵は首をふった。

「いいや。ねえよ。そんだけだ。まのさんに会うのなら、守本さんに見つかんないようにしてくれよ。あんたがさんざんヤキ入れられて、俺の名、歌われちゃたまんない」

私は頷き、ドアロックを解いた。

「わかった。守本には気をつけよう」

32

錦織と守本がいっしょに暮らしている、という話は、私にとって予想もつかなかった情報だった。それが事実であるとはまだ決められないが、二人のあいだに何らかの結びつきが存在することだけは確かなようだ。

周囲の人間は、錦織が守本の娘だと解釈している。それはありえそうなことだった。さもなければ、「ブラックモンキー」などでの錦織の奇矯な言動が黙認されている筈がない。また小倉が、錦織を飼い主様と呼び、隷属している理由の一端もうかがい知れる。

小倉は錦織の向こうに、守本と東和会の存在を感じているのだ。

だが錦織の父親は守本ではない筈だ。錦織和人と守本が同一人物なら別だが、これまでに得た情報では、二人の人生はまったく異なっている。

これはいったいどういうことなのか。

親子だという考え方は、二人が同居していることに起因している。もし錦織が高校生ではなく、また守本がその行動を制限していれば、二人は親子ではなく愛人関係にあると周囲は判断したろう。

だが実際はどうなのか。親子ではない。しかし愛人という考えもなりたちにくい。もし愛人ならば、錦織が雅宗や小倉と性的な関係を結んでいるのを、守本が黙認する筈はない。特に雅宗は、最初のとき、錦織の合意を得ず、薬物を使って性行為に及んでいる。桜淵のセリフではないが、そのことを守本が知っていたら、雅宗には生命の危機が生じていたろう。むろん、錦織が守本の娘であっても、同じことは起きた可能性がある。結局、守本が錦織の行動に干渉しないのは、親子でも愛人でもないからだ、という結論を下さざるをえない。

沢辺がホテルに現われたのは、私が朝食を摂っている最中だった。ダブルのスーツの前をはだけ、珍しくネクタイをゆるめている。

隣に腰をおろすとき、アルコールが臭った。

「朝帰りか」

「まだ帰っちゃいない。途中さ」

つらそうに沢辺は答え、歩みよってきたボーイにコーヒーを注文した。

「煙草あるか、切れちまった」

私は上着の中からとりだして渡した。火をつけた沢辺が深々と煙を吐くと、ミントの香りがした。

「最後は焼肉屋か」

「あたりだ。朝は鼻が鋭いな」

「朝飯を食い終わるまでは煙草を吸わないからな」

いって私は朝食の皿をどけ、沢辺が返した煙草に手をのばした。

「どこにいたんだ」

「新宿だ。昔馴染みの何人かと軽く一杯やる筈が、朝までつづく羽目になった」

沢辺はいって、運ばれてきたコーヒーをブラックのまま口に運んだ。四十をいくつか過ぎ、髪にもひと房白いものが混じっている。大きいが均整のとれた体格に、ゆっくりと贅肉がついていくさまを私は見つづけてきた。「色っぽい」という表現を女たちがこれほど使いたがる男を、私は知らない。二十年前も、今も。

だが、こと女に関しては、かつてに比べれば信じられないほどストイックになっている。妻と死別したからだと解釈したがる人間は多いが、私は賛成しない。

ひと休みさ、私はそういっている。対女性にさけるエネルギーが、体力のゆるやかな低下に伴い、乏しくなってきているのだ。加齢による、精神と体力のずれの折り合いを、沢辺はまだつけたがらない。その結果、仕事にもてるエネルギーの大半をつぎこみ、遊びに回らなくなっている、というのが、私の意見だ。

「何かわかったか」

「守本は傍流だ。どうあがいたところで、東和会の本家でのしあがることはできない。その点では、まだ上村に分がある。内部の評判じゃ、金儲けの腕に関しちゃ、上村は皆に認められている。ただしその出世の可能性については、やっかみ半分、金庫番止まりだという奴もいりゃ、本家本流でいずれ頭角をあらわすという人間もいる。はっきりしているのは、上村が冷飯時代、世話になった守本に恩義を感じているらしいってことだ。もし上村が、本家本流でのしあがれば、その引きで、守本にも陽が当たるかもしれん、という奴はいる」

「守本は、どんな人間だと思われてる」

「特に評判はない。下町出身のチンピラが何かの弾みで、広域の下部組織の盃をもらった。オヤジよりは少しだけはしっこくて、早目に独立すると、ポルノのシノギを始めた。それが実際にうまくいっているかどうか、外の人間でわかってる奴はいない。ただ上納は遅らせたことはないらしい。ひとりだけだが、同じようなシノギを以前やっていたという男が、守本の今のシノギであれだけの所帯が維持できる筈はない。他に何か太い金《かね》蔓《づる》をもってるにちがいない、と主張してた。もっともそれが兄貴で、超売れっ子だったマンガ家だといった奴はいない」

私は頷いた。

「守本は兄貴がマンガ家だったことを周囲に知られるのを嫌がっているようだ」

「兄貴の金を吸ったからかな」

「それだけじゃないような気がする。それと守本は例の女子高生、錦織といっしょに暮らしているという説がある。それを理由に親子だと考えている人間もいるようだ」

「そうなのか」

私は首をふった。

「錦織の父親は、錦織和人といって、総会屋崩れの商売人だ。自己開発セミナー『ブロケード』を立ちあげ、当初渋谷の遠藤組と手を組んだ。だが宗教法人にもっていこうとして、遠藤組の資金がつづかなくなり、東和会にくらがえした。窓口は、たぶん守本、そして上村だ」

「よくそんな情報がひっぱれたな」

「遠藤組の二代目だ。あやうく埋められかけた。二代目は、組員の伊藤を、売人として

『ブラックモンキー』に出入りさせていた。それに俺が気づいた。危かった」

「お前、直接ぶつけたのか、それを。二代目に」

私は頷いた。沢辺は首をふった。

「情報の代価は情報か。いつか殺《や》られるぞ」

「組む相手を東和会に切りかえてから、『ブロケード』と錦織和人の名前が消えた。遠藤説によれば、東和会はクスリのアガリを洗うのに、宗教法人を欲しがったのじゃないかというんだ。だが実際は、その後、守本や上村が何かの宗教にからんでいるという情報は聞こえてこない」

「俺もそこのところが一番知りたかった部分だ。上村は、自分が金儲けがうまく、それが評価され、尚かつやっかみの対象にもなっていることを知っている。だから、個々のシノギに関しちゃ、下の人間にも口を塞がせている。クスリをシノギにしていることはあるていど知れているが、それを元銭にした次のシノギについては、誰も知らない」

「守本と似てるな」

私がいうと、沢辺は頷いた。

「俺も思った。守本は表向き、ポルノをシノギにしている。上村はクスリだ。だがどちらも、表のシノギだけじゃ稼ぎきれない銭を得ている可能性が高い」

「裏のシノギは誰にも知られてない」

「知ろうとする奴は、潰されるという流れがある」

私と沢辺は顔を見合わせた。

「それが宗教か」

沢辺がいった。

「かもしれん。まのままるは、自宅にでかい仏壇をもっているらしい。そして、その仏壇をよこした宗教を、『信じているけど、信じてない』と表現した奴がいた」

「まのが接点か」

「妙なこともある。まのがその宗教団体で広告塔の役割を果たしているのなら、守本が兄貴との関係を秘密にしたがる理由も頷けるが、まのはそれをしていない。しているのなら、とうにこちらにそういう話が伝わってきている筈だからな」

「まのの住居は？」

「守本と同じ代官山のマンション。分譲を手に入れたらしい」

錦織といっしょに住んでいるのは、守本ではなく、まのではないか、ふと私は思った。錦織を送っていった小倉が、もし部屋の内部に立ち入っていなければ、同じマンションだという理由だけで、同居人を守本と考えた可能性はある。

しかしそれならば、まのの部屋の中まで入った桜淵がそのことに気づかない筈はない。

「まのに会ったのか」

私は頷いた。

「自殺したマネージャーの命日に、寺に張りこんだ。錦織の名をぶつけたとたん、シャッターが降りたよ」

「何があるんだ」

沢辺はつぶやいた。私は首をふった。

「わからん。だが三人が同じマンションに住む以上、何かあるだろうな」

沢辺はボーイに手をあげた。コーヒーのお代わりを頼む。

「上村、守本、まの、それに錦織。絞られてきたが、お前はいったいどうしたいんだ」

私の目をまっすぐに見ていった。

「ここから先は、お前が一番迷っていた、人の秘密をほじくりだす作業だぜ。雅宗の敵討ちといっても、東和会にそれは通じない」

「わかっている」

私は頷き、自問していた。

私は何がしたいのだ。

知りたいのだ。

「ブロケード」の現在。まのと新宗教、錦織父娘と新宗教、東和会と彼らの関係。

だが知って、何かが解決されるのか。トラブルを生みだすだけではないのか。私は警察官ではない。東和会が、新たな金儲け、新たなマネーロンダリングのシステムを作りあげたからといって、それを明るみにさらすのは私の義務ではない。

「いきつくところは、錦織だろうな」

私はつぶやいていた。

あの少女を理解したい、という欲望が強くあった。理解することが、探偵としての私の復讐なのだ。

あの歪んだ対人関係、憎しみに裏打ちされた支配欲、がどこからきたのかを、私は見きわめたいと願っているのだ。

そう、沢辺に告げた。沢辺は首をふった。

「理解できなかったら、どうするんだ？　そのお姐ちゃんの性格が、根っから歪んだ代物で、何千人だか何万人だかにひとりの、怪物みたいな人間だったら？　そういう奴は俺はいると思うし、会ったこともあるといえる。

何がそいつをそうさせたかなんて、理屈じゃどうにもならないような人間だ。もし錦織がそうだったら？　理解しようとするのも馬鹿げてる。わざわざ余分な真似をして、命を的にかけるようなものだろう」

「理屈で理解できる、そう思ってる」

「そうしたいだけじゃないのか」

私は首をふった。

「錦織令は、父親より教祖にふさわしいキャラクターだったという証言がある。もしかすると、そのあたりにヒントがあるのじゃないかと思っているんだ」

沢辺は眉をひそめた。

「じゃ錦織が、上村の裏のシノギになってる宗教の教祖だというのか」

「それはちがうだろう。教祖にまつりあげられているなら、小倉のようなジャンキーといっしょに『ブラックモンキー』に出入りするのを、上村や守本が許しておく筈がない」

「だったら何なんだ」

「直接、錦織に訊くしかないだろうな。奴は必ず俺が会いにくるのを待っている」

「上村や守本をつつくよりはマシかもしれん。それにお前に切れるカードはもう、他にないだろう」

「小倉がいる」

「お前を東京駅で待ち伏せた売人か」

私は頷いた。

「小倉はある意味で雅宗と最も近い環境におかれている。奴からまともに話を聞くことができれば、錦織のことがもっとわかるだろう。どこに住んでいるのかも確かめた」

「また逆上するかもしれん」

「そのときはそのときだ」

沢辺は新たな煙草に火をつけ、煙を吹きあげた。

「わかった。やるだけやってみろ。俺としちゃ、この件についてなるべく早くお前に納得してもらって、手を引いてほしいと思ってる。これ以上つつき回しても、お前の寿命を削る以外、収穫は何もなさそうだからな」

「いろいろ心配をかけてすまない」

私がいうと、沢辺は顔をしかめた。

「よせ。そんなセリフは聞きたくない」

煙草をもみ消し、立ちあがった。

「お前はもうでかけるのか」

「そのつもりだ」

「じゃあ部屋を使わせてもらうぞ。二、三時間、寝かせてくれ」

私はルームキィをさしだした。

沢辺がティラウンジをでていったあと、私はお代わりのコーヒーをゆっくりと飲んだ。

小倉に会い、何も有効な話をひきだせなければ、代官山の、まののマンションにいってみるつもりだった。

33

自由が丘の、小倉が住んでいるというマンションは、こぢんまりとしていながら、オートロックを備えた、なかなかの建物だった。桜淵が住んでいるマンションよりは、家賃がかかりそうだ。

私は車をコインパーキングに止め、住人が出入りするタイミングを見はからって、建物内に入った。小倉が在室していても、インターホンでオートロックを外してくれるとは、とうてい思えなかったからだ。

時刻は、午前十時過ぎだった。まともなジャンキーなら、まずまちがいなくベッドの中にいる。早寝早起きの薬物依存者には、これまで会ったことがない。

エレベータで三階に昇った。小倉の部屋は、三〇二号室だと聞いていた。

ドアについたインターホンを押した。返事はなかった。

不意の来客を歓迎する薬物依存者はいない。この時刻は薬物依存者にとっては早朝で、彼らにとって眠りとは、決して心地よいものでないことが多い。悪夢や多汗、頭痛などと睡眠は直結している。したがって小倉が在宅していても、インターホンに応えてドアを開けるとは、私も予想していなかった。

ドアをノックした。マンションの造りは家族向けではなく、住民の大半は独居者か、せいぜいカップルだろう。

三度ほど強くノックし、ドアに耳をあてた。内部での人の気配を感じとろうと思ったのだ。

そのとき、腐臭をかいだ。ドアの内側から、ごくかすかに漂ってくる臭いだった。

私はドアから体を離した。そうしても、一度鼻の奥にしみこんだ臭気は消えなかった。

息を吐いた。同じ臭いをかいだことが三度ほどある。最後にかいだのは、河口湖を見おろす別荘の、今は使われなくなって埋められたプールの跡地だった。

恐怖はなかった。不快感と緊張だけを感じていた。

常温で放置された死体は、汚物を連想させる臭気を放ち始める。糞便の臭いをさらに悪化させたものだ。

小倉の部屋の内側からは、それが漂っていた。それがペットの死体なのか、人間の死体なのかは、ドアを開けて確かめる他ない。

私は一度一階に降りた。常駐している管理人はおらず、ビル管理会社の電話番号を記したシールが、集合郵便受けに貼られていた。その番号に電話をした。

四十分後、当惑した表情の社員が二人やってきて、私に説明を求めた。私は大部分、真実を話した。

自分は調査業をしており、職務上の理由から、小倉に面会をしようとこのマンションにやってきた。ロビーのインターホンでは応答がなかったので、他の住人の出入りを利用して上にあがり、三〇二号室を訪ねた。そのドアの前で腐臭をかいだ、と告げたのだ。

嘘は、ロビーのインターホンを押した、という部分だけだった。彼らが到着する前に、私は実際インターホンを押していた。刑事事件となった場合、警察はまちがいなく、インターホンの指紋採取をする。それに備えてだった。

二人は顔を見合わせた。二十代と三十代のネクタイをしめた男たちで、これまでにそうした経験がないのは明らかだ。彼らは、中で人が死んでいる、という私の話にひきずられて、ここにきたのだ。

三人で三〇二号室の前に立った。

「何も臭いませんよ」

若い方の男が鼻をくんくんさせていった。私は否定せず、答えた。

「このインターホンは押したけど、ドアには触っていない。万一、中で死んでいる人が犯罪に巻きこまれていたら、指紋をつけちゃまずいのでね」

二人は顔を見合わせた。三十代の方がインターホンを押した。返事はない。

「どうします？」

二十代の男が三十代に訊ねた。私はいった。

「このまま帰ってもいいでしょう。ただし臭いはどんどんひどくなって、隣の部屋から苦情がでるかもしれない。そうなってから開けたんでは、騒ぎになる。もちろん、犬か猫が死んでいる可能性もないとはいえないが」

「このマンションではペットは禁止されています」

三十代の男はいって、ドアをノックした。私に警戒心を抱いていて、なるべくかかわりたくないと思っているようだ。

「小倉さん、小倉さあん。管理会社の者ですけど、いらっしゃいませんか」

「もし私の気のせいなら、あなたたちがドアを開け、誰もいないのを確認して帰ればすむことだ。気のせいでなければ、警察に届ける義務がある」

三十代の男は答えず、ドアに顔を近づけた。オートロック式のマンションなので、ドアに郵便受けはない。

「確かに何かちょっと臭うな」

男がいったので、若い方は緊張した顔になった。

「一一〇番しますか」

「馬鹿。開けてお前、冷蔵庫の中身が腐ってるとかだったらどうすんだ。一度開けてみるしかないだろう」

男はいって、プラスチック板のついた鍵をとりだした。

「ノブには気をつけて触った方がいい」

私はいった。男はちらりと私を見やり、鍵穴に鍵をさしこんだ。

「あれ。鍵、かかってないな」

二度ほど鍵を回したところでいった。私はハンカチをとりだした。

「これでノブをつかみ、こすらないようにして開けるんだ」

男は私の指示にしたがった。ドアを開けた瞬間、二人とも臭気に気づいた。

「臭え」

二十代の男が呻いた。

「小倉さん、小倉さん、いらっしゃいませんか」

開けたドアから三十代の男は呼びかけた。中に入ろうとしない。

三和土《たたき》には、スポーツシューズとブーツ、それにサンダルが、乱雑におかれていた。

ドアの内側は狭い通路だった。正面と左側に扉があり、左側は閉まっているが、正面の扉は半分開いている。

「あがってみたら」

私はいった。

「私はここで待っている」

「そんな。あなたもきて下さいよ」

二十代の男がいった。

「私は部外者だ。勝手にあがりこむのはまずいのじゃないか」

「何いってんですか。あなたが我々を呼びだしたのでしょうが」

三十代の男がとがめるようにいった。怯えているととられたようだ。そうではなかった。あがるのに彼らの同意をとりつけるのが目的だった。

私は無言で靴をぬぎ、廊下にあがった。もう二人とも声をかけることはしなかった。

左手のドアはバスルームのようだ。まっすぐに廊下を進み、正面の扉を、タオルを巻いた拳で押した。

六畳ほどのフローリングのリビングの中央に、小倉がうつぶせに倒れていた。頭から流れでた血がまっ黒に変色してかたまっている。かたわらにブロンズのトルソーが落ちていた。

小倉は、私が前に見かけたのと同じ、ショートパンツ姿だった。Tシャツを重ね着し、そのTシャツにも血がとび散っている。

二人の男が何かをいった。私は答えず、携帯電話から警察を呼んだ。

34

最初にやってきたのは、機動捜査隊の刑事だった。私たち三人は個別に事情を聴取され、その結果、当然のこととして、私に興味が集中した。

私は所轄の碑文谷警察署に同行を求められ、それに応じた。

発見された変死体に事件性が高く、さらに死後経過時間が長い場合、捜査一課が事件をひきつぐまでの間隔は短くなる。

私が碑文谷署での事情聴取をうけている最中に、その人物は現われた。

「やあ」

捜査一課ひと筋で、最後に消息を聞いたときは課長だった。

「皆川さん」

皆川は取調室の扉によりかかって、私を見つめた。髪はすっかり白くなっているが、それをのぞけば、私が最もよく会っていた一課時代と、ほとんど風貌はかわっていない。

立ちあがった機捜と所轄署刑事に、皆川は手をふった。

「いいよ、つづけて。佐久間くん、いや、もう、さんだな。あとで会おう」

私は頷いた。皆川はでていった。

「総務課長をご存知なのですか」

機捜刑事の言葉づかいがかわった。私は頷いた。理由は訊かれなかったし、私も話さなかった。だが皆川と知り合いだということで、事情聴取が早めに終わったのは確かだ。

取調室をでた私は、今度は応接室に通された。そこに、皆川と碑文谷署副署長が待っていた。

「なんだか懐しかったな。あなたが取調室にいるのを見たときは」

副署長を紹介され、名刺交換のあとで、皆川はいった。皆川の肩書は、「警視庁刑事部総務課長　警視正」となっていた。それをいうと、

「退官が近いからね」

皆川は笑った。私が法律事務所の調査員をしていた頃、皆川は一課の警部補だった。何度か殺人犯の検挙に協力したことがある。

「噂は聞いていたよ。一度引退して、それからボランティアをやっているって。薬物依存者の更生に力を貸しているそうだね」

「ボランティアなんて立派なものじゃありません」

皆川は私の名刺に目をやった。

「で、今は個人で調査業を始めているってことかい」

「そうですね。財団の仕事とのからみもあるので、施設のメンバーにかかわることが多いんです。皆川さんはなぜここに？」

私は訊ねた。

「たまたま機捜と所轄刑事課長の会議があってね。私の仕事は、刑事部全体の連絡調整役なんだ。オブザーバーとして出席していたら、機捜の隊長にあなたを知っている人がいた。今日の事案の報告をうけて、私に知らせてくれた。会議場が近くだったんで、懐しくて顔を見に寄った」

表情をひきしめた。

「一課の現場も、ついこのあいだまでは、下にいた連中だからね。なるべくなら手助けしてやりたい。あなたに関する話を聞かせてやろうと思ったんだ」

「では事件はもう、一課にひきつがれたのですか」

「殺しとはっきりしたからね。仏の状況から見て、死後四十八時間は経過している。仏とは知り合いだったのかい」

「二度ほど会いました。施設のメンバーの知人だったので」

「マル害も、薬物依存者ということですか」

皆川が私の信用を保証してくれたのはまちがいない。副署長は警察用語を使って、私に話しかけてきた。

「依存者で、尚かつ売人でした。渋谷の街頭で、子供相手にクスリを売っていました」

私は向き直り、いった。こちらも退官が間近なようだ。

「だったら存外早く割れるかもしれませんね。帳場をたてるまでもなく」

副署長はいって、皆川を見た。だが皆川は私を見つめていた。

「あなたに会われるのが嫌で、ほしが殺したという可能性は？」

私は苦笑した。

「その論法でいくと、私は犯人を知っていることになります。私は犯人を知りません。小倉すら、今朝私が訪ねてくることを知らなかった筈です」

「現場で事情をうかがった者の話では、マル害の知人だったという、佐久間さんのおられる施設の収容者が自殺し、そのことが理由で会いにこられたそうですね」

副署長はいった。私は頷いた。

「自殺したメンバーの周辺調査をおこない、同じことがまた起こらないようにしたいと考えています」

「原因は何だった？」

皆川が訊ねた。

「それがはっきりしないのです。メンバーは高校生でした。突発的な鬱のようなものだったのではないかと思っています」

嘘をついた。

「高校生？　すると今日のマル害からクスリを買っていたのですか」

「いえ。メンバーは自分で売人もやっていました」

「クスリは何を？」

皆川が訊ねた。

「しゃぶから睡眠薬、幻覚剤まで、何でもです」

「仕入れ元は同じかね」

私は頷いた。

「東和会です」

「東和会が渋谷で？　平出組じゃなくて？」

管轄が近いせいか、副署長は詳しかった。

「東和会です」

私は首をふった。それ以上は何もいわなかった。皆川は鋭い目になった。

「担当する班長に、あなたの名刺を見せておく。きっとマル害に関する情報を欲しがるだろう」

私が隠しごとをしていると気づいているのだ。

「班長の名は？」

「魚津《うおづ》だ。切れるよ」

「死因は何だったのです」

私は頷いて訊ねた。

「大塚の結果待ちだが、頭部への打撲だろうということだ」

大塚には監察医務院がある。殺人の被害者ならそこで司法解剖をうけることになる。

「そうですか。犯人が早く逮捕されるといいですね」

私はいった。皆川はまだ私を見つめていた。

「このままで終わらすのかね」

「このままで終わらす、とは？」

「私の知っていた佐久間公は、自分が発見した死体を殺した犯人は、必ず自分の手で警察につきだした」

「もう、あの頃のような現役じゃありません」

私は首をふった。

「犯人に心当たりがあるのなら、協力して下さらなきゃ」

副署長もいった。

「本当にないんです。もし何かわかったら、魚津さんには知らせます」

「頼むよ。皆川もぬるくなったものだなんて、現役の連中にいわれたくない」

皆川はいった。今日のところは助けたが、借りはきっちり返せという意味だった。

私は頷いて立ちあがった。

「いろいろとご厄介をおかけしました。それにありがとうございます」

皆川は冷静だった。

「まあ、私と会うのはまたしばらくないだろうが、魚津はあなたに会いにいくだろう。それと、これはいわずもがなだが、奴はたぶんマルBの線から調べを始めるだろうから、しばらく東和会には触らないでいてもらいたい」

「わかりました」

警察の動きが私を通して東和会に洩れるのを警戒しているのだった。

もし皆川の保証がなければ、私に対する事情聴取は取調べに近いものになっていたろう。

応接室の扉に手をかけた私を皆川はじっと見つめていた。

「――夢のようだな」

皆川が不意にいった。

「あなたはまだ二十代だったし、私も現場にいた」

その目を見つめ返し、私は訊ねた。

「退官はいつです」

「来年早々だ。そろそろ再就職先を捜さなけりゃならん。近頃は、警官の再就職がうるさくてね」

　ようやくおだやかな顔になっていた。

「節目があるというのは大切なことかもしれんが、やはり寂しいよ」

　私は無言で頷いた。

「今度ゆっくり聞かせてくれ。あなたの節目の話を」

　何があり、私が法律事務所をやめたのか、皆川は薄々知っている筈だ。

「そういや」

　皆川は思いだしたようにいった。

「梶本さんにも、この頃、ときどき会うよ、今は警察庁《サッチョウ》の警備局長をしておられる」

　梶本は、私が法律事務所をやめるきっかけとなった事件のとき、内閣調査室にいた人物だった。一時私をそこにひっぱろうとしたが、私は断わった。

「お元気ですか」

「もちろんだ。あの人たちの節目は、我々とはちがう」

「そうですね」

　ノンキャリアの警察官として警視正への到達は、ほぼ頂点に近い。一方、キャリアである梶本にはまだまだ先がある。警察官僚だけでなく、外交官や政治家への道も残されているのだ。

皆川は笑顔になった。

「とはいえ、もう現場に戻りたいとは思わんな。あれはあれでしんどかった。人が死ぬのを見るのもたくさんだし」

「あの頃は、私も若かった。人を捜したり、誰かを追いつめるのを、楽しんでやっていました」

私はいった。

「まちがっていたと思うかね。その頃の自分を」

皆川は笑みを消した。真面目な表情になって訊ねた。

「いいえ。まちがっていたとは思いません。あの頃の私は、あの頃の私で、誰かの役に立っていた。ただもう、同じように感じたり、あるいは何も感じないで行動することができなくなっただけです。そう、感じないでいるのができなくなりました」

「逆だね」

皆川はいって、ひっそりと笑った。

「人は歳をとればとるほど鎧《よろい》が厚くなって、傷つきにくくなる。なのにあなたは、傷つきやすくなったという」

「そうはいいません。人を傷つけるのが、恐くなってきているだけです」

「だとしたら、次の節目が近づいてきているのかもしれん」

私はドアノブから手を離し、皆川と向き合った。

「二年ほど前の調査で痛感したことがありました」

皆川は私の言葉を待った。

「内面は確かに変化しています。しかし私は探偵をやめることができない。この先、他の職業につくことはないと思います。もちろんそれは、自分の望みでもありますが、おそらくは決してかえられない生き方のようなものだと思ったのです。そういう意味では、節目をもちたくとも、もてないでしょう」

「引退はしないのか」

「退職金も年金もありませんから」

「そんなものは理由にならないよ。大切なのは、ある朝起きてみたら、自分の中から、何かがすっぽり抜け落ちているのに気づくことさ。やる気、情熱、ときどきは怒りのようなものだったが、そういう気持が、消えていることに気づくんだ。ああ、やれない、そのとき思う。あるときききれいさっぱり消えて戻ってこない人間もいるし、おかしいな、まだやれる筈だ、そう思っていると戻ってきて、しばらくは保《も》ち、また消えるというのをくり返して、やがて消えたきりになる人間もいる。何人もの刑事とそんな話をした。そして消えてしまったが最後、人を狩る仕事はできなくなる。遊びや趣味では、もちろんできっこないし」

「覚えておきます」

「ふつうは、そんな日がこないことを願う。また願っているうちは、きっこない。だが、どちらでもいいと思うようになると、その日はけっこう近かったりする」

「私は――」

いいかけ、言葉を切った。もしかすると、とうにそんな日がくるのを願っているのかもしれない。なのに、心の中からは、仕事に対する気持が消えていない。まるでゾンビのようなものだ。死んでいるのに、動くことを止められない。

「無理に考えないことだよ。考えてもわかることじゃない。その日がくれば、本当に自然に、自分でわかるものだ」

私は頷き、微笑んだ。

「今日は帰って、ぼんやりとすごしてみます。死体を発見した日は、もう仕事としては充分です」

皆川は頷き返した。

「じゃ」

私は頭を下げ、扉を開いた。今度は皆川も何もいわなかった。

死体を見つけた日こそ、じっとしていられなかった、かつての私と今の私を比べているのだろうか。

そんなことを思いながら、警察署をあとにした。

35

シャワーを浴びた。屍臭を落とすのは難しいといわれる。その理由は、本来、厳粛な筈の人の死を、屍臭は、不快で汚らわしいものにかえてしまうからだ。さらに腐臭となると、死体を汚物と感じさせる。

だがそう感じてしまった自分への嫌悪感が、屍臭を鼻の奥にいすわらせる。

死者を憎んだり蔑《さげす》むのは難しい。遠ざけることだけがたやすい。ただ不意の死を迎えた人間は、遠ざけるのが困難だ。特に、暴力による死を迎えた人間は。

なぜなら、その暴力を行使した人物が、現世との橋渡しをするからだ。犯人が何者であるかわからない場合、死者にかかわった人間すべてが、遠ざけることに苦労する。

ベッドに寝そべり、眠ろうと試みた。眠れるわけはなかった。

陽が落ち、窓の外が暗くなった。捜査一課の魚津という刑事から連絡はなかった。

事件《ヤマ》をとりあげられることがわかっている機捜の刑事や皆川は、私を容疑者とは考えないだろうが、魚津はちがう。

皆川がどのような言葉で私を評そうが、おそらく魚津の中では、私は第一容疑者か、そのすぐそばにいる人間だ。

ベッドから起き、ライティングデスクの前にすわって、スタンドを点《とも》した。

広くはない部屋だが、スタンドの明りひとつでは隅々まで光はいき渡らない。

煙草に火をつけた。酒を飲みたかった。部屋においてあるウイスキーをグラスに少し注ぎ、口に運んだ。

飲みたいのがこの酒ではないことを、口にする前からわかっていた。

私は犯人を知っているのだろうか。

まのままるを中心とする輪の中に、小倉を殺した犯人はいるのか。

それを知るためには、小倉を殺した目的を知らなければならない。

私はまだ自分の中に、探偵に対する気持が残っているのを知っている。なぜなら、警察の事情聴取に対し、小倉の親しい人間として錦織令の名をあげなかった。

錦織は、私の目標だ。あの少女の中にある憎しみの根源を探りだすのが、私の探偵としての目的だ。

警察の、効率的で、事象面からのみ、時間をさかのぼる捜査にあの少女を奪われたくない。小倉の死に、錦織が恐怖したり、とり乱したりして、あっさりと警察に、自分の内面を露わにしてほしくない。

小倉の死を錦織がどう受けとめるのか、それを見届けるのは、私の仕事だ。だからこそ、警察に錦織の名は告げなかった。

私が飲みたい酒は、今このテーブルの上にあるボトルには詰まっていない。

小倉を殺した人間の目的は何だったのだろう。口封じか、恨みか、何かを奪いとることか。

小倉から奪いとれるものがあるとすれば、それは売り物の薬物くらいだろう。警察は小倉の部屋を調べ、小倉が薬物依存者で尚かつ売人だったという、私の話の裏をとる筈だ。

薬物を奪うために売人を殺すのは、てんぱって見境がなくなった依存者だけだ。売人は、依存者とクスリをつなぐ大切なパイプなのだ。パイプを壊せば、パイプに詰まっているクスリを一時的に手に入れることができても、その後がない。

クスリの種類にもよるが、新たな売人との接触を望む依存者は決して多くはない。見知らぬ売人から入手する薬物は、純度に不安がある。純度が高すぎても危険だし、混ぜ物の多い安物をつかまされれば、金を捨てたのと同じだ。

それだけに、依存者が売人を殺すのは、よほど切羽詰まった状況しか考えられない。

たとえクスリによる妄想状態にあるとしても、売人に対してだけは暴力を躊躇するのが依存者だ。

口封じ、恨み。これはどちらもあることだ。口封じだとすれば、皆川がいうように、東和会の関係者によっておこなわれた可能性が高い。

小倉は消耗品である、と遠藤はいった。東和会にとって、小倉は、パクられても殺されても、殺しても、かまわない人物だった。この中で、殺すことが最も代価を要する。その代価を惜しまないほど、重要な秘密を小倉は握っていたというのか。小倉が握っていて、東和会が危険だと考える秘密があるとすれば、それは薬物の密売の責任者の上村、あるいは守本といった人物の名だ。

しかし東和会に対する捜査の手が及んでいなかった段階で、それらの人名を守るために小倉を殺す理由はない。また小倉が、彼らの名を知っていた可能性は低い。桜淵も、守本が小倉の相手をする筈がないといっていた。まして上村となれば、尚さらだ。

小倉がかりに彼らの名をどこからか聞き知ったとしても――その可能性があるのは錦織だ、錦織なら少なくとも守本を知っている――、よほど馬鹿げた言動、たとえばどちらかに対する恐喝でもしない限り、殺されるとは考えにくい。

あとは恨みだ。小倉が売人であり、錦織の〝犬〟であったという事実は、恨みを買いやすい環境にあったことを示している。

依存者は売人を殺したくはないが、恨みは抱いている。それは、売人が、決して壊したくはないパイプであるがゆえに、依存者に対し絶対的強者の立場にいるからだ。

薬物の代価をもたない依存者は、売人に嘲《あざけ》られ、ときに金銭にかわる代価を要求され、それに従わざるをえない。肉体であったり、滑稽な行為であったり、屈辱的な態度だ。

想像だが、錦織の〝犬〟たらんとする小倉が、同様に、自らの〝犬〟を作ろうとした可能性は低くない。誰かに諾々と従う人間は、誰かを諾々と従わせたがるものだからだ。

それらの行動が、恨みを買っていたことは充分にありうる。

肉体を薬物の代価としてさしだした女性依存者の恋人や家族。屈辱的な態度を強要され、パイプの破壊の危険をかえりみられなくなった依存者。そして〝犬〟であることに耐えられなくなった誰か。

または錦織の命令で、小倉によって傷つけられた人間。

錦織が小倉を、自らの手で殺した可能性は考えなかった。

錦織は、小倉の死によって〝犬〟を失う。またいかに小倉が錦織の不興を買ったとしても、直接的な暴力を、錦織が小倉にふるうことは考えにくい。せいぜい、いるとすれば誰か別の〝犬〟にそれをおこなわせるくらいだ。

誰か別の〝犬〟。

私はその人物と会っているだろうか。

知る限り、目の前で、錦織を〝飼い主様〟と呼んだのは、小倉だけだ。ただし雅宗にもあれほどの影響力があった点を考えれば、小倉がただひとりの〝犬〟であったと断ずることはできない。

守本。

守本は錦織と同居している、といわれている。父親でもなく、恋人でもない。少なくとも、錦織の行動を制限できる立場にはない。

少し考えると、ありえそうにない関係だ。

暴力団幹部が、女子高校生の〝犬〟となっている。

それはひどくグロテスクで嫌悪感をもよおさせる関係だ。

だが守本が錦織の〝犬〟であったなら、小倉が雅宗をいたぶりたがったように、守本の手か命令で、小倉が殺された可能性は充分にある。

小倉が死んだ今、錦織と守本の関係は、このどちらかから知る他ない。

守本に今、触ることはできない。皆川との約束を破ることになる。

私が飲みたい酒は、ここではなく、より事件の中心に近い位置にある。

着替えた。「ブラックモンキー」にいってみることにした。

渋谷に足を向けるのは、遠藤によって〝排除〟されかけた晩以来だった。

小倉の死が錦織にはまだ伝わっていない、という確信めいたものが私にはあった。死体が発見されたというニュースは、どれほど早くとも、明日の朝刊までは掲載されない。警察は初動捜査が完了した時点でようやく記事を解禁する筈だった。したがってテレビの夜のニュースでも流れることはない。

渋谷駅から小走りで「ブラックモンキー」に向かった。雨が降りだしていた。勢いのない、それだけに長く降りつづくのを予感させる雨だ。

「ブラックモンキー」はひどく混みあっていた。カウンターもボックス席も満席で、私は車でこなかったことをわずかに後悔した。店内で錦織を待てない以上、雨の中、外で張りこまざるをえない。

錦織がそこにいないのを確認して、私は「ブラックモンキー」をでた。大人の盛り場は、夕刻の雨に客足を奪われるが、若者の盛り場は、店に客を足止めする効果があるようだ。

傘を買い、「ブラックモンキー」の入口を見張ることも考えた。だが喉の渇きに負けて、「シェ・ルー」に身を置くことにした。

「シェ・ルー」も混みあっていた。見た顔がいくつもあった。雅宗のかつてのチーム仲間たちだ。だが彼らはすっかり私を忘れてしまっているように見えた。私と雅宗を襲い、遠藤に威《おど》された少年の姿もある。が、入口をくぐった私に、目を向けようともしない。女の子を含めた仲間うちでのお喋りに夢中になっていた。連中にとっては、雅宗を狩ろうとしたことも、その死も、ずっと昔のできごとなのだ。

唯一空いていた、二人がけの席に私は腰をおろし、ウイスキーの水割りを頼んだ。こうした喫茶店で水割りを注文する客は珍しいだろう。ウェイトレスも、水割りですか、と訊き返したほどだ。

しかしメニューの中に水割りはあった。ひどく薄い、たぶん国産ウイスキーの水割りが届けられ、煙草を一本吸ううちに飲み干した私は、今度はダブルの水割りを注文した。

店内を占める若者のお喋りと携帯電話の着信音、そして決して小さくはない音量のBGMが、圧力となって私に押しよせてくる。

二杯目の水割りをもう少し時間をかけて飲み終え、私は立ちあがった。

レジのところで、二人の少年と会った。ひとりはバットで私に殴られかけた高校生だった。

「お」

私に気づき、相棒を肘で小突いた。わずかに緊張したようだが、恐怖を感じているようすはない。

「何だよ。あ」

二人は私と向かいあった。

「雅宗、死んだぞ」

私は低い声でいった。

「知ってるよ。関係ねえじゃん」

小突かれた方が答えた。

「もう関係ないのか。狩ろうとした奴だったのに」

少年は首をぐるぐると動かした。さも肩が凝っているかのような仕草だった。

「死んだ奴なんていっぱいいらあ。いちいち気にしてられるかよ」

彼らを傷つける言葉を発したくなった。

「お前らに捨てられたことも、死んだ理由のひとつだ。わかってんのか」

「何いってんだよ」

少年は薄笑いを浮かべた。

「人間は皆ひとりじゃねえか。寂しがって死んでたら、それこそ生きていけねえよ」

私は少年の顔を見直した。

「世の中、わかってるんだな」

「あんたらよりはよっぽどな。外れる奴は外れる。死ぬ奴は死ぬ。そんだけのことじゃん」

「自分がそうなるのも恐くはないか」

「そこまで熱くねえよ。おっさんとはちがうんだって」

「クールでいたいのか」

少年はうるさそうに手をふった。

「おっさんと俺らじゃクールの意味がちがう。うぜえよ」

相棒と目を見交し、店をでていった。すごむことも、別れの言葉もない。同じ言語で会話を交しているが、存在について考える意味もない、という態度だった。忙しい最中に、道を訊かれたほどの印象しかない。雅宗の死という話題が、彼らと私のあいだにあったとしても、そのていどなのだ。つっかかってくるほうが、まだ存在として認めている。

反発するほどの価値もない、ということなのか。

「シェ・ルー」をでて、「ブラックモンキー」まで歩いた。店に入って、すぐ気づいた。カウンターに錦織がいた。

錦織はひとりだった。私は背後から近づいていった。両側に客はいるが、連れのようには見えなかった。

制服ではなかった。ニットのカーディガンに薄い生地で作られたタイトスカートを着けている。尖鋭的なファッションではないが、野暮ったいというほどでもない。ありきたりの、目立たない服装だ。渋谷を歩く少女たちの半数近くと、差異がない。

私は一メートルほどうしろで足を止め、錦織を観察した。

錦織が飲んでいるのは、カクテルらしい赤い飲み物だった。うしろ姿からは憎悪が伝わってこない。私に気づかず、ただまっすぐ前方を見つめている。

店内を見渡した。桜淵を始め、東和会の関係者らしい人間の姿はなかった。

錦織に目を戻すと、ふり返って私を見つめていた。薄く口紅をひいた唇が開き、笑みが浮かんだ。

「いらっしゃあい」

コメディアンの口調を真似た言葉だった。

私はその目を凝視した。恐れや不安、強がりのようなものがかけらでも浮かんでいないか捜した。

しかし何もなかった。ぞっとするほど嬉しげに輝く瞳には、勝利の誇りと、それをもたらした憎しみしかない。

「――首、吊ったんだって？」

錦織は微笑みを浮かべながらいった。

「ここへこないといったお前が、なぜここにいる？」

私は答えず、いった。

「じゃあなぜ、ここに会いにきたの」

「お前に教えてやりたいことがあったからだ」

「それはありがとう。何？」

「なぜここにいる？」

「ひさしぶりよ。毎日きてると思ってたわけ？」

「こっそりきたのだろう。もう、ここへはくるなと、誰かからいわれているので」

「何のこと」

表情をまったくかえず、錦織はいった。

「思いあたらなければ、別にいい。ところでお前の父親を捜しているのだが、どこにいる？」

錦織の表情が初めて変化した。おもしろがっていた顔が、まるでどす黒く変色するように、不快でとげとげしい、いつもの憎悪の仮面をかぶった。

「消えれば」

私に背を向けた。

「消えてもいいが、まだ大事な話をしていない。ちょっとつきあわないか」

「いいけど――」

あっさりと返事がかえってきた。ストゥールをすべり降りた。

「どこいく」

表情のない声でいった。

「どこでもいい。もう少し静かに話せるところだ」

錦織は私を見つめ、

「したいの？」

と訊ねた。一瞬意味がわからず、何を、と私は訊き返しそうになった。お前なんかとなぜ、といいたいのを、私はこらえた。錦織にこれから明す秘密が手のうちにあるぶん、私は余裕をもって接することができた。

「理由は？」

「憎けりゃ、男ってやろうとするじゃない。やれば勝ったと思えるから」

奇妙だが、私は初めて、錦織とまともな会話を交していた。互いに憎しみを放射していながら、まるで芝居の台本を読むように、話をつづけている。

「実際はどうなんだ」

「やらなきゃわからないでしょう、そんなもの」

「負けたことがあるような口ぶりだな、やって――」

答えなかった。蔑《さげす》むような視線が返ってきただけだ。私は怒りをおし殺し、いった。

「俺がやりたいといったら、どうするんだ」

「どうするか。やって一一〇番するのもいいね。あんたパクられる」

「つまらん手だ。それで俺は何か失くすわけじゃない」

「とにかくいこうよ、どこだか知らないけど」

錦織はいった。この余裕がどこからきているのか、わずかに気になった。

が、「ブラックモンキー」をでた。錦織も傘はもっていなかった。平然と雨の中を歩いている。

百軒店のバーに足を運んだ。どこでもよかったが、知らぬ店で、混んだ席で、話をしたくなかった。あのバーなら、まちがいなく空いている。

私と錦織の話が遠藤に筒抜けになる可能性はあった。だがそれによって、遠藤に不都合が生じ、私に対する暴力になるとは思えなかった。

案の定、客はいなかった。

「ここ何」

扉をくぐったとたん、錦織はいった。三度目の顔合わせとなる老人のバーテンダーは、あきれたようにわずかに目をみひらき、私を見た。

「バーだ」

「やる前に酔わそうってわけ」

私は笑みを浮かべた。

「お子様はオレンジジュースでかまわない」

先にすわり、水割りを頼んだ。錦織はまだ立っていた。

「どうした、どこでもいいといったのは、そっちだろうが」

錦織は無言で腰をおろした。

「オレンジジュースかね」

バーテンダーが訊ねた。ひどく不快そうな口調だった。

「そう！」

錦織は大きな声でいった。バーテンダーは私に、国産ウイスキーの水割りをだし、かがんで足もとから生のオレンジをとりだした。ナイフで二つに割り、圧搾器にかけた。驚きだった。

錦織も同じ思いだったようだ。目の前におかれた小さなグラスを不審の表情を浮かべ、見つめている。

私は水割りを口に運んだ。ひどく濃い。これ一杯ででていけという、バーテンダーの意志を感じた。

「俺はお前とセックスしたいと感じたことは一度もない。お前に対し、腹を立て、雅宗の件では憎しみを感じた。それは確かだ。だが性欲を感じる対象ではとてもない」

「インポなの、それともホモ？」

「どちらでもない。俺の中で、憎しみとセックスがつながっていないだけだ。そして、お前が考えているよりはるかに多くの人間がそうだ」

錦織は笑い声をたてた。

「考えてるより、だって。あたしのことを何も知らないくせに。知りたいから、そうやって挑発しているだけなのに」

「――そうだな」

私はいって、もうひと口、水割りをなめた。

「お前のことを知りたいと思っているのは事実だ。だが他にも知りたいことはある。たとえば『ブロケード』が突然、消えた理由。主宰者の錦織和人の居場所」

錦織は無言だった。

「それを探ると殺されると警告してくれた人がいた。東和会という暴力団の嫌がる部分をつつくことになるとな」

私は煙草をくわえた。

「聞かせてくれ。お前の父親はどこにいる」

「あたしに教えたいことがあったのじゃないの」

錦織は私を見た。

「大人ってのはずるいんだ」

「あんたが大人？　冗談でしょう。あんたは全身からガキぶりを発散してるよ。見かけはただのオヤジだけど。中身はガキじゃん」

「なぜそう思う？」

「あたしのことをしつこく調べてる」

「お前のことを知りたいと思ったのは、なぜあんな仕打ちを人にできるか、不思議だったからだ。他のこと、たとえばお前の父親についてはまったく理由がちがう。俺は『セイル・オフ』の顧問もやっているが、私立探偵が本業だ」

「私立、探偵？」

まったく信じられない言葉を耳にした、というような口調だった。

「そうだ。そちらの仕事の途中で、『ブロケード』の名を聞いた」

視線が氷のように冷たく、そして尖ったものになった。

「――本当にあんた、他人の秘密が好きなんだ。のぞくのがそんなに楽しいの」

「楽しくはない。苦しいときばかりだ」

「よくいう」

「本当だ」

私は錦織の目をとらえ、いった。

「本当だ」

くり返した。

「じゃ、何なの。何のためにやるの」

「他の生き方ができないからだ」

「だったらさっさと殺されちゃいなよ。そのほうが皆んな喜ぶよ」

乾いた笑い声がした。老人のバーテンダーだった。私と錦織を見比べている。何もいわなかった。

「帰るわ。つまんない」

錦織は立ちあがった。

「待てよ、まだ大事な話をしていない」

私はいった。

「もういいよ。別に聞きたくない」

錦織はあっさりと切り捨てるようにいった。私は話し方をかえることにした。錦織に対する気持に正直になった。

「今帰ると、警察がいる」

錦織は立ち止まった。

「何いってんの」

「本当だ。お前の大事な犬が殺されたんだ」

錦織は無言だった。

「この目で見たんだよ。デッサンに使うトルソーで頭をカチ割られていた。腐りかけてたよ」

　錦織は動かなかった。

「別に痛まないか。そうだろうな。死体をきっと見たことがないのだろう。ましてや腐りかけた死体なんてな。教えてやるよ。腐った人間の死体ってのは、うんちによく似た臭いがするんだ。そいつをもっと濃くして、鼻の奥にしみつかせちまうような臭いだ。小倉はそういう臭いをだしていたよ。でも平気か。犬のかえはいくらでもいるか。雅宗はお前が殺したし、小倉は誰かに殺された。お前には、奴の頭をカチ割るほどの根性はないだろう。誰かにやってもらったか。いっしょに住んでる恐いおじさんに。その恐いおじさんのところにも、今頃は警察がいっているだろう」

　錦織は私の顔を見つめた。奇妙な表情を浮かべていた。

「あんた、おもしろいおじさんだね。何そんな、ムキになってるの」

「ムキ？」

「そう。あたしに惚れてないっていってるくせにムキになってる。そんなにあたしを傷つけたいの。あたしがまっ青になって、泣きだすところを見たいわけ？　まるで子供だよ、今のいい方なんて」

「ああ、そうだろう。まともな大人だったら、お前なんかとかかわりたくない。そう、二十年もたって、お前がただのおばさんになった頃、会いにくるさ。ガキの頃のお前の話をしてやって、恥ずかしがらせ、情けない気持を味わわせてやる。俺はまともな大人じゃないから、今こうしてお前と向きあってる。わかったようなセリフを叩く、わかっちゃいないガキに説教するんじゃなくて、腹を立て、できりゃ、はっ倒してやりたいと思ってる。だがはっ倒せば、ガキには思うツボで、もっと生意気な口をきくだけだ」

錦織は無表情になった。

「いっとくが、俺は、お前が世の中をなめてるとは思っちゃいない。それどころか今のガキは、大人よりもよほど世の中がわかっている。危いものには近づかず、利用できるものだけを小利口に利用する。そんな中でお前は特別だ。お前はクールを気取っちゃいない。いつも周りを憎んで、自分を憎ませるようしむけてる。『シェ・ルー』あたりにたまっているガキたちよりは、よほど見どころがある。きっと学校の成績もいいのだろう。先公にも文句をいわせない、ツボをおさえているのだろうな。だが、お前は壊れてる。友だちも恋人もいない。作れるのは奴隷だけだ。言葉と体でうまく男をいたぶり、女王様になったつもりだ。そいつが過ぎて、命までオモチャにした。そいつを俺は許せない。といって、俺はお前が考えるような単純な男じゃないから、お前をさらってどうにかしようなんて考えは起こさない。ただし、お前の泣きっツラは見たい。お前がベソをかき、がたがた震えるところを見てみたい。そいつは本当だ。ムキになっているかって。ムキになっているとも。ムキになれるからここまでやってこれたんだ」

錦織の唇の両端が吊りあがった。悪意のたっぷり詰まった笑みが浮かんだ。

「かわいい」

殴らないでいるのに、ありったけの忍耐を要した。

「かわいいのね。おじさん」

「お前は生まれつき世の中を憎んでいるのか、それとも親父に何かがあり、それが原因で憎むようになったのか」

「憎む？　あたしが？」

錦織はさも意外そうにいった。私はぴしりといい返した。

「下手な芝居だ。そういうのは十年早いぞ。もう少し、男を手玉にとってからにしろ。手玉にとるってのは、奴隷にすることとはちがうぞ。本気で惚れさせて、骨抜きにするんだ」

錦織の顔から笑みが消えた。

「お前は確かに何かのテクニックをもっちゃいるだろう。そいつが小倉や雅宗には通用した。だが全部の男に通用するとは思うな。お前はまだまだ子供で、しかもただの人だ。スターでも何でもない。教祖にはなりそこねたらしいがな」

錦織の顔色がかわった。

「もっと子供の頃はおだてられていたのだろう。父親よりよほど教祖の才能があると。そうだろうな。きっとませた口をきく、いやみなガキで、妙にわかったようなことをいうものだから、教祖にいける、と踏んだ大人も周りにいただろう。だがどうしてか、お前は教祖様になれなかった。父親が虎の尾を踏んだのか？　利用しようとして近づいたやくざに、結局邪魔者にされたのか？　なりたかったろう、教祖様に。なれなかった腹いせが、犬か。ヤク中か、頭の悪い意気地なしをうまく丸めこみ、女王様ごっこだ。だがいっとくぞ！」

私は錦織に指をつきつけた。

「ヤク中でも意気地なしでも、人は人だ。親がいて、兄弟がいて、友だちがいる。お前にはいないだろうがな。死なれて悲しんだり、秘かに好きだったと泣く女の子だっているんだ。お前に誰もいないからといって、他の皆にもいないなんて思うんじゃない。憎むのも自由だし、憎まれるのも自由だが、自分以外の他人を巻きこむんじゃない。そんなことで得意になっているお前は、それこそ犬以下さ。死んだところで誰も泣いてくれないお前は、それがくやしくて、死ぬことさえできないでいる憐れな女王様なんだ」

今度は錦織が自分をおさえこんでいるように見えた。憎しみではなく、怒り。私は錦織の鎧をつき破った。動揺し、腹を立て、視線で私を刺し殺そうとする。

私は心地よさを感じていた。歪《いびつ》だが、まぎれもない喜びを味わっていた。

錦織の目にうっすらと涙がたまっていた。くやし涙だった。その涙を指ですくいとり、かざしてやりたいという、ゆがんだ欲求に私はかられた。

私は濃い水割りの残りをひと息で飲み干した。

「――何も知らないね」

ようやく錦織がいった。私は機嫌よく手を広げた。

「そうかい？」

「何も知っちゃいない」

「知りたくないね。今のお前を見ていられるだけで、俺は満足だ。雅宗、見てるかっていいたいよ」

ここまでが限界だ。誰かが囁いた。あるいはとうに限界をこえていたかもしれない。

「小倉を殺《や》ったのは誰よ」

錦織が訊ねた。意外な問いだった。

「知らんね。お前をひとり占めしたい別の犬か。それともお前にいわれて、小倉にいびられたかわいそうな誰かか」

「あたしは誰かをいじめさせたことなんかない」

「じゃあなぜ、小倉は東京駅で俺を待ちうけていた？『シェ・ルー』にたむろするチームが、雅宗を追いだし、その上狩ろうとした？　遊びだってのか」

「ちがう！」

錦織は叫んだ。両手の拳を白くなるまで握りしめていた。

「雅宗があたしにしたことを反省させたかった。あいつは、あたしの前にも、女の子にクスリを使ってた。クスリはいくらでも手に入ったから。だからそれをやめさせるために、あたしは雅宗を犬にした」

「小倉は？」

「小倉はもともと、そういうのが好きだった。誰かに仕えたい。いつもそんなことをいってた。売人で、クスリの欲しい、お金のない女の子を、いつでもオモチャにしてた。やめさせるのは、あたしが女王になるのが一番だったんだ」

「驚きだな」

ふたつの意味があった。錦織の言葉と、バーテンダーが二杯目の水割りを作ったことへの、両方の感想だ。

「世直し女王様か。女をクスリでたぶらかす悪人にお仕置きをしようってのか」

錦織はぎらぎらと光る目で私を見た。

「あんたらから見れば、ガキがやったりやられたりなんてつまんない話だろう。十年もたちゃ笑い話だ、そう思ってんだろうさ。ガキの頃のセックスなんてスポーツと同じだって、立ち小便とかわんないって、いいたいんだろう。でもやられた子の中には、本気で傷ついて、死のうかとまで思いつめてる子もいる。見かけは黒くて、生意気で、大人を馬鹿にしてるかもしれないけど、ガキはガキの世界で、本気で傷つき、のたうち回ってる子がいるんだよ」

「——じゃあなぜ雅宗を死なせた」

「許せなかったからよ。あいつは、ずっと前からヤク中だった。ところがそれをヤバいって思い始めた。あいつが何人、クスリで女を犯《や》ったと思う？　処女の子だって何人もいた。『俺、駄目になっちゃう』、そう泣きついてきた。『あんたはもう救いがないんだ』、そういってやってもよかったけど、そこまで恐い思いしたのなら、そろそろ性格まともになったかと思うじゃない。だから『セイル・オフ』を教えた。

あいつは毎晩、電話してきた。あげくに何ていったと思う。『ここにいんのは馬鹿と弱虫ばっかりだ。ここをでてったら、またヤク中に逆戻りさ。俺はちがう。これからは自分じゃクスリはやんないよ。ひとつ利口になったからね』。駄目だと思った。女にだけクスリを使う気なんだ。あんた馬鹿正直に、雅宗の話、信じてたんだって？　あいつは元から、チームのクスリ調達係で、自分でもやるし女にもやる奴だったのに、あたしのせいでヤク中になったたって。あいつは根っからの嘘つき。いつでも自分をカッコよく見せたいだけ。女にもてたいだけ。だから殺すしかない、そう思った。『そんなに馬鹿ばっかりだと思うなら、あんたんちにある売り物のしゃぶもってってみなよ。あんたが思うほど、皆、弱虫でも馬鹿でもないと思うよ』、あたしはそういった。ところが、やっちゃったんだって？　あんたのとこのおっかないメンバーが。あいつはびびりまくって電話してきた。『どうしよう、しゃぶ食っちゃったよ、俺殺される』ってね。あいつが首を吊ったのは、リンチにあうのが恐かったからさ。『セイル・オフ』に戻る前、チームの連中に狩られそうになり、本気で恐がってた。リンチにあうくらいなら死んじまいたいって、それくらい臆病だったんだ。あたしはいった。『セイル・オフ』には、あんたんとこのチームなんて小学生に見えるような、本物の悪がいっぱいいる。ヤキ入れんのも一回じゃすまないだろうって。いる間じゅう、じっくりとわからないように、頭おかしくなるまで、いたぶられるんじゃないの、なにせ周りは本物のジャンキーばっかりなんだからって。それであいつは恐くなって逃げだし、でも渋谷にも帰ってこられず、首を吊ったんだ。わかった？　正義の味方を気取ってる馬鹿は、あんたの方なの」

私は息を吸いこんだ。雅宗が売人であったことは、私自身が確かめていた。わからなかった。この少女の本質が何であるか、私にはわからなかった。

言葉を探していると、バーの扉が開いた。

守本が立っていた。中目黒の喫茶店にいた凸凹コンビを従えていた。

守本は生気のない目で私を見やり、

「てめえ」

と抑揚のない声でいった。

「こりねえ野郎だな、ええ!?」

オールバックに髪を固めた小男が吠えた。

守本は錦織に目を向けた。

「あれほど『ブラックモンキー』にはいくなといったろう、お嬢ちゃん」

錦織は無言で守本を見返した。反発とあきらめの入り混じった表情がその顔にあった。

守本は息を吐き、首すじに手をあてた。一歩踏みだした。

「お前には一度、いったよな。ちょろちょろすんじゃねえって。兄貴にも近よるなって」

錦織が目をみひらいた。まのまるると守本の関係を知っているようだ。それに気をとられた瞬間、守本の肘が私の頰に入った。

頭の芯まで衝撃が走り、目の前が白くなった。かろうじてカウンターにつかまり、床に倒れるのを防いだ。

「ほら、立ちな」

坊主頭の大男が私を羽交いじめにして、ストゥールからひき起こした。

「連れてけ」

守本が小男に手をふった。小男は錦織の肩をつかみ、店の外へと連れだした。

体の正面を無防備にされた私に、守本がゆっくりと歩みよった。両手でスラックスをゆすりあげた。

「殺す、つったよな。前んとき」

「私を殺したら、あんたは二件の殺しの容疑者にされるぞ」

「何わけのわかんないこといってやがる！」

拳が鳩尾《みぞおち》に入った。大男の馬鹿力で体を折れず、私は吐き気をこらえようと下唇をかみ切った。

「小倉」

ようやくいった。

「小倉が殺された。警察は、東和会を調べてる……」

「馬鹿。てめえにゃ関係ねえよ」

守本の踵《かかと》が腰に入った。

「おらよっ。しっかりうけとめろいっ」

大男がたたらを踏み、私の体を押しだした。もう駄目だ。這いつくばり、血を吐くまでやめないだろう。

私はぐったりと体重を大男に預けた。

「なんだ、おらっ、しっかりしろ！」

大男が私の体をひき起こした。うしろ向きに思いきり頭をそらせた。後頭部が大男の唇にあたった。

「痛てっ」

腕がゆるんだ。私は抜けでると、ストゥールをつかみ、守本に突進した。腕をあげた守本にぶつかった。勢いで守本はガラスのはまった扉に背を打ちつけた。ガラスが割れ、その上に倒れこんだ。

バーテンダーが何か叫んだ。

「てめえっ」

坊主頭が怒号をあげた。砕け散ったガラスの中から、守本が生気のない瞳で私を見あげている。体のあちこちが切れ、血を流していた。

守本の顔は蒼白だった。

「殺す」

低い声でつぶやいた。威しではないとわかった。

私はガラスの割れた扉にとりついた。ばりばりと音をたてながら守本が立ちあがった。

坊主頭がつかみかかるより前に、私はバーの扉をくぐり抜けた。力をこめて閉めた扉から、残っていた破片が外れて飛び散った。

錦織が小男とともに、表に止まったメルセデスの中にいた。私はその後部席のドアにとりついた。

「降りろ！　まだ話は終わっちゃいない」

「待て、こらっ」

坊主頭がとびだしてきた。私の肩をつかむ。ふりむきざまに、頭突きを浴びせた。もう一度口に命中し、今度は歯の折れる鈍い衝撃が私の頭蓋骨に伝わった。

血に染まった口を押さえ、坊主頭はたたらを踏んだ。血相をかえた小男が、左側の運転席からとびだした。私は体当たりをくらわした。大きく開いたドアと私のあいだにはさまれ呻《うめ》き声をたてた小男は、戻ったドアの反動に叩かれて地面に転がった。

「ガキが……」

唸り声がした。守本が、果物ナイフを手に、バーの表につっ立っていた。カウンターのどこかからつかみとってきたのだろう。刃を上に向け、切っ先を私につきだしていた。

全員が凍りついた。

私は反射的に動いていた。うずくまっている小男をまたぎこえ、開いているドアからメルセデスの運転席に乗りこんだ。

「うらあっ」

守本が叫び声をたて、突進してきた。一瞬早く、ドアを閉めた。守本の体当たりでメルセデスが揺れた。ドアロックボタンを叩いた。ノブを守本の手がつかんでひく。だがドアは開かなかった。

「開けろ、こらあっ」

守本が怒号をあげ、ドアを蹴った。顔が歪み、口から泡を噴いていた。何度も何度も蹴った。

私はイグニションキィのさしこみ口を見た。キィはささったままだった。キィを回し、エンジンをかけた。

「おらあっ」

坊主頭が運転席のサイドウィンドウに蹴りを浴びせた。だがミシリという音をたてただけでガラスは砕けない。

私はサイドブレーキをリリースし、シフトをドライブに落としてアクセルを踏みこんだ。メルセデスは狭い通りに飛びだした。店舗看板につきあたりそうになって、私は危くハンドルを切った。

一方通行を逆走しているのではないか、一瞬そんな不安にかられた。が、通行に関する規制はなかったようだ。

気づくと、円山町のホテル街に入りこんでおり、そこは一方通行の規制だらけだった。指示にしたがいながら、何とか抜けでようと走り回っているうちに、旧山手通りにぶつかった。

右折した。駒場の方角に向かっている。ヘッドライトも消したままであったことに気づいたのは、東大のグラウンド横にさしかかったときだった。

信号を左に折れた。「文学館」という文字が見えた。ひどく今の自分とは無縁な世界だと感じた。

幅のある一方通行路だった。ブレーキを踏み、メルセデスを停止させた。

東大のキャンパスと文学館。私にも縁がないが、私をこの瞬間殺したくて血を滾《たぎ》らせている連中にはもっと縁のない地域だ。

大きなため息を吐いた。煙草を吸おうとして、バーにおいてきてしまったことに気づいた。私は錦織をふり返った。

「煙草、もってないか」

白く小さな顔がかぶりをふった。

「吸わない」

私は頷き、運転席の周辺を見回した。車内はきちんと整頓されており、何も目につかない。グローブボックスを開いた。新品のマルボロメンソールが三箱入っていた。ひとつをとり、封を切ってシガーライターで火をつけた。手が震えていた。ことに、乱闘の経験はむろん初めてではない。だが年々、恐怖を感じるようになっていた。ことに、自分に対し、第三者が殺意を抱くことそのものを、恐ろしいと思うようになった。

守本の殺意は本物だった。おそらくあと何日間かは持続するだろう。

「どうするの」

錦織が口を開いた。

「どうもこうもないだろう」

私は少し考え、いった。つかまれば、まずまちがいなく殺される。だが守本が自由な行動をとれる時間は、そう長くない筈だ。警察は、小倉の殺しにからめて東和会を洗う。その間は、おとなしくしていることを組本部からも要求される。守本がそれを聞けないほど逆上していれば別だが。

一本目の煙草を灰皿に押しつけ、すぐ二本目に火をつけながら訊ねた。

「なぜ守本にはあそこがわかったんだ」

「見張られているから」

錦織が答えた。

「お前がか。それとも『ブラックモンキー』が、か」

「わからない。たぶん、両方」

「お前と守本の関係は何なんだ」

錦織は無言だった。私はふり返った。錦織は私に横顔を向け、窓ガラス越しに並木を見つめていた。

「親子だといった奴がいた。ちがうのはわかっている。愛人か？　だがお前が他の男と寝るのを平気な筈はない」

「どっちでもない」

錦織は私に横顔を向けたまま答えた。

「じゃあ何だ」

「何でもない。ねえ、雅宗はあたしのことをどう思っていたの」

不意に私を見つめ、訊ねた。

「恐がっていた。憎んでいた。そして、惚れてもいた」

錦織は頷いた。目が私を離れ、宙に存在する何かをとらえた。

「それって、敬うってことじゃない」

「何だと。何をいってる」

「そうじゃない。恐れて、憎んで、愛する。敬うってことよ」

「なぜ敬うものを憎む」

「神様を敬う人間は、神様を憎むわ。神様、なぜ自分をこんな目にあわせるんだ。恐れて、愛しているからこそ離れられない。離れられないからこそ憎む」

「教祖様ごっこのつづきか」

私は首をふった。

「父に会いたい？」

不意に錦織が訊ねた。

「会えるのか」

「いる場所は教えてあげる。会えるかどうかはわからない」

「どこだ」

「神奈川県の厚木」

私は時計を見た。午後九時を回っていた。

メルセデスを発進させた。この時刻なら一時間足らずで厚木には到着する。健康な人間ならまだ眠ってはいないだろう。

世田谷のくねくねと曲がりくねった住宅街の路地に翻弄されながら、何とか国道246号に合流することができた。池尻大橋を過ぎていたので、そのまま用賀まで走り、東名高速にあがった。

川崎料金所をすぎたあたりで訊ねた。

「守本にいくなといわれていたのに、『ブラックモンキー』にいたのはなぜだ」

ときおりルームミラーで錦織のようすをうかがっていた。眠ってはいないようだが、ひどく静かで、放心しているように見えた。

錦織が目をみひらいた。しかし返事はしなかった。

「小倉と連絡がつかなかったからか」

答はなかった。だがこの少女の場合、否定がなければ、肯定であるという会話の進め方を、私は理解し始めていた。

私の中で、錦織令という少女に対する判断は停止したままだ。

同世代の少女を救うために雅宗を犬にしたという話は、信じがたいものだが、側面的現象的には、矛盾がない。ただし、「救いがない」という理由で雅宗を死に追いやる権利は、この娘のどこにもない。さらに、罪の意識が毫も存在しないというのは、どういうわけなのか。

錦織が私にした質問は、「雅宗は自分を敬っていたのか」という意味だ。敬っていたと解釈した錦織は、自分を敬っていた人間を死に追いやったことに対し、どう内部で決着させるのか、それを私に告げていない。

「――お前にとって、犬というのは何なんだ？　おもちゃなのか。それとも大切な存在なのか」

私はメルセデスを駆りながら、さらに訊ねた。夜の東名下り線は、思ったよりも走行車が多かった。

「あたしは、人が人を敬うとはどういうことなのかをずっと考えてきた」

錦織がいった。どこか歌うような口調だった。言葉には現実離れした響きがあり、舞台の上で語りに入った女優を思わせた。

「あたしの母は、この地上の誰よりも、父を敬っていた。父は実は嘘つきで、欲張りの、これ以上はないというくらい、ただの人だったけれど、母はそれを認めなかった。父のそういう面には決して気がつかないふりをして、あたしには、父がいかに偉大で、世界が見える人なのかということばかりをいいつづけた。母は酔ってた。自分にね。偉大な夫に仕える犬、それを演じる快感に酔ってた。でも父の本当の姿を知るときがきて、そうなったら、あっさり捨てた。まるでお芝居の時間が終わったとでもいうように、あたしと父を捨てて家をでていった。たぶんきっとどこかで、別の誰かに仕え、仕えている自分に酔っているよ」

「つまり犬は、自分がそれを望んでそうなっている、といいたいのか」

「敬わせてやる材料はいる。さっきいったじゃない。恐怖と憎しみと愛。どれが欠けても駄目なの。特に憎しみ。この三つの中で、一番早く駄目になるのが恐怖。二番目が愛。でも憎しみは、恐怖や愛とちがって、必要なとき、いくらでもこちらから与えてやることができる。

　わかる？　恐くない人間をいくら恐がらせようとしたり、愛のさめかけた人間を、もう一度愛させようとしても、それは無理。でも憎しみは、薄れかけたときに、またあおることはできる。そして憎しみの持続が、恐怖や愛も持続させるのよ。

あたしは犬を憎む。犬は憎まれていると感じている間は、そこにあたしとの絆が存在することを確認する。愛と恐怖は背中あわせ。愛を与えてやったと思わせ、それをとりあげると威すことで、恐怖は生まれてくる。それが、あんたのいうように、誰にでも通用するわけじゃないことはわかってる。でも敬うという気持を知らない人間たちにとって、これは新鮮な歓びなの。誰かを敬ったこと、ある？」

「親を敬った。妻も敬うところがあった。友人を敬うこともある」

「少数派ね。あたしの周りでは。敬うことのできる人間をもたない者ばかり。今は」

「それは敬おうとしないだけだ。人を敬うのが、みっともないと思っているんだ。ケチなプライドが、中身のない自分へのひがみが、誰かを敬うことを拒絶するんだ」

「そうとりたがる気持はわかる。誰も敬う人がいない人生なんて信じられない、年寄りはそういう。そうじゃない。あんたらの周りは、自分を隠すのがうまい人間が多かっただけ。都合の悪いこと、敬われないようなことは、敬ってくれる人間に見せないようにしてきただけなんだ。それをわかろうとしてない」

「ちがう。醜い部分、人間として情けない部分を見せられても、人は人を敬うことができる」

「それは母と同じ。敬ってる自分に酔っている。敬ってる人間を憎んだことはある？」

「腹を立てたことなら、ある」

「そのときはどう？　敬う気持なんて消え失せてるでしょう」

「人には感情と理性がある。感情で腹を立てていても、理性では人を敬う気持は残っている」

「きれいごといわないで。それは理性じゃなくて恐怖なの。敬っている人に切り捨てられるかもしれないという恐怖。それが、憎しみでその人間から遠ざかるのをくい止めるのよ」

「お前は、敬うということがどういうものなのか知りたくて、犬を作ったというのか」

「まちがわないで。雅宗も小倉も、誰かを敬いたかったの。自分の周囲に、親も友人も、敬える人がいない。恐怖だけ、憎しみだけ、愛だけ、それぞれどれかを与えてくれる人はいたけど、三つ全部与えてくれる人はいなかった。だからあたしが与えたの。あたしはそれで、別の目的を果たした」

「それが雅宗を死なすことなのか」

「誰かを敬えても、かわれない人間はいる。それが救いがない、ということ」

錦織の声が低くなった。

「あたしはまちがえていた。それは認める。誰かを敬えば、その人はかわる、そう信じていた。でもクズはクズだった。あたり前の話、熱心な信仰者にもクズはいる」

「雅宗をかえようとしたがうまくいかなかった――そういいたいのか」

「説明すればね。そんなことをしたって何の意味もないけれど」

「雅宗の死を悼む人間には、どう説明する。かわりようのない人間は死んだ方がましだから死なせた、そういうつもりか」

「生きていれば、」もっと悲しんだでしょう。死ねば欠点はすべて消えて、人は美しい思い出しか残さない」

「ふざけるな。人が死ぬのは、そんなロマンチックなことじゃない」

「年寄りにとってはね。若い子にとってはそうなの。死んだ？　あ、そう、だから？　ですむ人間か、死んだことでどんどん心の中できれいにしていく人間の、二種類しかいないのよ」

私は再びこみあげてきた怒りを抑えこもうと、煙草をくわえた。

「いずれにしてもそれは正しい考え方じゃない」

「年寄りには正しくないだけよ。若いときには正しくて、歳がいったら正しくなくなる考え方だってあるとは思わないの」

「若いときなら、人を傷つけても許されて、歳がいったら許されない、とでもいうつもりか」

「ちがうの？　法律だってそう決めているわ」

私は深々と煙を吸いこんだ。何かがちがう、そう思っているのだが、何がどうちがうかを、うまく指摘することのできないいらだちがあった。

「お前は、雅宗をかえられないと気づいた。そしてかえられないくらいなら、いっそ死んだ方がいいと判断して、死なせた。そういっている」

「そう」

「なぜお前にそんな権利がある？　お前は神なのか。お前の判断は絶対的に正しいのか？　もし雅宗が死なずに生きていけば、将来誰かに必要とされるような人間になっていたかもしれないだろう」

「あたしに権利があるのは、雅宗が敬っていたから。雅宗が生きつづけたら良い人間になったかどうかなんて仮定は意味ない。良い人間になったかもしれないけど、今まで以上にもっともっと誰かを傷つけたかもしれない」

「敬われている限りは、神だといいたいのか」

「神に等しい。人にはそれぞれ、その人の神がいる」

「それはお前の考え方だ。若いとか年寄りとかは関係ない。お前ひとりの考え方だ」

「そうよ」

「じゃあお前にとっての神は誰だ？　お前にはお前が神だ、というつもりじゃないだろうな」

錦織は答えなかった。

「そういうことなのか」

私は念を押した。

「ちがう」

「じゃあ誰だ」

「話したくない。あなたには」

私は息を吐いた。

「お前は俺をどう思っている？」

「どう、とは？」

「最後に会ったとき、お前は俺に、お前をもっと憎ませてやる、といった。お前の論理では、それはお前を敬うことに等しい。俺にお前を敬わせようと思ったのか」

「ちがう。あなたは何もわかっていなかった。正しいことをしているつもりで雅宗をかばい、あたしたちの世界に踏みこんだ――」

「待てよ、あたしたちの世界って何だ。渋谷のことをいっているのか。それともお前と犬の関係のことか」

「両方よ。渋谷がなければ、あたしと犬の関係は生まれなかった。渋谷は特別なの。真似をしている街はたくさんあるけれど、本物にはなれない。池袋や新宿や六本木は、絶対に渋谷にはなれない」

「なぜだ」

「なぜでも。今は渋谷なの。十年前も、十年後も知らない。でも今は、渋谷の街に意味がある。渋谷デビューができなければ一人前じゃない。あなたたち年寄りには下らないことでしょうけど、若い子にはそのときの一番大きなイベントなの――」

「それくらいはわかる。そこまで人を年寄り扱いするな。その人間その人間にとっての価値を、すべて同じモノサシではかれるとまでは思っちゃいない。ただし命は別だ。命をはかるモノサシはひとつだけなんだ」

「いいわ、その話をしだすとキリがない。とにかくあなたは、正しいことをしているつもりで、こちら側の世界に踏みこんできた。あたしは、あなたがまちがっていると教えてあげなければいけない、と思った」

「だったらなぜ、ふつうに会って、雅宗に関する話を俺にしなかった」

「なぜあたしが、あなたのやり方をしなければならないの？　あたしが『セイル・オフ』にいったわけじゃない。あなたが渋谷にきたのよ」

私は息を吐いた。

「それがそんなに大変なことなのか。お前のやり方と俺のやり方のちがいは、言語がちがうくらいにちがうのか」

「もっとちがう。通訳がいないでしょう」

通訳。私は目を閉じたくなるのをこらえた。かつて私は通訳だった。通訳であるがゆえに、優れた探偵だった。

私は言葉を忘れ通訳ではなくなり、同時に、無能な探偵となった。

黙りこんだ私に錦織はいった。

「警告した筈よ」

「小倉のことをいっているのか。東京駅で俺を待ちうけていた——」

否定しなかった。

「あなたはあなたのやり方で入りこみ、こちらの世界の人間に嫌な思いをさせた。そしてその嫌な思いは、あたしにはね返ってくる。『シェ・ルー』の子たち。聖良の生徒。これまであたしの敵じゃなかった子たちが、あたしに嫌な感じをもった。あたしがしていたのは、雅宗をかえることだけだったのに、あなたがそれを邪魔した」

「だったらなぜ、『セイル・オフ』にいかせた!?」

「あなたみたいなお節介がいるとは思わなかったからよ。雅宗は『セイル・オフ』でかわると思ってた。ところが、かわるどころか、もっと悪くなった。その上、あなたまででてきた。カウンセラー気取りで、人のことをつつき回し、探りを入れ、あげくに威した」

私は首をふった。錦織の論理の中では、私はどうしようもなく愚かで無神経な人間だ。

そしてそれはまちがっていない。

子供にとって大人とは、いつでもそうした存在だった。

「教えてくれ。お前もいつか俺のような人間になることがわかっているのか。歳をとり、頭が悪くなるときがくると、知っているのか」

「考えたくない。考えれば死にたくなる」

どうすればいいのだ。このちがいは、決して乗りこえられない。乗りこえられるかもしれないと思った私は、確かに愚かだった。

「――小倉を殺したのは誰だと思う？」

厚木インターチェンジまであと二キロという看板を目にし、私は訊ねた。

「知らない」

「殺しそうな奴に心当たりはないのか」

「あってもその理由をあなたに説明したくない」

「警察にもそれを通すつもりか」

「あたり前じゃない、何がいけないの。警察とあたしはちがう。警察のいう通りにしなきゃいけない理由なんかどこにもない」

「じゃあもしお前が警察に犯人だと疑われ、逮捕されても、そうできるか」

錦織は黙った。

「自分が犯人じゃない、と証明しないのか。お前のやり方じゃないからと、裁判もそのあとの処分も、すべて無視できると考えているのか」

「しようと思えばね」

死刑にもならない。少年刑務所に送られるかどうかも疑わしい。おそらく保護観察処分といったところだろう。

「だがそれでお前は何年か、ひどく不自由な思いをする。真犯人はそれを見て助かったと考え、笑っているかもしれん。それでいいのか」

「それについても、あなたには話したくない」

厚木インターにきた。ウインカーを点《とも》し、ハンドルを左に切った。

「この先はどちらにいく？」

「一番右にいって」

料金所をでると、小田原方面には向かわず、北上するルートをとった。

「しばらくまっすぐでいいわ」

国道２４６号を走った。

「次の信号で左」

市街地を外れた。前方には丹沢山地がある。

厚木インターから五キロは離れていた。走っているのは、国道ではなく、県道だ。建物の姿こそなくならなかったが、ゴルフ場や農地のような土地が多くなった。

十キロを越えた。道路の両側に点在する建物の他は、人家が見当たらなくなった。まっすぐに進めば津久井湖につきあたる。

「どこまでいくんだ」

「もう少し先。右に曲がる道がある。そっちへいくの」

時計を見た。十時を過ぎていた。

「お前の父親は、いつからこっちで暮らしているんだ」

答はなかった。右手に側道が現われた。舗装はされているが、ひどく狭く、まがりくねった道だった。農家以外では利用する者もいないだろう。

ハンドルを右に切った。急カーブを折れ、ライトをハイビームにして進んだ。対向車もおらず、人家もない。

不意に鉄筋コンクリートの構造物が見えた。四、五階建てで、窓にいくつか明りが点っている。ふたつかみっつ先のカーブを曲がった先の坂の途中にあった。

「あれか」

錦織は無言だった。ルームミラーをのぞいても暗くて表情が読みとれない。

ふたつめのカーブを曲がったとき、コンクリートで固めた急坂と、金網を張ったゲートが正面に現われた。

「無断通行を禁ずる。この先は、病院内施設です。面会の方は、あらかじめ事務局にお届けになってからお越し下さい。医療法人神厚会　伊勢川病院」

ゲートには、そう記された看板が掲げられていた。急坂は、途中見えた建物までつづいている。

メルセデスを止めた。降り立って、ゲートに歩みよった。内側から閂《かんぬき》がかけられ、インターホンらしきものもない。完全に外界と隔絶した病院だった。

ヘッドライトの光の中でふり返った。後部席のドアが開く音がしたからだった。

錦織が歩みよってきた。

「この中よ。もう、二年以上、入院してる。たぶん一生でてこられない」

「なぜわかる」

「そういわれたから」

私は病院の建物をふり仰いだ。鉄格子のはまった窓が見えた。

「ふつうの人が、ふつうの人じゃなくなろうとして、無理をした。ふつうの人じゃなくなることはできたけど、誰も敬ってはくれなかった」

淡々と錦織はいった。

「入院費用は、誰が払っているんだ」

私は眩しげに目を細める錦織を見つめた。

「誰でもいいじゃない」

「その金が切れれば、父親はでられるかもしれん」

錦織は私をふりむいた。

「でてこなくていい。ずっとあそこにいろって感じ。誰にも迷惑をかけないですむのだから」

「何があったんだ？」

「別に。今いったことだけよ。ふつうじゃなくなろうとしただけ」

「教祖になろうとして、何かしたのか」

「さあね」

「守本は知っているんだろう」

「会って訊くつもり？」

笑いだしそうな顔で、錦織はいった。

まのままるだ。まのままるなら、必ず知っている。

私は携帯電話をとりだした。沢辺にかけた。こんな山中でも「圏外」ではなかった。

「俺だ。錦織和人のいる場所がわかった」

「病院だろう」

驚いたようすもなく、沢辺がいった。

「俺もようやくつかんだところだ。東和会は『ブロケード』の宗教法人化と並行して、医療法人の買収を画策していた。どちらもでかい銭がかかる。当時の組長は、医療法人に傾いていた」

「それで焦ったのか」

「わからん。東和会に見はなされたら、錦織は遠藤組に消される可能性があった。何せ、乗りかえたのだからな。俺に話をしてくれたのは、もう足を洗った、東和会の古株だ。錦織は『奇跡』を起こしたかったらしい、といった。『奇跡』さえ起こせば、組長を説得できると考えたようだ」

「失敗して、入院か」

「なぜ消されなかったかはわからない。中途半端に生かしておくより、消しちまった方が金もかからずにすんだろう」

私は息を吐いた。

「小倉が殺された。俺が死体を見つけた」

「殺《や》ったのもお前か？」

沢辺は口調をかえることなく訊ねた。

「ちがう。警察には、奴が東和会のブツを扱っていたことは話した」

「飼い主様についてはは話さなかったのか」

「話していない。今いっしょにいる。病院まで案内された」

「どうなってんだ？」

初めて意外そうな声でいった。

「俺にもよくわからん。ただ、さっき守本とでくわしてもめた。今、頭に血を上らせて、俺を捜しているだろう。守本の車を無断借用したのでね」

沢辺の声が鋭くなった。

「罪の意識で、殺されようってのか」

「いいや。俺たちを拾いにきてほしいんだ。いつまでも乗り回すわけにもいかない」

「どこだ」

「東名高速のサービスエリア。今、厚木にいるんだ」

「だったら海老名だな。そっちは上り線だろう。一時間半でいく。待っていろ」

「頼む。それと、今の東和会の動きがわかったら、知らせてくれ。警察につつかれているる筈だ」

「そいつは殺虫剤をぶっかけた直後に、蜂の巣をのぞけといっているようなものだぞ」

「君ならできるだろ」

沢辺はため息をついた。

「とにかく一時間半後。十二時ちょい過ぎに海老名のサービスエリアで会おう」

「仲間がいるんだ」

錦織がいった。意外そうな口調だった。

「それがそんなに不思議か。俺のような仕事は、ひとりでできることには限界がある」

「でもずっとひとりだったじゃない」

「調査をするときはたいていひとりだ。ひとりぼっちで、心細く見える人間に対して、人は何かを話してやろうと思う。仲間と連れだって高圧的な態度をとれば、恐がられるか、反発して何も話してやるものかと思われるのがおちだ」

「警察はいつも二人よ」

「俺は警察官じゃない。誰も俺に協力する義務がないし、誰かをどうにかする権利は、俺にない」

「だったらなんでそんな仕事するの？　嫌われたり、馬鹿にされたり、殺されかけるような」

私は錦織を見つめた。

「大人になったからといって、人は誰でも利口になったり、うまく立ち回ることだけを考えるわけじゃない」

「そうじゃない。なんであなたがそんな仕事をしているか知りたいのよ。もしかして変態なわけ。人の秘密をのぞいたり暴くのが、何より好き、みたいな」

「ちがう」

錦織の目に好奇心があった。そこに皮肉なユーモアが加わった。

「教祖になりたいのは、あなたじゃないの」

「車に乗れ」

答えずに私はいった。錦織は無言で、後部座席にすわった。

ゲートの前のスペースを利用して、メルセデスをUターンさせた。元きた道を走りだし、私は訊ねた。

「なぜ俺を父親のいる場所に案内しようと思った」

「うざかったからよ。父親はどこだ、どこだって。それに他にいく場所もなかったじゃない」

「これで家に帰ったら、お前は守本にひどい目にあわされるのか」

「人の心配より、自分の心配をしたら？　あたしには帰る場所が他にもある」

「初台の家のことか。誰も住んでいない」

「ひとりになりたいときはあそこにいく。空っぽの家って、気持がいいわ」

「だが守本も知っているだろう、あの家のことは」

「それがどうしたの。守本さんは、あたしには何もしてこない。でもあなたのことは許さないかもね。あんなに怒っているの見たのは、初めてだから」

「やはり子供だ」

私はいった。

「何がいいたいの」

「お前は、守本から自分をかばってくれる人間がいると思っている。たぶん今まではいたろう。それが誰なのか、俺も知っている。しかし守本は組織の人間だ。いくら兄貴思いであっても、組織がお前を何とかしろといったら、しないではすまされないんだ」

「何とかしろって？」

「さあな。口を塞《ふさ》げ、というかもしれん。小倉が殺されたことで、守本のいる組織は、警察にこっぴどく痛めつけられるだろう」

錦織は無言だった。

「守本が、ひいては東和会が恐がっているのは、お前の父親が入院させられている病院に、実は組の金が流れこんでいると警察につかまれることだ。そういうのはマネーロンダリングといって、暴力団の資金源を警察が攻撃する一番の材料になる。東和会とお前の父親がくっついたのも、最初はそれが目的だった。金儲けになると同時に、他のヤバい手段で稼いだ金を、出どころがわからなくできるからだ。宗教法人も医療法人も、寄付という形にすれば、流れこむ金がどこからきたかおさえられずにすむ。小倉の件で、警察がお前と東和会の関係に気づけば、お前はひどく危険な存在になる」

錦織はまだ黙っていた。私はうしろをふり返った。

「わかるか。危険の度合という意味では、俺よりお前の方がはるかに高い」

「――かわいそう」

錦織がつぶやいた。

「誰がだ。まのままるか」

初めて、ルームミラーの中で錦織と目が合った。車は街灯のある一帯にさしかかっていた。

「あなたはまだ何もわかってない。自分にすべての責任があることを」

「いい加減にしろ。まのままるも、守本も、お前も、お前の父親に起こったこと、暴力団がマネーロンダリングに自己開発セミナーを利用しようとしたこと、クスリを売り、子供たちの精神をおかしくしたことを棚にあげ、すべてを外からきて秘密を暴こうとした俺のせいにしようとしている。いいか、原因は初めからお前たちの側にあったんだ。事件が起こり、俺が入りこんでひっかき回したのは確かだろう。だが俺が、誰かと誰かを憎み合わせたり、誰かに誰かを殺させるよう仕向けたとは、考えないことだ」

喋りながら、私は自分の内側で、何かが爆《は》ぜるのを感じていた。今までずっと心の内側にはりついてきた、重い澱《おり》のようなものが、はがれ落ちていく。

探偵という職業、生き方をつづけていくことに対し、自分が抱いていた不安や疑問が、消えたわけではないにしろ、大きく縮小したことに気づいた。

正義漢を気どるわけではない。理がすべてこちらにあると主張する気もない。しかし、何が起きても、非がすべて自分の出現、存在にあったのではないかという呪縛から、自分が逃れでるのを感じていた。

「じゃあ、あなたは何なの。何のために存在しているわけ」

「俺は道具だ。人と人とのつながりによって生じた歪《ひず》みやほころびを直すための道具。いったろう。もしそこに何もなければ、道具としての俺が、誰かを傷つけることも悲しませることもない。歪みやほころびは決してなくならない。なくならない限り、道具は必要とされる。そして、他の誰よりも、俺は道具として尖《とが》ってはいない。不必要な痛みを掘りおこしたり、ある場所を直そうとして、別の部分を傷つけるようなこともしない」

「自信があるわけ？」

「そうだな。長いことやってきた。経験がすべてではない。たとえば、お前のような人間には初めて会った。俺はお前をどう理解していいか迷っている」

「理解？　なんでそんなものがいるの？　理解してなんてお願いした？　あたしが」

「頼まれたから理解するわけじゃない。俺の道具としての、仕事の第一歩は、関係している人間それぞれを理解することなんだ。俺は道具だが、人間だ」

「警官じゃないってのは、そういう意味」

「警察官も人間だ。だが連中は、あまりに多くの仕事を抱えすぎている。連中の仕事には、いつも傷ついた人間と傷つけた人間が存在する。そしてそれぞれの人間に、たくさんの、そうなった理由がある。そのひとつひとつを理解しようとしていたら、いっこの事件を解決するのに、たいへんな時間がかかるし、それをしたからといって、判断を下すのは警官ではなく裁判官なんだ。警官は事務的に捜査を進めるが、それはそうしたいのではなくて、そうせざるをえないんだ」

「じゃあ、あなたは万能なの。警察官で裁判官？　神様は自分じゃない」

「歪みやほころびは、警官を必要とする犯罪になる前に修復することもできる。そのために俺がいる。俺の仕事は、人が人を裁かねばならなくなる、その手前までだ」

「それなら、もう役には立たないわね。小倉は死んだ。殺した人間をつかまえるのは、あなたの役目じゃない」

「その通り」

「それならなぜ、あたしを連れ回しているの。さっさと警察に渡せばいいじゃない」

「もちろん、それも考えている」

私は冷ややかにいった。私に対し、これほど虚勢を張っている錦織は、だが警察の取調べに対しては、あっさりと小倉殺しの犯人を指摘するのではないか。ふとそんな気がした。私は錦織を理解しようとした。それに対し、錦織はぐらかし、嫌みをいい、反発している。しかしそのことは、錦織が、自分の世界に、まぎれもなく私が存在している事実を認めたのと同じだ。

警察は、錦織の世界に存在しない。無視するか、できなければ、好きなように相手にふるまわせるだけだ。結果、警察は最短で、殺人の容疑者にたどりつく。ただしそこに関係した人間たちの心の奥底を斟酌《しんしゃく》することはない。法で判断し、機能する道具である警官たちにとって、その材料として、心は重すぎる。

私の携帯電話が鳴りだした。厚木インターにもうじき到着しようかという地点だった。十二時には、まだ間がある。

「はい、佐久間です」

ハンドルを手に電話を耳にあてた。

「こんな夜分におそれいります。ホテルの方にご連絡をさしあげたのですが、うまくつきませんで。私、警視庁の魚津と申します」

捜査一課の班長だ。思ったよりも早かった。私は、彼から連絡があるのを、明朝と予測していた。

「お名前はうかがっています」

「捜査にご協力いただけるそうで、感謝しております。早速ですが、今ちょっと、お話しさせていただいてよろしいですか」

「実は今、運転中なんです。あと三十分ほどしたら、お電話をいただけますか」

「承知しました。三十分後に、もう一度かけます」

東名高速道路に入った。魚津が前もって私に電話をしてきたのは、皆川への配慮にちがいない。その意味では、義理は果たされた。

もし私を、容疑者と考えているのなら、この先に、礼儀は期待できない。口調こそ初めはやわらかくとも、やがてじわじわと締めつけにかかってくる筈だ。

高速道路を走りだしてから、ルームミラーの中の錦織の顔がはっきり見えるようになった。

「小倉が殺されたことは、どう感じている」

「――何をいわせたいの。あたしがやらせたと思ってるの」

「いいや。もしお前がやらせたのなら、お前はわざわざ『ブラックモンキー』にまで、でかけてはいかない。お前はお前なりに、連絡のとれない小倉を心配した。そうだろ」

「じゃあ、なぜそんなことを訊くのよ」

「雅宗をかえようとして犬にした、とお前はいった。じゃあ小倉は何のためだ。ただの遊びか」

錦織は横を向いた。高速のランプの明りがその横顔を明滅させるようにいろどった。

喘《あえ》ぐように息を吸いこんだ。

「必要だったから、じゃいけないの」

「何のために」

「誰かが必要だったのよ。あたしのいうことを聞く、誰かが。たまたまそこに小倉がいた。あいつはあたしの言葉に耳を傾けた。それはポーズだとわかっていた。最初、あいつが欲しかったのは、あたしの体だけ。だから手なずけた。だんだんとHをゲームにして、あいつを犬にしていった。まず最初に犬が必要だった。そこから始めた」

「始めたって、何をだ」

「クスリをやめさせること。『シェ・ルー』の連中に。渋谷にきている子たちに」

売人どうしのトラブル。小倉が「シェ・ルー」にたまる高校生を威し、さらにイラン人が痛めつけた、という話を思いだした。

「何のためにそんなことを考えた」

「何のため？」

錦織は私をふり返った。

「クスリが嫌いだったからよ。皆んなが、あたり前のように、クラブや喫茶店で手に入れ、やってた。やめさせたかったからよ」

「お前の知らない、口もきいたこともない人間たちにもか」

「それがいけないの」

「クスリについて何を知っている？『セイル・オフ』を、どこで知った？」

錦織は答えなかった。

海老名サービスエリアまで二キロの表示のかたわらを走りすぎた。約束より十五分は早く着けそうだ。

「答えろ。どこで『セイル・オフ』の名を知ったんだ」

「父のことを調べていたときよ！　父を何とか助けようと思って、あの病院から連れだして、どこへ預ければいいのか調べていたときに知ったのよ！」

叫んだ。

私は沈黙した。錦織和人が姿を消し、病院に閉じ込められたのには、理由があった、ということだ。

「お父さんは何をやった」

「何って？」

「クスリだ」

「ありとあらゆるもの。覚せい剤、幻覚剤。ひどいときは、興奮剤と麻薬を交互にやった。小学生のあたしは、父親が注射をうつのを手伝わされた。クスリが効いてきて、父のいう『天啓』が降りてくるのをじっと見ていて、父の喋る言葉を全部記録するのも、あたしの役目だった」

「なぜそこまでした。殺されないためか」

「それだけじゃない。あたしはかわった子だったから、『ブロケード』には、あたしをもちあげる人もいた。父親は嫌がった。お前は何もわかってない、言葉で遊んでいるだけだ、よくそういって、集会のあとで叱られた。父はそれを、あたしに証明しなければならなかった。自分の言葉が本物で、私の言葉が偽物だと。でも、奇跡も起こせないような父に、そんなこと証明できる筈がない。かわりに父は、自分がどれだけ、心を追いつめているかを、あたしに見せようとした。俺は快楽のためにクスリを使うのじゃない。心の限界を見極めるのが目的なんだ、と。初めはその通りだった。少し悟ったと思い、でも疑いが生まれ、悟りの奥の悟りを見極めるために、またクスリを使う。くり返して、くり返して、壊れていった。腐った死体は見たことないけど、生きながら腐った人間は、毎日見てた」

「病院に収容したのは守本か」

「殺される筈だったけれど、警察やマスコミが、いろんな宗教に注目し始めたときだった。それに、助けてくれた人がいたから……」

「助けてくれたというのは、まのままるだな。守本の兄の」

錦織は否定しなかった。

海老名サービスエリアにすべりこんだ。深夜のサービスエリアは、長距離便の大型トラックばかりで、メルセデスはひどく浮いた存在だった。

沢辺が到着するには、まだ間があった。沢辺と魚津、どちらが先にかけてくるだろうか、携帯電話を見つめると、液晶が点灯した。沢辺だった。

「横浜インター付近で事故だ。少し遅れるかもしれん。今、どこにいる？」

「もう海老名に着いている。のんびり待つことにするさ」

私はいった。メルセデスのエンジンは切らずにおいた。守本が東和会を総動員して私を追っているとは思わない。が、突発的な事態には備えなければならない。

「トイレにいっていい？」

錦織が訊ねた。逃げる可能性を考えた。だが今のところ追われているのはまだ私であって、錦織ではない。それに高速道路のサービスエリアから逃げだすのも容易ではない。ヒッチハイクをしたとしても、錦織のいける場所は限られている。

「好きにしろ」

私はいった。

車内から錦織がトイレの建物に向かって歩いていくのを見送った。その姿が見えなくなると、キィを抜きメルセデスを降り立った。

このあとの行動について、何をすべきか確信がなかった。警察に協力するという意味では、小倉殺しの犯人の解明がある。厚木の病院に、東和会の金が流れこんでいることは、簡単には証明できないだろう。

私は警官ではない。したがって、殺人犯の検挙への協力はともかく、東和会への捜索にまで協力する義理はない。

自動販売機で温かなコーヒーを買いながら、ぼんやりと思った。

だが私がそう考えていることを、守本は知らない。守本も上村も、私が錦織といっしょに厚木の病院に向かったことを知れば、私の口を塞ごうと考えるだろう。その場合、錦織とまのままるの身も危くなる。自分を含め、彼らの身を守るためには、東和会と病院の関係を明らかにする他はないかもしれない。

携帯電話が鳴った。トイレをでた錦織がこちらに向かって歩いてくるのが見えた。

ふたつ目の紙コップをそちらに向けてさしだし、私は電話にでた。

「はい、佐久間です」

「魚津です。先ほどは失礼しました。今は大丈夫ですか」

「大丈夫です」

私は答えた。

「失礼ですが、佐久間さんは、今どちらにいらっしゃるのですか」

「東名高速のサービスエリアです。ただし下りではなく、上りです。これから東京に戻ろうとしているところです」

「どこかからのお帰りですか」

「ええ。静岡にちょっと顔をだす用事があったものですから」

「そうですか。実は『セイル・オフ』の方にもお電話をさしあげたのです。どうやらいきちがいになったようですね」

私のことは調べあげている、というわけだ。

「何か」

私は訊ねた。

「弦本《つるもと》という男をご存知ですか。弦本啓二、二十一歳」

「いいえ」

「渋谷の遠藤組の構成員です。二時間ほど前に、渋谷署のマル暴担当を通じて、自首してきました。小倉の件は自分がやった、といって――」

「遠藤組の人間が？」

「そうです」

私は沈黙した。

「どう思われます？」

「どう、とは？」

「総務課長からうかがったお話では、マル害は、東和会とつながりがある、ということでした。遠藤組の名前はでていなかったそうですが」

遠藤組と東和会が手を組んだのだ。事態を簡単に終息させるために、遠藤組が身代わりをさしだす。かわりに、渋谷におけるクスリのアガリを、遠藤組は東和会からうけとる、というわけだ。

「自首した男は何といっています？」

「縄張り内で無断でクスリを売っていたので、威すつもりでマンションまで尾けていき、部屋にあがって口論になった。カッとなって部屋にあった銅像で殴りつけた、と」

「小倉の背景については何か知っているようすですか」

「いえ。フリーの売人で、前から目障りでしようがなかったといっています」

「なるほど」

「佐久間さんがされた話とは、状況が少し違っています。ただし弦本の話にも、あやふやな点があり、そこを今、追及しています」

このままでは、何もなかったことになる。東和会の、渋谷におけるドラッグビジネスを警察はつきとめられず、当然、厚木の病院にまでたどりつけない。

「私の意見をいっていいですか」

「どうぞ。それをうかがいたかったのです」

錦織は少し離れたところに立ち、両手で包んだ紙コップからコーヒーを飲んでいる。

「遠藤組は、渋谷で東和会がクスリの密売をおこなっているのを知っていた。ですが相手が大きいので手だしができなかった。今回の件は、遠藤組が東和会に貸しを作るための身代わりです」

「つまり、本当の犯人は、東和会の内部にいる？」

「か、そのすぐ近くでしょう。遠藤組は身代わりをさしだすことで、東和会のアガリの一部をうけとる権利を得たのだと思います」

遠藤は頭がいい。組員ひとりとひきかえに、自らの組の手をよごさずに、ドラッグビジネスの上前をはねる取引を結んだのだ。

「しかしそれはどちらがいいだしたのです？　遠藤組ですか、それとも東和会？」

「最初は遠藤組でしょう。東和会にもぐりこみ、売人をやっていた遠藤組の組員がいます。情報はおそらくその男から入ったのだと思います」

「その男の名は？」

「伊藤といいます。つい最近まで、『シェ・ルー』という、宇田川町にある喫茶店で働いていました」

もう、あと戻りはできない。魚津が伊藤をおさえれば、遠藤は私から情報が伝わったことを知る。私の首にかかった懸賞金は倍になる、というわけだ。

「小倉を殺した犯人が、東和会からでれば、クスリの密売を東和会が渋谷でおこなっていることが明るみにでます。東和会はそれを避けたかった」

「なぜです? クスリの密売くらい、どこの組でもやっていることですよ」

魚津はさすがに鋭かった。

「その件をほじくられると、東和会がもっと困ることがでてくるからです」

「何です?」

「東和会のマネーロンダリングです。東和会は、何年も前に、厚木にある医療法人を買収し、そこをマネーロンダリングに使っていました」

「どうやらお会いして詳しいお話をうかがった方がいいようです。佐久間さんのお話が本当なら、刑事局長クラスまで聞きたがる内容だ」

沢辺のダイムラーがサービスエリアの駐車場にすべりこんでくるのが見えた。

「これから東京に向かいます。明日にでも、私の方から桜田門にうかがいましょう」

「明日ですね。何時頃?」

「昼までにはうかがいます」

私はいって電話を切った。私の前に沢辺は車を横づけにした。

「借りものの車はどこだ」

錦織には目もくれなかった。

「そこに止めてある」

「キィは？」

「ここだ」

私はポケットをさした。

「さしこんでおけよ。運がよけりゃ、悪ガキがもっていってくれる」

私は頷き、無言でやりとりを見つめていた錦織をふり返った。

「先にこの車に乗っていろ」

「この人があなたの仲間？」

無表情に錦織が訊ねた。

「俺はただの運転手だ。援交の交渉をしていると思われる前に、早く乗れ」

沢辺はいった。錦織は笑いもせず、沢辺の顔を見つめた。

「したいの、あたしと」

「悪いが俺はホモだ」

沢辺は答えた。私は駐車場に足を踏みだした。

36

「身代わりが自首したそうだ。遠藤組の若い衆らしい」

ダイムラーがサービスエリアをすべりでると、私はいった。

沢辺は鼻を鳴らした。

「お前がいってた通り、二代目は頭がいいようだな。東和会に貸し一、か」

「そういうことだ」

「で、本当に殺《や》ったのはどいつだ」

「わからん」

私はいって、助手席から、後部席の錦織をふり返った。

「見当はつくか」

「おいおい、まだそんな段階なのか。俺はてっきり、このお嬢ちゃんから全部聞きだしているかと思ったぜ」

「話すことが多くてね。どうなんだ？」

錦織は首をふった。

「わかるわけがないでしょう」

「東和会の中に犯人はいる。守本か、上村か――」

「そのどちらかなら、もう少しマシな手を使うだろう。死体を見つからないように消す方法もある。小倉っての死体がでたら、困るのは自分たちだからな」

沢辺がいった。

「そうだな」

私は錦織を見つめながらいった。錦織は私と目を合わそうとしなかった。

「で、どこにいく？」

沢辺が訊ねた。

「どこにいきたい」

私は錦織にいった。錦織はようやく目を動かした。

「渋谷か」

錦織は笑った。

「今あたしが渋谷にいったら、渋谷が迷惑する」

「なるほど。女王様だ」

沢辺がつぶやいた。

「マンションか、それとも家か」

錦織は考えていた。

「家」

と、やがて低い声でいった。

「初台だ」

私は沢辺に告げた。沢辺は無言で首をふった。

「守本がお前を迎えに人をよこしているかもしれん。守本に会ったら、病院に俺を連れていったことはいうな。全部が明るみにでたら、お前をかばう人間はいなくなる」

錦織は答えなかった。

「渡すのか、守本に」

沢辺がいった。

「この子をずっと連れ回すわけにはいかない。少なくとも、帰る場所があるんだ」

「守本のところか」

「ちがう。まのままるさ。まのままるといっしょに住んでいるんだ」

沢辺は私の顔を見た。

「どういうことだ」

「『ブロケード』にまのままるが入れこんだのは、その教義に感銘したからばかりではなかった。錦織和人の娘に惚れこんだ。まのまるは、今までの稼ぎを『ブロケード』に注ぎこもうとした。あせった守本は、『ブロケード』からまのまるをひきはがそうとした。錦織和人は、でかい金蔓《かねづる》を失うと考え、自分を本当の教祖にするためにクスリに走った。結果、異常をきたした。錦織和人が消されずにすんだのは、多分まのまるのおかげだろう。『ブロケード』に注ぎこむ筈だった金を、まのまるは、医療法人に注ぎこんだ。そのかわり、錦織和人は、そこで一生治療をうけられる権利を得た。行き場のなくなった娘は、まのまるにひきとられた。娘に選択の余地はない。父親が人質なんだ。まのまるには、理想の生活だったろう。自分だけのヒロインを手もとにおけたのだから」

「いやらしいことを想像しないで！」

激しい口調で錦織はいった。

「あの人は、あたしに指一本、触れないよ。でもまちがえないで。犬はあの人じゃない」

「まのまるが、お前にとっての神か」

神という言葉に、沢辺は再び私を見た。が、何もいわなかった。

「あの人こそが本物。何百万という人に、感動を与えた。燃え尽きた今も、その灰は高潔よ」

「まのままるは、お前のためにマンガを描いてはいないのか」

「ずっと描いていてくれた。『これからは、令を主人公に、令だけのために描く』って。でも終わった。あたしがやろうとしていることを、あの人は理解してくれなかった。あの人が何百万て人のために自分を犠牲にしたように、あたしは、渋谷に集まる子たちのために、クスリを何とかしようと思ったのに」

私は息を吐いた。

「初台にはいかない方がいい」

「なぜ」

「東和会は、お前とまのままるを消すかもしれん」

「守本さんは、あの人を尊敬している。あの人には何もできない」

「守本の上には別の人間がいる。守本が兄貴を守ろうとすれば、守本だって危くなる」

「安全な場所が必要なら、用意する」

沢辺がいった。

「この子に決めさせる」

私は答えた。

錦織はすぐには答えなかった。私はふり返って訊ねた。

「まのままるは、今どこにいる。代官山のマンションか」

錦織が目を上げた。その中に答があった。

「初台の家にきているんだな」

無言は肯定だった。

「まのままるといっしょなら、安全な場所に隠れるか」

私はなおも訊ねた。

「それでどうなるの。一生、隠れて暮らすわけ？」

「いいや。お前とまのままるは、東和会が医療法人神厚会を買収し、マネーロンダリングに使うようになったいきさつを警察に話すんだ。それをしない限り、東和会は、お前たちを追いかけ回すだろう」

「したらもっと追いかけられるのじゃない？」

「恨みを晴らされるのが恐いか、秘密を守るために消されるのが恐いか、という選択だ。警察の捜査があの病院に入れば、東和会はお前たちにかまっている暇はなくなる」

ただし遠藤組は別だ。儲け話を潰されたことを知った遠藤は、やはりあのとき私を始末しておけばよかったと後悔するだろう。そうならないためには、そもそもの条件である、遠藤組の身代わりを無効化する他ない。つまり、小倉殺しの真犯人を、警察に提供することだ。

「――忙しくなるな」

私はつぶやいた。

「忙しいなんてものじゃないぞ。プロなしじゃ、とてもお前らを守りきれん」

沢辺がいった。

「話を聞いていると、敵に回るのは東和会だけじゃない。遠藤組もそうだろう」

「遠藤組って何」

錦織が訊ねた。

「聞こえていたろう。小倉殺しの犯人を自首させた、渋谷を地元にする暴力団だ。守本たちと手を組もうとしているのさ」

「そんなことをして何の得があるの。その人たちに」

「クスリの取引に一枚かめる。遠藤組の組長は、いつも自分の鼻先を、うまい儲け話が通りすぎていくのを残念がっていた」

「今よりもっとクスリが売られるわけ？　渋谷で」

「かもしれん。遠藤組が加われば、売人の数は増えるだろう」

「だったらわたし、警察に協力する。何でも話す」

「その場合――」

私はいいかけ、やめた。

「何？」

「何でもない」

言葉を濁した。私の中に、ある疑いがあった。しかしそれを今は口にすべきではなかった。

「で、どうする」

「初台にいこう。この子の家だ」

沢辺に告げた。沢辺は首をふった。

「その家の住所はわかるか」

私は手帳をとりだし、沢辺に教えた。「ブロケード」の本部所在地として登録されていた住所だ。

沢辺は携帯電話のイヤフォンを耳にさしこんだ。番号を押し、でた相手に口元のマイクで告げた。

「俺だ。今からいう住所に人をやって、ようすを探らせてくれ」

私はもう一度、住所をくり返した。電話が切れると、沢辺に訊ねた。

「誰を動かしているんだ」

「東和会が消えるか、弱まるのを歓迎する連中さ」

「西か」

沢辺は答えなかった。

「今度の件で、昔馴染みとのつきあいを復活させちまったってわけか」

私は苦い気持でいった。沢辺は父親の代から、関西の組織暴力とは深いかかわりがある。跡を継いでからは、極力それを浅くしようと努力してきた筈だった。

「深く考えるな。連中もまた、資本主義の世の中を生きている」

錦織に憐れみを感じた。この娘の願いは決してかなえられない。かりに渋谷から東和会を放逐しても、空き部屋は別の誰かにより埋められる。そして同じ商売が始まる。売り子の顔はかわっても、客はかわらない。

「渋谷を狙っているのか」

私は低い声でいった。沢辺はちらりと私を見やった。

「新宿だろ。向こうの人間にとっちゃ、東京といえば新宿なんだ。渋谷なんざ、ガキの街だと思っている」

知らぬ間に、私は関西の組織暴力の東京進出に手を貸していたというわけだ。だがそのことで責められようとは思わない。

一等地に空き店舗ができれば、そこを利用しようと考えるのは、商売人には当然の考えだ。沢辺が協力を仰ごうが仰ぐまいが、東和会が打撃をうければ、そこに西はつけこもうとした筈だ。こちらが協力の交換条件を与えたわけではない。

西は、将来の利益を見越し、自らの意志で動いているのだ。東和会が抜ければ、彼らがその座におさまる。いつかまた、彼らが抜けることがあれば、別の誰かがそこにいすわるだけだ。

それらの事実をすべて錦織に話してやったら、何というだろう。偽善、か。「セイル・オフ」を、偽善者の集まりと呼ぶだろうか。

そうかもしれない。「セイル・オフ」の理事長は、関西の組織暴力の東京進出に助けを与えながら、薬物依存者の更生に手を貸している。それはいわば、病気の原因となる汚染物質をたれ流しながら、病人の治療をおこなう病院を経営しているようなものだ。

東和会がマネーロンダリングのために医療法人を手に入れていたという事実は、私をひどく皮肉な気持にさせた。

ただしこのたとえは完全ではない。汚染物質をたれ流す病院は、これを撤去できるが、日本中の組織暴力は、すべてを除去できないからだ。

左手で組織暴力とつながり、右手で薬物依存者を救おうとしている「セイル・オフ」は、確かに偽善者かもしれない。だが左手を手首から切り落としたとしても、組織暴力にとっては、痛くもかゆくもないのだ。彼らは今までも存在したし、これからも存在しつづける。クスリを売る人間、買う人間も、また同じだ。

少なくとも「セイル・オフ」は、誰かの役に立っている。存在しないよりも、するほうが、はるかに意義はある。

東名高速を抜け、首都高速三号線の料金所をすぎたとき、沢辺の携帯電話が鳴った。

わかった、という答だけを、沢辺はマイクに送りこんだ。

「初台の家の周辺は、今のところきれいだそうだ。やくざもお巡りも張りこんじゃいない」

「いこう」

私はいった。

「じゃ、池尻で降りる」

ダイムラーは、池尻ランプで首都高速道をでると、山手通りを左折した。

一度その家を訪ねている私が道案内をした。午前二時を過ぎた住宅地は、ひっそりとしている。

雅宗と出くわしたコンビニエンスストアの前を通った。

「あの店で雅宗をつかまえた」

私は錦織をふり返った。

「雅宗は、家を張りこんでいれば、いつかお前に会えると考えていたんだ。渋谷にいくのは恐くてできなかった。いけば昔の仲間に狩られると怯えていた。それはまちがっちゃいなかった」

「ガキの世界は狭い」

沢辺がいった。

「自分が今いる場所がなくなったら、もう世界のどこにも居場所がない、と思うんだ。だからいじめやリンチにも耐える他ない」

「大人だって同じよ。会社をクビになったら死ぬしかない、そう思っている大人はたくさんいる」

「大人には、食わせる義務がある。その義務の重さがつらいんだ」

沢辺は車に乗って以来初めて錦織に話しかけた。

「子供にも義務はあるわ。親を安心させてやる、喜ばせてやるって義務が」

錦織がいい返した。

「お前さんと教育論をやる気はない。第一、俺にはその資格がない」

沢辺は答えた。

「資格のない人間に限って、いいたいことをいいたがるのよ」

「いい加減にしろ」

私はいった。

「少なくともお前やまのままるを助けようとしているんだぞ」

錦織は黙った。ひとりならきっと、助けてくれなくてもいい、といったろう。まのまるを救いたいのだ。

沢辺は少し離れた位置にダイムラーを止めた。ようすを探りにきたらしい、人間の姿は見当たらない。

「斥候《せっこう》は帰ったのか」

「いや。こちらがいいというまでは、帰らない筈だ。慣れている連中だから、目立たないようにしているのだろう」

私は頷いて、ダイムラーのドアを開いた。降りたってから、錦織に訊ねた。

「いつ、まのままるに連絡をとった。さっきのトイレか」

錦織の目がわずかに動き、五十メートルほど離れた家を見た。

「そう」

短く答えた。

沢辺が運転席の窓を下ろし、訊ねた。

「しばらくいるのか、あの家に」

「あまり長居はしないつもりだ」

「その方がいい。車の中で待っている」

私は頷き、歩きだした。

37

前にきたときと同じで、家の明りはすべて消えていた。錦織はとまどうようすもなく、小さな門を開け、白く塗られた扉の前に立った。肩にかけていたポシェットから鍵をだし、さしこんだ。

その鍵を見て、ふと胸が詰まった。リングもキィホルダーも何もついていない、むきだしのただの鍵だった。少女がもつのには、およそ似つかわしくない。それは、このむきだしの鍵で開く扉の向こうに、待つ家族がひとりもいない事実を、何よりも露《あら》わに象徴している。

扉を開け、三和土《たたき》に入ると、錦織は慣れた仕草で明りのスイッチを入れた。男もののスニーカーが一足だけ、そこにはあった。

「いるんでしょ。着いたよ」

錦織が、暗い廊下の向こうに声をかけた。

私はうしろ手で扉を閉じ、錠を下ろした。腐敗臭はなかったが、長期間、空気の入れかえをしていない家特有の、こもったカビ臭さがあった。

廊下の明りがついた。

「二階だよ」

声が降ってきた。上がり框《かまち》を廊下へ二メートルほど進んだ位置に、二階へとつながる階段があった。廊下の明りは、階段の上からでもつけられるようだ。

「今いく」

やりとりは砕けていて、家族か恋人を思わせた。

錦織はつけ加えた。

「ひとりじゃないからね」

靴を脱ぎ、気づいた。廊下にも階段にも、びっしりとその壁に、マンガの原画と思しい絵が飾られていた。

瞳が強い輝きを放つ少女が、どのコマにも描かれている。

まるで美術館だった。錦織は改めてそれを私に示すことなく、階段を昇った。

階段をあがった踊り場に面して、ふたつのドアがあった。そのひとつが開いていて、八畳ほどの洋室とつながっていた。

壁一面に厚い遮光カーテンがかかっている。部屋の中央には、扉を向く形で大きな机がおかれ、そこにすわったままのまるがこちらを見つめていた。

机にとりつけられたスポットライト型のスタンドの光が、眼鏡に強く反射して、その表情はうかがえない。

机の上には、マンガを描くのに必要な、さまざまな道具があった。まのまるは、Tシャツの上に袖を落としたトレーナーを着ていた。トレーナーは仕事着らしく、インクや墨のような染みがとび散っている。

「またお会いしました」

私はいった。

「何しにきたんですか」

さして怒っているようすもなく、まのは訊ねた。

「あなたと彼女に、別の場所に移っていただきたいのです」

「他にいくとこなんてないよ」

まのはいった。私のかたわらにいた錦織が動いた。まのの横に立ち、いった。

「描いてたの？　また」

「ああ。今度のはちょっと強烈だよ。だいぶ大人っぽくなってきた」

まのは、まるで打ち合わせでもしているような口調で答えた。

「本当だ。すごい、これ」

錦織は触れないように髪をかきあげておさえながら、机上の原画をのぞきこんだ。

「避難する必要があるんです。東和会があなた方に危害を加える可能性がある」

「馬鹿げてる。弟がそんなこと許す筈ないじゃない。弟は、今、けっこう上の方にいるんだ」

まのは真に受ける気などないように、いった。

「事態は、守本さんでもおさえられないほど大きくなっています。小倉という売人が殺され、警察は東和会が薬物の密売に関与していると考えて、捜査を進めている」

「その件は片づいたよ。犯人が自首したんだ」

歌うようにまのはいった。

「身代わりです。身代わりだということを警察も知っている」

まのが不意に立ちあがった。

ガタンという音とともに、まののすわっていた椅子の背もたれが大きく跳ねた。

「嘘だ」

まのは強い口調でいって、私をにらんだ。

「何が嘘なのです？」

私はまのを見つめた。

「だから……身代わりなんてのは嘘だ」

まのは口ごもった。スタンドの強い光の下を脱し、まのの表情がはっきり見てとれるようになった。

ショックをうけていた。顔色は悪く、不精ヒゲがのび、顔全体に脂が浮きでている。

「なぜそう思うのです？　自首した犯人を知っているのですか」

「ちがうよ。知るわけないじゃないか。でも犯人はそいつなんだろ」

「誰がそういいました？　弟さんですか」

まのは黙った。私はそれ以上追いつめることはせず、いった。

「とにかくここをでましょう。あなたも彼女も、そして私自身も、とても危険な状態にある。東和会は、警察より先に我々をおさえようとしています」

まのは首をふった。

「信じられない」

手が机上の携帯電話をつかんだ。

「弟に電話する」

「してもかまいませんが、ここにいることは話さないように」

「あんたの指図なんかうけないよ！」

まのは激しくいった。

「だいたい、あんた何なんだよ。何も関係ないのに、人のことつけ回して……」

「その点についてはあやまります。まのさんのプライバシーを暴くつもりはもう、なかったのです。しかし別の件から、あなた方にかかわらざるを得なくなった」

「そんなこと誰も頼んでない！」

まのは吐きすて、携帯電話のボタンを押した。耳にあてる。そのまま待った。

私は錦織に目を向けた。わずかに緊張した表情でまのを見つめている。

やがてまのが電話をおろした。

「でない……」

不安げな表情になっていた。

「でられない状況にある、と見た方がいい」

「何いってんだよ！　何も知らないくせに。わかったようなことというなよ」

「今から五年前、もう少し前かもしれない。東和会は『ブロケード』を乗っとり、薬物の密売で得たアガリを洗う、マネーロンダリングの材料にしようと考えていた。ところが同じ頃に、医療法人を同じ目的で買収しようという計画が立ちあがり、東和会はそちらを選択した。東和会と組み、『ブロケード』を宗教法人にまで拡大しようと考えていた錦織和人は、自分を教祖に〝改造〟しようとして失敗し、その医療法人の病院に入院する羽目になった。まのさんはその際、東和会の買収資金を援助して、錦織和人の治療が永久につづけられるよう、はからった。あなたのその貢献のおかげで、弟さんは、東和会のいい顔になることができた。一方、あなたは彼女の〝後見人〟として、いっしょに住むようになった。身寄りのない彼女を、父親の面倒をみることでひきとることができたわけだ。あなたにとっては、夢だったのでしょう。自分だけの少女を独占し、我がものにする。彼女がまだ小学生だった頃から、あなたはそれを願っていた。『ブロケード』の道場で見初めたんだ。そして、あなたは彼女を教育した。彼女の考え方、周囲に対する視線。すべてあなたが植えつけたんだ。そう、彼女は、あなたに対してだけは、絶対的な信頼をもっていた。問題が起きたのは、彼女があなたを絶対視したように、彼女自身も、自分を絶対視する人間を求め始めたときだ。小倉。雅宗。しかもこの二人を自分の犬にするにあたっては、彼女は、あなたが思いもよらなかった目的をもっていた。渋谷から、薬物を追放したい、少なくとも、彼女の周辺の人間にクスリが売られるのをやめさせたい、そう考えていた。それが、雅宗の自殺につながり——」

「嘘だ！」

「ちがう！」

　まのと錦織が同時に叫んだ。

「誤解しないでよ！　先生はあたしに指一本触れてないよ。あんたが考えるような、そんないやらしい関係じゃない！」

「そうか」

　私は頷いた。

「だったらそれが問題だったのじゃないか。大人が子供を教育するのとちがい、お前が小倉や雅宗を教育するには、体がどうしても必要だった。お前は、彼とは寝なかったろうが、小倉や雅宗とは寝た。それが彼には我慢がならなかったとは、思わないのか」

錦織は目をみひらいた。

「馬鹿いわないでよ。先生とあたしはそんな関係じゃない。ねえ――」

まのをふり返った。まのの額にびっしりと汗の粒が浮かんでいた。

「――具合悪いな」

まのがつぶやいた。

「いろんな、嫌なこといわれて、気持が悪くなってきた……」

「大丈夫？」

錦織がまのの肩に触れた。まのは力なく首をふった。

「もう帰ってもらおうよ。僕らのことを何も知らない人に、無責任なこといわれたくないよ」

私の方は見ずに喋った。

「まのさん」

私がいいかけると、錦織がさえぎった。

「もうやめて。帰ってよ」

「いいのか。このままじゃ、渋谷にもっとクスリが溢れるぞ」

「関係ない！」

錦織はかぶりをふった。

「もう、先生とあたしをほっておいてよ」

「それができないからここにいるのだろう。お前たちは殺されるんだ。わからんのか!?

今この瞬間も、俺たち全員を、どこかの山の中に埋めようとして、東和会の人間が血眼《ちまなこ》になって捜してる」

「嘘だあっ」

まのが怒鳴った。

「そんなの嘘だあっ。連中は僕らに手だしなんかできない。僕は何億円てお金を彼らにだしてやってる。彼女は、お父さんを犠牲にされた。そんなことできる筈ないじゃないかっ」

「彼らを何だと思っているんです？　まっとうな会社のサラリーマンだとでも？　そんな借り、あなたが死ねばおしまいだ。実際、あなたに何をしてくれました？　守本はあなたのいうことを聞いたろう。それは兄弟だからだ。彼女を監視し、いった先、会った人間を逐一、報告した。あなたのかわりに、彼女の行動を制限した。あなたは何か、勘ちがいをしている。相手は暴力団なんだ。金のために、人をむしばむクスリを売り、人を威し、傷つけ、ときには殺す。いいか、組織がうまくいっている状態なら、あなたは邪魔者でもなく、出資した金を返せともいわない、太っ腹な先生だったかもしれない。だが考えてみろ。あなたが金に困ったとき、彼らはあなたを助けてくれたか。何億と出資している人間に、一千万でも回してくれたか。くれなかった。だからあなたは、自分の描いたとされている原画の中から、死んだマネージャーの作品を選んで売ったんだ。いいかげん、利用されているだけだということに気づいたらどうだ。弟はあんたを大切に思っているかもしれんが、弟以外の人間にとっては、あんたはもう邪魔なだけなんだ。それどころか、身代わりも通じなくなった今、危険なんだよ！」

まのは私を見つめた。私が気づいていることに、ようやく思いいたったようだ。

私は一歩進みでた。

「身代わりをどこが立てたか、知っているか。いっておくが、東和会じゃない。渋谷を縄張りにする、別の暴力団、遠藤組だ。おそらく、自首した男は、小倉とは、口もきいたことがない。やくざが売人を殴り殺した――よくあることだから、それで通じると思ったのだろうが、状況はそんなに甘くない。警察は、バックに渋谷でのクスリの売買をめぐる利権がからんでいるとわかっている。なぜか。この私が教えたからだ。遠藤組は身代わりをさしだすことで、東和会の分け前にあずかろうとしている。だがそれは通らない」

「お前が壊したんじゃないか!」

まのは叫んだ。眼鏡の奥の目をいっぱいにみひらき、私をにらみつけている。

「だったら、お前じゃないか。お前が全部、ぶち壊したんだ!」

私の携帯電話が鳴った。すばやくでた。

「はい」

「きたぞ。車三台、十人は乗ってる」

沢辺が切迫した口調でいった。

「くいとめられるか」

「無理いうな。西が直接手をだしたら、戦争になる。連中はひきあげる」

私は息を吸いこんだ。

「わかった。待っていてくれ」

電話を切り、

「きたぞ」

とだけ二人にいって、着信記録を呼びだした。魚津は携帯電話から、私にかけていた。

その番号を呼びだした。

車の音が、家のすぐ下で聞こえた。ドアの開閉する音と足音がつづく。だが怒号や声高な命令は聞こえない。目的がはっきりしているからだ。なるべく騒ぎを起こさずに、ここにいる人間をさらえ、そう命じられているのだ。

　インターホンが階下で鳴った。

　魚津の携帯電話につながった。

「はい」

「魚津さんですか、佐久間です。小倉殺しの犯人といっしょにいます。たぶん東和会でしょうが、十人くらいが今いる家に押しかけてきている」

「住所を」

　短く魚津はいった。私は伝えた。

「このまま切らないで」

　魚津はいって、別の誰かと話し始めた。

「この家の鍵を守本はもっていたか」

　私はまのに訊ねた。まのは首をふった。

「だったら時間を稼げるかもしれない。下にいる連中は、大きな音をたてたりして、近所の家に一一〇番されたくない筈だ」

　私はいった。インターホンが沈黙した。ノックもない。

　魚津が電話口に戻ってきた。

「パトカーを手配しました。五分以内には着く筈です。もちそうですか」

「多分――」

「令、開けてこい」

まのがいった。錦織は凍りついたようにまのを見つめた。

「開けてくるんだ。下にきている人間が捜しているのは僕たちじゃない。こいつだけだ。こいつを連れていかせれば、僕たちはまた元通りに暮らせるよ」

錦織は動かなかった。

「早くしろよ！」

まのはせきたてた。

「先生なの？」

錦織が訊ねた。

「何が。早くしろって」

「小倉を殺したのは先生なの」

「馬鹿なこというな。かわいいお前の犬を、なんで僕が殺さなけりゃならないんだ」

まのは錦織をにらみつけた。錦織はまのの目の中をのぞきこんだ。

先に視線を外したのは、まのの方だった。

「もういい。俺が鍵を開けてくる」

「馬鹿なことはよせ。もうパトカーがここへ向かっている」

私はいった。まのは机上からつかみあげたものを私につきつけた。カッターナイフだった。スクリーントーンを切るのに使っている、細くちゃちな代物だった。

「くるなよ。僕は僕の世界を守るためには何でもする。あんたを殺して、下にいる人たちに片づけてもらうことだってできるんだ」

錦織が目を閉じた。

じりじりと机の反対側に回りこみ、まのは扉に向かった。

「やめておけ」

私はいった。

「本当に彼女が大切で、傷つけたくないと思うのなら、やめておくんだ」

まのは一瞬ひるんだ。だが次の瞬間、階段を駆け降りといった。

私の携帯が鳴った。

「どうなっている?」

沢辺だった。

「パトカーを呼んだ。あとは運だな」

「運だと。くそっ。何考えてやがる」

「いいから、待っていてくれ。きちゃ駄目だ」

私はいって、電話を切った。

「――本当なの」

低い声で錦織がいった。私は錦織を見た。

「あの人が、小倉を殺したの」

私は頷いた。

「もともと、お前には、誰にも近づいてほしくなかったのじゃないか。雅宗がいなくなり、残ったのは小倉だけだ。お前からひきはがしたかったのだろう。やくざに守られているとも思っていたし……」

錦織は顔を歪めた。

「でもなんで……」

階下が騒がしくなった。おさえた叫び声がして、階段を複数の足音が駆け上ってくる。

「退《さが》ってろ」

私はいって、机の向こう側に、錦織とともに立った。

最初に部屋に入ってきたのは、遠藤だった。

遠藤は私を認めると、ほっと息を吐いた。つづいて入ってきた男たちのうちのひとりがまのを羽交《はが》い締めにしている。

「やっぱり、こうなっちまうのか」

遠藤はつぶやいた。

「なんであんたがいる。聞いた話じゃ、ここにいるのは二人だった」

「あんたたち、誰なんだ⁉ 弟んとこの人か」

身をよじりながら、まのがいった。

「痛いじゃないか。僕は絵描きなんだ。右手を傷めたら、どうするんだ」

「大丈夫。おとなしくしていてくれたら、何もしませんよ」

遠藤がふり返った。

「アフターサービス、というわけか」

私はいった。

「アフターサービス？」

心外そうに遠藤は訊き返した。

「何のことです」

「小倉殺しの犯人に、組うちから身代わりをだしたのは、東和会との業務提携の話が固まったからじゃないのか。さらに、この二人をこっそり処分することも、契約条件に入っていたのか」

遠藤はじっと私を見つめた。表情はかわらなかった。

「佐久間さんみたいに頭の回る人は、そんなにお喋りじゃいけない。ふつうの頭のいい人間は、先のことを見越して、知らん顔でいるもんだ」

私は首をふった。

「今二人を殺せば――三人と考えているかもしれないが、ババをひくのはあんただ。遠藤組の組員が小倉殺しの犯人じゃないことに警察は気づいている。それだけならまだしも、本物の殺しまでしょってしまったら、厳しいことになるのは、あんたの方だ」

遠藤は皮肉げに微笑んだ。

「わかっていますよ。わかっていますがね、うちとしちゃ、選択の余地はないんです。大きなところと有利な条件で取引をするには、多少泥をかぶらなきゃならん、ということもある」

私は首をふった。

「手をひくべきだ。あんたさえ手をひけば、東和会は渋谷から撤退せざるをえなくなる。それくらい大きなダメージをこの件ではうける」

「嘘だ！　そんなことありえない」

まのが叫んだ。私は遠藤にいった。

「私が本当に知りたかったのは、東和会の商売の内容なんかじゃない。彼のことだった。途中で手をひこうと思ったが、できなくなった。彼の周囲の人間が、私の周囲の人間と複雑にからまりすぎていた」

「誰です、この人は」

まのをふり返りもせず、遠藤は訊ねた。

「有名なマンガ家だ。東和会の守本は、彼の弟だ」

遠藤はわずかに顎をひき、息を吐いた。

「守本さんか……」

「彼は、守本が自分を助けてくれると信じている」

遠藤はまのをふり返った。小さくかぶりをふって、おさえつけていた手下から、まのの体を放させた。

自由になったまのは荒々しく息を吸い、遠藤と向かいあった。

「守本さんはね、引退届をだしましたよ、本部に。上村さんもいっしょだ」

遠藤はいった。

「この先あの二人は、東和会とは一切、関係がない。死のうが生きようが、ね」

まのの唇が震えだした。

「嘘だ……。そんなの信じない」

「守本は消されたのか」

私はいった。遠藤は首をふった。

「そいつは知りません。俺は佐久間さんとはちがう。知りたがりじゃない。知らなくていいことだ」

「上村のシノギをあんたのところがうけ継ぐってわけだ」

遠藤は深々と息を吸い、小さく頷いた。

「そういうことになればいい、と思ってます。こちらの三人が生きてちゃ、そうはいかないだろうが」

私は首をふった。

「じゃあ、あんたにも役立つ情報をひとつ教えよう。東和会が警察に痛めつけられるのを、待ちかまえているところがある。そこの狙いは、新宿だ。今のところ渋谷は眼中にない。ここで手をひき、渋谷に関する条件を、そこと話しあえば、上村のシノギをひき継ぐよりも、大きい商売になるかもしれない」

遠藤は顔をしかめた。

「それを、はい、そうですかと、信じるわけにはいきませんよ」

「本当だ。警察が今、ここに向かっている。ここに三人の死体を残していっても、東和会はどちらにしろ助からない」

遠藤は首をふった。

「ブラフだ、佐久間さん」

「ブラフじゃない。あんたたちがやってきたことを知らせてくれた連中がいた。彼らはこの家をこっそり見張っていた。東和会の事件のなりゆきに興味があったからだ」

遠藤の目が厳しくなった。

「誰がそんなお喋りをしたんです」

私は首をふった。

「それはいえない」

遠藤は私の目をにらんだ。

「あなたは一匹狼だと思ってた。そんな奴らとつるんでいたのかよ」

「つるんでいたわけじゃない。遠藤さんもわかる筈だ。空き家ができればそこに入りこもうと手ぐすねをひいている連中は、どこにでもいる。たまたま、そういう連中の情報もこちらに入ってきていた、というだけだ」

「信じられねえな」

いって、遠藤は手下のひとりに命じた。

「おい、ちょっとまわりを調べさせろ」

手下は携帯電話をひっぱりだした。車に残してきた人間と連絡をとっている。

「心配しなくていい。彼らはひきあげた」あんたたちと戦争をする気はない」

私はいった。電話で話していた男が遠藤を呼んだ。

耳打ちをうけ、遠藤は訊ねた。

「ダイムラーが一台止まっているそうだが、中の男は、佐久間さんの連れか」

「そうだが、彼には手をだすな」

私はいった。遠藤は手下を見た。

「その車はそのままほっとけ」

手下が電話に告げた。

「いい加減にしてくれよ！　皆んな、帰ってよ。何やってんだよ」

まのが叫んだ。床にすわりこむ。

「彼は逃げたい。だが逃げる場所がない」

私は遠藤にいった。遠藤は私を見つめ、考えていた。やがていった。

「佐久間さんのいったことが本当なら、明日の新聞を見りゃわかる。ちがっていたらそのときは、俺があんたを殺りにいく」

私は息を吸いこんだ。

「私を憎んでいる人間はたくさんいる。だが、だまされたと思っている人間はいない」

遠藤は頷いた。そして手下をふり返った。

「ひきあげるぞ」

彼らはいっせいに動いた。まのと錦織、私をその場に残し、どやどやと階段を降りていった。

玄関の扉が閉まる振動が伝わってきた。

私は大きく息を吐き、煙草をとりだした。

「吸うな。ここはあんたの家じゃない」

まのがいった。私は頷き、煙草を戻すと、階段に向かった。

「どこにいくの」

錦織がいった。

「表で吸ってくる」

私は答えた。

38

玄関をでて、小さな門をくぐり、煙草をくわえた。魚津の言葉のわりには、警察の到着は遅かった。まだサイレンすら聞こえてこない。

一服めの煙を吐きだしたとき、玄関の扉が開いた。錦織だった。

「彼は？」

私は訊ねた。

「マンガを描いてる」

錦織は答えた。私は無言だった。

「かわいそう。あの人は、描くことしかできない」

私は二服めの煙を勢いよく吐いた。

「今よりもっとスポットライトを浴び、もっと次作を人々が待ち焦がれているときに、彼は描くのをやめてしまった。やめるに至った理由は、同情できるものもあったが、ややめるのを決めたのは彼自身だ。そのことを後悔するならば、たとえもっと惨めで、もっと金にならないとしても、彼にはマンガ家として生きていく道はあったと思う。だがそれを選ばず、今がある」

「わたしが悪いの？　わたしの存在があの人をこうさせたわけ？」

詰問でも非難でもなかった。純粋な疑問だった。私は錦織の方は見ずに首をふった。

「ちがう。どうあるとしても、それは彼が選んだ結果だ。たとえ子供のときからマンガを描くことしか知らず、それがいつのまにか巨額の金にかわり、本人の想像もつかないほど多くの人々から支持をうけて、人生を翻弄されてしまったとしても、彼のその選択は、彼のものでしかない。なぜなら責任を負うべき人間は、ひとりではないからだ。読者や編集者、マネージャーや兄弟、ひとりひとりの責任は割っていけば、それこそ何十分の一、あるいは何百万分の一だろう。そんな責任を問うことなんてできやしない。つまりは、彼が負うべき責任だ」

錦織は黙っていた。

サイレンが聞こえてきた。魚津は、わざとパトカーの到着を遅らせたのではないか、と私は思った。警官が必要とされるのは、常に、事件の前ではなく、後だ。

「あの人は刑務所に入るの」

「たぶん」

私は答え、煙草を踏み消した。

「あの人が刑務所からでてくるときは、あたしはもうあの人に必要じゃない」

涙声だった。

「鑑賞品としてはそうだろう」

私はいって、錦織をふり返った。

「だが人間としてはどうかな」

錦織は私を見つめた。

「人はいつも初めから誰かに必要とされると決まっているわけじゃない。そういうふうに運命づけられる関係もあるが、自ら望んで相手が必要と感じてくれるよう、かえていく関係だってあるんだ」

到着したのは、二台の覆面パトカーだった。八人の男たちが乗っている。

「初めてやさしいことといったね」

警官を迎えた私だけに聞こえる声で、錦織はいった。

39

守本と上村の行方は不明だった。まのまま《まま》るは、取調べに対し、小倉を殺害したのは自分であると認めた。さらに錦織令と私から、警視庁捜査四課は、神奈川県厚木市の、「医療法人神厚会　伊勢川病院」が、東和会のマネーロンダリングに使われているという情報を得て、内偵に入ることを決定した。

私は勾留こそされなかったが、警視庁の用意した宿泊施設で二晩過すことを求められた。警察は、暴力団の大がかりなマネーロンダリングを摘発し、マスコミを通して、金融や関連機関、さらには国民を啓蒙する機会をうかがっており、私たちの情報がまさにうってつけのタイミングで提供されたというわけだ。

三日間をかけた事情聴取から解放された私が、警視庁をでたのは、午後四時過ぎだった。

錦織はすでに自宅に帰されている、ということだった。代官山のマンションは、警察によって捜索をうけた筈で、おそらく初台の家に戻ったのだろう、と私は思った。

警視庁から乗りこんだタクシーの中から、私は沢辺に電話をした。

「今、桜田門をでた」

「長びいたな。同情はしないが」

沢辺はいった。彼は私のために、財団の顧問弁護士をさし向けた。そのおかげで勾留されずにすんだのだった。小倉殺しの犯人ではないとはいえ、警察にとって私はひどく問題のある事件関係者だった。総務課長である皆川の口添えがあったとしても、魚津は限りなくクロに近い、と私を見ていたようだ。

「迷惑をかけた」

「手間はかかったが、迷惑とは思っちゃいない。来週、静岡に顔をだす。向こうで会おう」

沢辺はいった。二日前に、東京から神戸に戻ったのだ。

ホテルの前で車を降りた。フロントで鍵をうけとり、エレベータに乗りこんだ。

元人気マンガ家のおかした殺人について、マスコミはいろいろと書きたてている筈だった。近いうちに岡田に会って、知る限りの話をする義務を私は感じていた。

部屋の鍵を開けた。一歩踏みこんだとたん、側頭部に激しい衝撃をうけ、床に転がった。

「待ってたぞ」

守本が見おろしていた。ネクタイなしでワイシャツとスーツを着け、右手に拳銃を握っている。ベッドには、見覚えのない男が腰かけていた。色白の二枚目で、やくざらしくはない、ジーンズ姿だった。

「上村はつきあいたくねえっつったんだけどよ、痛い思いをしたのは同じだ。手はださなくていいから、見てろっていったんだ」

私をまたぐようにして仁王立ちになり、銃口をつきつけた守本がいった。部屋のドアは閉まっている。

「いいたいことはいろいろあるが、死んじまう奴に聞かせたって始まらねえや、なあ」

守本はいい、

「枕よこせ」

上村に命じた。上村の顔は青ざめていたが、言葉にしたがった。ベッドから投げられた枕を、守本は私の顔に押しつけた。

「すぐすむぜ。二発がとこ、顔にぶちこんでやる」

のしかかり、体重をかけてきた。言葉も発せなかった。

不意に激しい音と響きで、部屋が揺れた。撃たれたのではなかった。

「なんだ、てめえらっ」

怒号が聞こえたが、応える声はなかった。高圧電流の音と悲鳴が聞こえ、私の上の重みが消えた。枕が蹴られ、視界が開けた。

「間一髪やったな」

見知らぬ男が私を見おろしていた。肉の焦げる匂いを嗅ぎ、その男が手にしたスタンガンに気づいた。かたわらに守本が転がっていた。部屋には、新たな侵入者が四人いた。いずれも作業衣のような、灰色のツナギを着けている。二人が上村の口にガムテープを貼り、手錠をかけた。守本も同様の姿になった。

スタンガンを手にした男がいった。

「沢辺の坊《ぼん》には、いらんことせんでええ、いわれたんやりどな。いろいろ役に立ってもろた礼や。しんどかったで。三日も張りこまさせられて……」

私はゆっくりと体を起こした。守本はまだぐったりとしていて身動きをしない。上村も抵抗するようすはなかった。顔色が悪く、まるですべてのことに興味をなくしたかのように、されるがままになっていた。

呼吸が苦しかった。死が一瞬のうちに私をかすめていったのだ。事故でも病気でもなく、他人が押しつけてくる死。

床の上にすわったまま上村を見た。何も見ておらず、何も聞こえていない。たとえ、関西弁を喋るこの男たちが現われなかったとしても、自分の運命にさほどのちがいはない、と感じているように見えた。

上村にとっての死とは、ついさっき私をかすめていった死と、形がちがっている。上村はすでに死んでいた。東和会を追いだされ、すべてのシノギをとりあげられた今、やくざとしての上村は死んだ。

殺したのは、私だ。その死のすべてではないが、大部分に私の責任がある。だがそうであっても、上村は、守本ほどには私に憎しみを感じていないように見えた。復讐が、決して失ったものを呼び戻さないと、気づいているからだ。

「立てんのか」

男が訊ねた。私は男に目を移した。ごま塩頭をした、ごくありふれた風貌の男だった。他の三人も同じで、特にすごみや殺気を漂わせているわけではない。それはとりもなおさず、彼らが、業務としてこの種の仕事をこなしているプロだという証しだった。

私は首をふった。

「あんたたちは、西からきたのか」

「どこでもええこっちゃ。いらん節介やった、いうんか」

男の目にわずかな怒りがのぞいた。その手には、守本から奪った拳銃があった。

「そうじゃない。助けてもらったことはありがたいと思ってる」

「これで貸し借りなしや」

男はいった。私はもう一度首をふった。

「貸しを作ったなんて、思っていなかった」

「せやろな」

嘲《あざけ》るように男は答えた。

「けど義理固い、いうんは、大事なことや。なんぼ、沢辺の坊があかんいうたって、やらなあかんことは、やらなあかん」

私はもう一度、守本と上村を見やった。守本の瞼が痙攣《けいれん》している。

「彼らをどうするんだ」

「知らんでええこっちゃ」

無表情に男はいった。

「教えてほしい」

私は男の目を見つめた。男は目をそらした。いうべきかどうか、つかのま迷っているようだった。

「――洗濯物入れる、大きなワゴンが、廊下においてある。それに詰めて運ぶんや。裏口に、別の車が待っとって、乗っけたら、わいらの仕事は終わりや」

「そのあとはどうなる？」

「知らんわ」

いらだたしげに男は首をふった。

「どこぞに埋めるか沈めるんやろ。ほっときゃまたろくなことせんやろからな」

私は小さく頷いた。

「煙草を吸っていいかな」

「好きにせえ。あんたの部屋や」

立ちあがり、ライティングデスクにかけた。煙草をとりだした。手が震えていた。火をつけ、ゆっくり大きく吸いこんだ。

「うまいやろ。命ひろたあとの一服は」

男が笑った。急いで立ち去ろうというようすもない。といって、この先何かを私に期待しているわけでもなかった。

私は無言で煙草を吸いつづけた。男たちは、守本と上村を縛りあげたあとは、まるでひと仕事を終え次の指示を待っている運送業者のように見えた。

吸い終えた煙草を、灰皿に押しつけた。

「二人をおいていってもらえないか」

男は私を見直した。

「なんやて。今、何いった？」

「この二人をおいていってもらいたい」

男はすぐには答えなかった。私をしばらく見つめ、訊ねた。

「何、考えとんのや」

私は首をふった。

「何も。別に何も考えてはいない」

「助けたろ、いうんか。助けたら、また命、とりにきよるで。おおきに、ありがとうございました。二度ときいしません、そういう、思うとるんか」

「わからない。だが死人はいらない」

男は目を細めた。

「自分で殺れ、いうとるわけやない。始末つけたったる、いうとんのや」

「それもいらない」

「ほな、もう一回、元戻そか。こいつら自由にしたって、チャカ渡して、わいら消えよか」

私は手をさしだした。

「拳銃はうけとっておく」

「警察に渡す、いうのやないやろな。警察でてきよったら、わいらのことも知れるわ。そないなったら、今度はあんたをさらう羽目になるで」

男の目が冷たくなった。

「警察は関係ない。助けてもらったことは本当に感謝している。だが、これ以上は何もしないでいてほしい」

「いっしょにされるのは嫌や、ちゅうことか」

男の顔に暗い影がよぎった。事務的で淡々とした態度をとっていた男の、本質が少しだけ姿をのぞかせたように見えた。

「そんなことはいってない。とにかくこれ以上、人が死ぬのは嫌なんだ」

「甘いこというとんなよ。こいつは、あんたを殺るつもりやった。そうさせんために、わいらはここに三日も詰めとったんや。それがなんや。いらん仏心起こした、いうんか」

「仏心とはちがう。この連中が死んでも、誰も喜ばない」

「喜ぶ、喜ばん、の問題やない。仕事なんや、これは」

「だったら今から沢辺に電話して、手をひくようにいってもらう」

男の表情がかわった。

「何なめたこというとんのや。命張ったのはこっちやど」

「最初に死にかけたのは、私だ」

私はいって男の目を見返した。そこに、私を殺すことの損得勘定が浮かぶのを見たような気がした。

だが不意に男は目をそらした。

「ええわ。おい、手錠外したれ」

拳銃をライティングデスクの上においた。

無言で見守っていた男たちが、守本と上村の手錠を外した。意識をとり戻した守本の目が、ぼんやりと拳銃に注がれている。

作業が終わるのを待って、男は、

「いくで」

と仲間を促した。三人が先に部屋をでた。最後に部屋をでかけ、男は私をふり返った。

「わいはあんたのことはよう、知らん。だがひと言だけいうといたる。極道はクズやが、その極道からも弾かれた者《もん》は、もっとクズや。クズっちゅうことは、何も失くすものがない、ちゅう意味や。そんなもんと命ひきかえても、誰もほめてくれんで。それはわかっとんのやろな」

私は無言で頷いた。

「ほな、ええわ」

いって男は部屋をでていった。ドアが閉まり、私は私を殺しにきた男たちとあとにとり残された。

拳銃を手もとにおいたまま、私は二本目の煙草に火をつけた。上村は無言でベッドに腰かけ、守本は床に寝そべっている。もし二人が同時に襲いかかってきたら、私はこの銃を使うことができるだろうか。ふと、考えた。

拳銃はありふれたリボルバーで、ひき金さえ引けるなら、弾丸はとびだすように見えた。

「――どういうつもりなんだ」

守本がいった。床に手をつき、体を起こしている。

「俺らを助けたって、お前に対する恨みは消えねえぞ」

「どうもこうもない」

私はいって煙草を口にくわえ、右手を拳銃にのせた。上村が私の顔を見つめた。

「――よぶんなことしちまった」

上村がつぶやいた。独り言のような、抑揚のない口調だった。

「よぶんなこと？」

「銀座であんたを叩かせた」

「よけいなことというんじゃねえ」

守本が止めた。

「こいつは何も知らない」

「わかってたよ。あんたたちの指示だと」

守本が床の上にあぐらをかいた。

「だったらなんで手をひかなかった」

「一度は手をひこうと思った。まちがえないようにいっておくが、痛めつけられたからじゃない。あんたとあんたの兄貴との秘密を暴いても、誰も喜ばないだろうと思ったからだ。まのままるには興味があったが、興味だけで人の暮らしをかきまぜるのは、よくない」

「ふざけるな。お前がやったのは、まさにそれだろうが」

私は守本を見た。

「だがあんたのやったことは許されることじゃない」

「俺が何をした？」

「あんたの兄さんのマネージャーだった水飼は、自殺したのじゃない。あんたが殺した。ちがうか？」

私は守本の目を見つめ、いった。守本は答えなかった。

「みごとな手際だった。警察もだまされたほど」

「――知らねえな」

守本は横を向いた。

「水飼は、あんたの兄貴を、読者のもとにつなぎとめようとした。だがあんたはちがう考えだったのじゃないか」

守本は無言だった。

「何を考えていたかは、私にもわからない。ただいえるのは、あんたが水飼を殺したのは、あんたのためでなく、兄さんのためだった」

守本は再び私を見た。

「許せねえと思ったことがひとつ。あいつは、兄貴の真似をして、思いあがった。俺はいった。兄貴のしているのは人間の暮らしじゃねえ。もうしこたま稼いだんだ。いつまでも出版社なんかに義理立てすることはねえ、足を洗ったらどうだってな。なのに野郎は、それは読者への裏切りだってほざきやがった。そういう手前はどうなんだ。兄貴の真似をして、兄貴の名前を使って、それで悦に入ってやがった。兄貴にぶらさがり、マネージャー面《づら》をして、兄貴の全部が手前の思い通りになると考えてやがった。一番苦しんでいるのは兄貴だ。奴はあとからきて、おいしいとこだけをもっていき、そのくせ兄貴の尻を叩いた。それでも兄貴が動かないと、勝手に兄貴のかわりに、描きやがった。あげくに俺にいった。『もう必要なのは、まのままるの名前だけだ。あんたは兄さんを連れて好きなことをするがいい。ここから先、まのままるは、俺が背負う』ってな。ふざけるな、この野郎、ぶっ殺すって決めた。だがふつうに殺ったんじゃ、兄貴が駄目になる。だからきれいに殺った。証拠は何もねえ。警察《サツ》にたれこんだって無駄だ」

「問題はそんなことじゃない。誰も気づいていないと思ったあんたの殺しに、兄貴が気づいたってことさ」

「ふざけんな」

「本当だ。だからこそまのままるは筆を折った。そして『ブロケード』に走り、錦織令にのめりこんだ」

守本は私をにらみつけた。殺したいと思う気持がさらにつのっているのを感じた。

私はいった。

「あんたの兄貴を壊したのは俺じゃない。俺がしたのは、壊れた原因をつきとめることだ。東和会のマネーロンダリングに兄貴をひっぱりこんだのは、あんただ。兄貴を尊敬していながら、その兄貴をマンガの世界に戻れなくしたのは、あんたなんだよ」

「てめえ……」

守本は歯をくいしばっていた。私は拳銃をつかみあげた。

「消えろ。私はこの話は警察にはしない。したところで、それこそ喜ぶ人間は誰もいない。私は何も気づいていないとき、錦織令を憎んだ。あの少女がすべての元凶だと思ったからだ。その憎しみから、これだけのことを知ろうとするエネルギーが生まれた。断じて、あんたら兄弟の秘密をのぞき見ようという気持からじゃない。それだけは忘れるな」

　上村が立ちあがった。守本を見つめ、首を動かした。

「てめえ――、忘れねえからな」

「じゃああんたも忘れるな。俺はあんたの殺しに気づいてもそれを告発しなかった。あんたとあんたの友だちを消そうとする人間たちから、あんたたちを助けた」

　守本は深々と息を吸いこんだ。

「どこか遠くへいくんだな。この街にはもう、あんたの居場所はない」

「そうする」

　守本が何かをいう前に上村がいった。

「少なくとも俺は、東京には戻ってこないつもりだ。うんざりだ。どんだけ骨を折り、危い橋を渡っても、組はヤバくなると平気で人間を放りだす」

　私は頷いた。

「その組もこれからたっぷり痛めつけられるだろう。警察は本気だ。厚木の病院は、遠からず丸裸にされる」

　上村は小刻みに頷いた。守本に歩みより、腕をつかんだ。

「いこうぜ。もう用はねえ。俺たちの用は終わった」

「終わってねえ！」

守本はそれをふりほどいた。

「この野郎を、俺は殺してえんだ！」

私を指さして叫んだ。上村は聞かず、もう一度守本を抱え起こした。

「負けたんだ。俺たちは負けたんだよ」

「ちがう……。ちがう……」

だがそれ以上は抗《あらが》うことなく、守本は上村に抱えられて、部屋をでていった。閉まった直後、激しい音がして、守本がドアを蹴ったのがわかった。

そして、それきりだった。もう誰も私を訪ねてはこなかった。

殺す者も、救う者も、現われなかった。

私は鍵をかけ、シャワーを浴びて、ベッドに横たわった。明日は錦織令を訪ねていき、すべてが終わったら、「セイル・オフ」で働かないかと勧めてみよう、と考えていた。


（完）

解説

「ご開帳」に余分なダンスはいらない

福井晴敏

「今のお前がかつての佐久間公のような探偵だったら、あくびもでないほどありきたりでつまらん事件だと思ったかもしれないぜ」

本作の語り手・佐久間公の若かりし頃を知る親友の沢辺は、作中においてそんなセリフを言い放つ。

失踪人調査という小さな入口から始まって、予想もしない大がかりな出口へと導かれるあの感覚。時にはCIAやKGBまでが登場し、破綻すれすれの危うい境界線を渡りながら、そのリーダビリティと筆力をもって読者をねじ伏せてしまう――そう、確かに本作には、往年の佐久間公シリーズに見られた派手な展開はない。内閣情報調査室も出てこなければ、「国際監視委員会」も登場せず、銃撃戦もカーチェイスも入り込む余地がない。殺人事件があるにはあるが、それ自体にさほど重要な意味はなく、事件が起こるのも後段に入って以後のことだ。

にもかかわらず、ではないし、だからこそ、という言い方も違うのだが、本作は重い。かつてのシリーズも、ライトを装いつつ十分にヘビーであったとはいえ、人称が〝僕〟から〝私〟に変わった佐久間公の物語は、明らかにそれまでと位相を異にしている。無意識にヘビーという表現を使ったが、『感傷の街角』から『追跡者の血統』に至る〝僕〟の物語が「ヘビー」なら、『雪蛍』を経て本作に到達する〝私〟の物語は「重い」。この言葉のニュアンスの違いに凝縮されるなにかが、『心では重すぎる』というタイトル通り、本作を質・量ともに重たくしている。

バブル崩壊以後の、社会構造と人心の変容。東西冷戦終結によって、極度に複雑化したエスピオナージ物の状況。なにより、ハードボイルドを含むエンターテインメント小説の社会的な位置付けの変化——ありていに言うなら「衰退」。そうした外的要因に影響され、大きな風呂敷を広げにくくなっているだけなら、本作がこれほど重たくなることはなかった。荒唐無稽をぎりぎりの線で小説的に押さえ込む筆力、その気になれば現在進行形で若者にシンクロできる感性を、作者は『天使の牙』シリーズや、復活した『アルバイト探偵』シリーズで証明している。本作の醍醐味は、デビュー当時から佐久間公とつきあい、ともに年齢を重ねてきた作者が、裸で現代という状況と向き合うところにある。作家としてキャラクターを操るのではなく、大沢在昌という個人を投影した主人公が物語に没入し、呻吟し、自分の中のさまざまな拘泥を発見・再確認する過程でドラマが紡がれてゆく。語弊を覚悟で言うなら、一本の小説を紡ぐ業務上の必要を後回しにしてでも、大沢という個人がいま現在抱えている疑問、恐れ、諦念、いら立ちといったものが主人公に託され、自分なりの（いま現在の）結論が出るまで突き詰められているのだ。

正体不明の憎しみを周囲にまき散らし続ける少女、彼女に飼われている〝犬〟、己を傍観者と定義し、人との接触を極度に恐れる男。自分には理解できない場所にいる彼らとの対話は、時に禅問答の様相を帯び、「変わったのは社会か、それとも自分か」と内省をくり返し、本質を見極めようと苦闘する佐久間公の調査行は、そのまま都市という煉獄《れんごく》をさまよう巡礼の旅になる。そこには、自在に街を泳ぎ回り、若さを武器に時々の状況に立ち向かってきた佐久間公の姿はない。「あくびもでないほどのつまらん事件」であっても、関わる人間ひとりひとりに人生があり、〝心〟があり、自分もその中のひとつでしかないという現実を、理念ではなく体で覚えた――すなわち、「世の中を知ってしまった」ひとりの男の懊悩が浮かび上がるのみだ。

だからこそ、と今度は疑いなく言おう。本作はおもしろい。下世話な言い方だが、円熟を拒み、現役であり続けることにこだわる作者の心中が透けて見える瞬間、本作は作り事を超えた重さをもって読む者の胸に食い込んでくる。それは〝僕〟の物語では表現し得なかった重み。〝私〟と自称する年齢になったがゆえに語ることが可能な、真正ハードボイルドの重みだ（ハードボイルドの定義は千差万別だろうが、ここでは作者の人生観、社会観を通して世の中の事象を切り取り、我と他＝全の中の個のあり方に興味を見出すジャンルと定義する）。

これはしかし、作り手にとってはとてつもなくしんどく、始めるには勇気のいる作業だ。創作、ことに個人作業が基幹となる小説は、作り手の内面が否応なく作品に露呈する。言わば精神的なストリップのようなものだ。大沢ほどの作り手が、技巧を排し、徹底的に己の内面と向き合うとはどういうことか。下世話な喩《たと》えが続くが、こういう言い方をしよう。優れたダンスで十二分に客を魅了できるストリッパーが、あえて最後の一枚をぬいでみせたのに等しい、と。技巧を知らず、年中ご開帳で場をしのいでいる筆者がそれをやるのとでは、そもそも重みが違うのだ。

この解説を読んで本書の購入を決めようとされている方々のために、ここで遅ればせの注釈をひとつ。シリーズ作品と知って敬遠される向きもあるかもしれないが、心配はご無用。本作はこれ一本で完全に独立しており、他のシリーズを読んでいなくても十分に楽しめる。「知っている人だけがわかる小ネタ」を連発し、ドラマがお留守になっている昨今の流行物とはわけが違う。本作で初めて佐久間公と出会った筆者が言うのだから、間違いない（叱責覚悟で白状すれば、本作を読むまでそういうシリーズが存在することも知らなかった)。

が、過去作とともに積み重ねられてきた年輪が、主人公と、それを取り巻く準レギュラーのキャラクターたちとの関係性に作用し、厚みを与えているのは事実だ。沢辺との会話などは、後追いで過去作を読んでから読み直すと、独特の味わいと深みがある。「過去のある男」はハードボイルド物の定番とはいえ、作り手やファンが見守る中で足跡を刻んできた佐久間公の過去は、ある意味まぎれもない本物だ。若くしてデビューし、その時その時の自分を佐久間公に投影してきた作者でなければ描き得ない、希有なキャラクターと言えるだろう。

してみると、十年余のブランクを経て〝僕〟から〝私〟になった佐久間公が、その間に『新宿鮫』シリーズを大ヒットさせ、すでに大家の域に到達した大沢在昌に「ご開帳」を強要し続けるのは、むしろ当然のことなのかもしれない。作家としての原点、青春の尻尾。表現のしようはいくらもあるが、そのどれでも言い尽くせない思い入れ、シンクロニシティが、作者と佐久間公を不可分にさせているのだろう。

かつては若者の中に身を置き、大人には立ち入れない視点から事件解決の糸口をつかんでいた探偵が、一転、若者から問答無用に距離を置かれる大人になり、その埋めようのない距離に戸惑い、疎外感を覚える。作り事であるなら——いや、現実においてさえも——、時代が変わったと感傷に浸っておさめるやり方はあるだろう。事実、大半の人間がそうしている。だが作者は、佐久間公にそんな安易な道を歩ませはしない。

確かに時代は変わった。社会構造も人心も変化しただろう。だが人の営みは基本的に不変なのではないか？　それを変わったと感じるのは、取りも直さず自分の見る目が変わったということではないのか？　地球さえ自分の手で動かすことができると信じられた情熱、世界が未知で輝いていた頃の飽くなき好奇心は、いまの自分にはない。若い時には見えなかったもの、気づかなかったものが行く先々で足枷《あしかせ》になる。知っていても無視できた、あるいは知ったつもりになっていた「痛み」が、衰えたかもしれない肉体と精神に容赦なくのしかかってくる。〝心〟で受け止めるには〝重すぎる〟痛み。かつての自分は、そんな重みを感じることなく探偵でいられた。傍観者を気取り、他人の人生に土足で踏み込む仕事を肯定できた。それを若気の至りと否定してしまったら、後に残るものはなんだ？　探偵以外の生き方を知らないと言い、引退を願いながら依頼の途絶を恐れてもいる、いまの自分は何者だ――？

その答えを見出し、己の足場を定めるには、探偵という生き方を肯定するしかない。作者にとって、それはハードボイルドを著し続けてきた作家としてのアイデンティティと同義であり、目を逸らすわけにはいかない問題だ。目を逸らせば、その瞬間に作家としての自分は終わる。その焦燥感が行間から滲み出し、なぜ前に進むのかと自問をくり返しながら必死の自己肯定を試みるからこそ、本作は重い。「ご開帳」をやるのに余分なダンスは必要ないから、派手なドラマが展開される余地もない。〝僕〟の物語と〝私〟の物語が決定的に異なるのは、まさにそこだ。年齢と経験の重みを引きずった佐久間公は、すでにそれ自体がドラマであり、サスペンスやアクションといった事件に付随する「状況」を、以前ほど必要としなくなったのだ。

かくして、本作はほとんど私小説に近い作品になって結実した。が、それでもエンターテインメント作品としての本分を見失わず、ページを繰らせるリーダビリティを維持する作者の力量には、あらためて感服せざるを得ない。

こんなところで打ち明け話をするのも気が引けるが、大沢在昌という人は、明けっ広げなようでいて自分の内面をなかなか明かさない。一緒に酒を呑む機会があっても、創作の動機や苦労を口にすることはなく、バカ話に終始したりもする。趣味も多彩で、筆者のような朴念仁《ぼくねんじん》からは「上手に大人の男をやっている人」の見本に見えるのだが、時おりぽろりとこぼれる本音や、不意に見せる笑っていない瞳の向こうに、本作にも通じる孤絶が横たわっているのではないかと、ふとそんな気にさせられることがある。

他人に己の内面を見せないということは、他人の理解を欲していないということでもあり、それは佐久間公の生き方にも通じる。作中の心情吐露によって、そうは言っても寂しがり、恐れを抱える佐久間公の内面を読者は知ることができるが、周囲の人間たちはどれだけ彼のことを理解しているか。沢辺は理解しているようだが、もし彼がそう口にしたら、公は笑って否定するだろう。お前なんかにわかられてたまるか、と。大沢作品の根底には、人は孤独であるというテーゼがいつでも厳然と横たわっており、恋人や親友、肉親という間柄であっても必要以上に馴れ合うことはしない。冷めているのではない。孤独であればこそ、極限状況で培《つちか》われる信頼関係が至高の輝きを放ち、そのためには自己犠牲も厭わないキャラクターの献身行為が、説得力をもって読者の胸に響くのだ。

それを作中の技巧ではなく、自分の生き方をもって現してしまう大沢在昌は、ひどく不器用な人なのかもしれない。そんな自分を受け入れようと足掻き、いくつになっても「ご開帳」を厭わない魂が伝わってくるから、大沢作品は多くの読者に愛され、佐久間公も引退できずにいるのだろう、きっと。

（作家）

初出　「週刊文春」平成十年十二月十日号から平成十二年八月十日号
単行本　平成十二年十一月　文藝春秋刊
本書は平成十六年一月に出た文春文庫の新装版です。

本作品はフィクションであり、実在の個人・団体などとは一切関係がありません。

文春文庫

心《こころ》では重《おも》すぎる　下

定価はカバーに
表示してあります

2020年7月10日　新装版第1刷

著　者　大《おお》沢《さわ》在《あり》昌《まさ》

発行者　花田朋子
発行所　株式会社　文藝春秋

東京都千代田区紀尾井町 3-23　〒102-8008
TEL 03・3265・1211㈹
文藝春秋ホームページ　http://www.bunshun.co.jp

落丁、乱丁本は、お手数ですが小社製作部宛お送り下さい。送料小社負担でお取替致します。

印刷製本・凸版印刷

Printed in Japan
ISBN978-4-16-791531-5

（　）内は解説者。品切の節はご容赦下さい。

伊吹有喜
ミッドナイト・バス
故郷に戻り、深夜バスの運転手として二人の子供を育ててきた利一。ある夜、乗客に十六年前に別れた妻の姿が。乗客たちの人間模様を絡めながら家族の再出発を描く感動長篇。（吉田伸子）
い-102-1

岩井俊二
リップヴァンウィンクルの花嫁
「この世界はさ、本当は幸せだらけなんだよ」秘密を抱えながらも愛情を抱きあう女性二人の関係を描き、黒木華、Ｃｏｃｃｏ共演で映画化された、岩井美学が凝縮された渾身の一作。
い-103-1

歌野晶午
ずっとあなたが好きでした
バイト先の女子高生との淡い恋、美少女の転校生へのときめき、人生の夕暮れ時の穏やかな想い……。サプライズ・ミステリーの名手が綴る恋愛小説集は、一筋縄でいくはずがない!?（大矢博子）
う-20-3

上田早夕里
薫香のカナピウム
生態系が一変した未来の地球、その熱帯雨林で少女は暮らす。ある日現われた〈巡りの者〉と、森に与えられた試練。立ち向かうことを決めた彼女たちの姿を瑞々しく描く。（池澤春菜）
う-35-1

冲方　丁
十二人の死にたい子どもたち
安楽死をするために集まった十二人の少年少女。全員一致で決を採り実行に移されるはずのところへ、謎の十三人目の死体が!?　彼らは推理と議論を重ねて実行を目指すが。（吉田伸子）
う-36-1

逢坂　剛
禿鷹《はげたか》の夜
ヤクザにたかり、弱きはくじく史上最悪の刑事・禿富鷹秋《とくとみたかあき》――通称ハゲタカは神宮署の放し飼い。だが、恋人を奪った南米マフィアだけは許さない。本邦初の警察暗黒小説。（西上心太）
お-13-6

大沢在昌
魔女の笑窪
闇のコンサルタントとして裏社会を生きる女・水原。男を一瞬で見抜くその能力は、誰にも言えない壮絶な経験から得た代償だった。美しいヒロインが、迫りくる過去と戦う。（青木千恵）
お-32-7

大沢在昌
魔女の盟約
自らの過去である地獄島を破壊した「全てを見通す女」水原は、家族を殺された女捜査官・白理《ベイリー》とともに帰国。自らをはめた「組織」への報復を計画する。『魔女の笑窪』続篇。（富坂　聰）
お-32-8

大沢在昌
魔女の封印（上下）
裏のコンサルタント水原が接触した男は、人間のエネルギーを摂取し命を奪う新種の〝頂点捕食者〟だった！　女性主人公・水原の魅力が全開の人気シリーズ第3弾。（内藤麻里子）
お-32-10

大沢在昌
極悪専用
やんちゃが少し過ぎた俺は、闇のフィクサーである祖父《じい》ちゃんの差し金でマンションの管理人見習いに。だがそこは悪人専用住居だった！　ノワール×コメディの怪作。（薩田博之）
お-32-9

奥田英朗
イン・ザ・プール
プール依存症、陰茎強直症、妄想癖など、様々な病気で悩む患者が病院を訪れるも、精神科医・伊良部の暴走治療ぶりに呆れるばかり。こいつは名医か、ヤブ医者か？　シリーズ第一作。

お-38-1

奥田英朗
空中ブランコ
跳べなくなったサーカスの空中ブランコ乗り、尖端恐怖症で刃物が怖いやくざ……。おかしな症状に悩める人々を、トンデモ精神科医・伊良部一郎が救います！　爆笑必至の直木賞受賞作。

お-38-2

奥田英朗
町長選挙
都下の離れ小島に赴任することになった、トンデモ精神科医の伊良部。住民の勢力を二分する町長選挙の真っ最中で、巻き込まれた伊良部は何とひきこもりに！　絶好調シリーズ第三弾。

お-38-3

奥田英朗
無理（上下）
壊れかけた地方都市・ゆめのに暮らす訳アリの五人。それぞれの人生がひょんなことから交錯し、猛スピードで崩壊してゆく様を描いた傑作群像劇。一気読み必至の話題作！

お-38-5

（　）内は解説者。品切の節はご容赦下さい。

桜木紫乃
ブルース
貧しさから這い上がり夜の支配者となった男。彼は外道を生きる孤独な男か？　女たちの夢の男か？　謎の男をめぐる八人の女の物語。著者の新境地にして釧路ノワールの傑作。（壇　蜜）
さ-56-3

柴田よしき
風味さんのカメラ日和
地元に戻った風味が通うカメラ教室の講師・知念は天然なイケメン。だが、彼は受講生たちの迷える心を解きほぐしていく。「カメラ撮影用語解説」も収録した書き下ろしカメラ女子小説。
し-34-17

柴田よしき
輝跡
才能に恵まれながら、家庭の事情で一度は夢をあきらめた北澤宏太は育成ドラフトを経て、プロ野球選手になる。元恋人、記者、妻——一人の野球選手をめぐる女性群像物語。（和田　豊）
し-34-18

柴田よしき
風のベーコンサンド　高原カフェ日誌《ダイアリー》
東京の出版社をやめ、奈穂が開業したのは高原のカフェ。訪れるのは娘を思う父や農家の嫁に疲れた女性……。心の痛みに効くカフェご飯が奇跡を起こす六つの物語。（野間美由紀）
し-34-19

大崎　梢・近藤史恵・篠田真由美・柴田よしき・永嶋恵美
新津きよみ・福田和代・松村比呂美・光原百合
アンソロジー　捨てる
連作ではなく単発でしか描けない世界がある——9人の女性作家が持ち味を存分に発揮し、「捨てる」をテーマに競作！　様々な女性たちの想いが交錯する珠玉の短編小説アンソロジー。
し-34-50

重松　清
きみ去りしのち
幼い息子を喪った父。〈その日〉をまえにした母に寄り添う少女。この世の彼岸の圧倒的な風景に向き合いながら、ふたりの巡礼の旅はつづく。鎮魂と再生への祈りを込めた長編小説。
し-38-13

重松　清
また次の春へ
同じ高校に合格したのに、浜で行方不明になった幼馴染み。彼の部屋を片付けられないお母さん。突然の喪失を前に、迷いながら、泣きながら、一歩を踏みだす、鎮魂と祈りの七篇。
し-38-14

朱川湊人《みなと》
都市伝説セピア
〝都市伝説〟に憑かれ、自らその主役になろうとする男の狂気を描く「フクロウ男」、親友を事故で失った少年が時間を巻き戻そうとする「昨日公園」などを収録したデビュー作。（石田衣良）
し-43-1

朱川湊人
花まんま
幼い妹が突然誰かの生まれ変わりと言い出す表題作の他、昭和三、四十年代の大阪の下町を舞台に不思議な出来事をノスタルジックな空気感で情感豊かに描いた直木賞受賞作。（重松　清）
し-43-2

朱川湊人
いっぺんさん
一度だけ何でも願いを叶えてくれる神様を探しに行った少年たちのその後の顛末を描いた表題作「いっぺんさん」他、懐かしさと恐怖が融合した小さな奇跡を集めた短篇集。（金原瑞人）
し-43-4

朱川湊人
サクラ秘密基地
仲良し四人組の少年が作った秘密基地の思い出が涙を誘う表題作ほか、〈写真〉をキーワードに、甘い郷愁と残酷な記憶が織りなす、哀切に満ちた六篇。（メッセンジャー・黒田有）
し-43-6

朱川湊人
わたしの宝石
憧れの女性との結婚生活は悲劇的な終わりを迎えた――パワフルで無欲な愛、アイドルへの一途な愛。不思議でノスタルジック、ときに残酷な愛のシーンが描かれる短編集。（植田泰史）
し-43-7

新野剛志
あぽやん
遠藤慶太は29歳。旅行会社の本社から成田空港所に「飛ばされて」きた。返り咲きを誓う遠藤だが、仕事に奮闘するうちに空港勤務のエキスパート「あぽやん」へと成長していく。（北上次郎）
し-45-2

新野剛志
恋する空港
あぽやん2
大航ツーリストの空港所勤務二年目の遠藤は、新人教育やテロリスト騒動に今日も右往左往。更に空港所閉鎖の噂が浮上する中、恋のライバル登場でまさに大ピンチ!?（池井戸　潤）
し-45-3

（　）内は解説者。品切の節はご容赦下さい。

新野剛志
迷える空港
あぽやん3
航空業界に吹き荒れる逆風の中、大航ツーリストにリストラの圧力が。エリート本社出向社員の言動にも翻弄され、遠藤が出社拒否!?　空港スタッフ奮闘シリーズ第3弾！　（大矢博子）
し-45-4

白石一文
どれくらいの愛情
結婚を目前に最愛の女性・晶に裏切られた正平は、苦しみの中、家業に打ち込み成功を収めていた。そんな彼に晶から電話が。再会した男と女。明らかにされる別離の理由。
し-48-1

小路幸也
蜂蜜秘密
〈奇跡の蜂蜜〉を作るポロウ村にレオが転校してきた。蜂蜜の秘密に関わる旧家の娘サリーは、それから次々と不思議な出来事に出会う。美しい山間の村を舞台に描く傑作ファンタジー。
し-52-3

小路幸也
そこへ届くのは僕たちの声
多発する奇妙な誘拐事件と、不思議な能力を持つ者がいるという噂。謎を追ううちにいきついた存在「ハヤブサ」とはいったいなんなのか。優しき心をもつ子供たちを描く感動ファンタジー。
し-52-4

小路幸也
踊り子と探偵とパリを
一九二〇年代、狂乱のパリ。作家志望の青年ユージンは呪われたダイヤの行方を追って、探偵マークや美貌の踊り子ブランシェと共に作戦を開始する——。恋と友情の華麗なる冒険物語。
し-52-5

新庄　耕
カトク
過重労働撲滅特別対策班
大企業の長時間労働を専門に取り締まる「カトク」に籍を置く労働基準監督官・城木忠司は、この国の働く現場の苛酷な現実に悩みながらも、ブラック企業撲滅に奮戦する。文庫書下ろし。
し-65-1

須賀しのぶ
革命前夜
バブル期の日本から東ドイツに音楽留学した眞山。ある日、啓示のようなバッハに出会い、運命が動き出す。革命と音楽の歴史エンターテイメント。第十八回大藪春彦賞受賞作。　（朝井リョウ）
す-23-1

瀬戸内寂聴
源氏物語の女君たち
紫式部がいちばん気合を入れて書いたヒロインはだれ？　物語に登場する魅惑の女君たちを、ストーリーを追いながら徹底解説。寂聴流、世界一わかりやすくて面白い源氏物語の入門書。
せ-1-22

瀬尾まいこ
強運の持ち主
元ＯＬが、〝ルイーズ吉田〟という名の占い師に転身！　ショッピングセンターの片隅で、小学生から大人まで、悩める背中をちょっとだけ押してくれる。ほっこり気分になる連作短篇。
せ-8-1

瀬尾まいこ
戸村飯店　青春１００連発
大阪下町の中華料理店で育った兄弟は見た目も違えば性格も全く違う。人生の岐路にたつ二人が東京と大阪で自分を見つめ直す。温かな笑いに満ちた坪田譲治文学賞受賞の傑作青春小説。
せ-8-2

瀬川コウ
君と放課後リスタート
君を好きだった気持ちさえなくしてしまったのだろうか？　ある日、クラスメート全員が記憶喪失に!?　全ての人間関係の記憶も失われた状態で生まれた謎を「僕」は解き明かせるか。
せ-13-1

髙村　薫
四人組がいた。
山奥の寒村でいつも集まる老人四人組の元には、不思議で怪しい客がやってきては珍騒動を巻き起こす。「日本の田舎」から今を描く、毒舌満載、痛烈なブラックユーモア小説！
た-39-3

高野和明
幽霊人命救助隊
神様から天国行きを条件に、自殺志願者百人の命を救えと命令された男女四人の幽霊たち。地上に戻った彼らが繰り広げる怒濤の救助作戦。タイムリミット迄あと四十九日――。（養老孟司）
た-65-1

高杉　良
炎の経営者
戦時中の大阪で町工場を興し、財界重鎮を口説き、旧満鉄技術者をスカウトするなど、持ち前の大胆さと粘り腰で世界的な石油化学工業会社を築いた伝説の経営者を描く実名経済小説。
た-72-1

（　）内は解説者。品切の節はご容赦下さい。

高杉　良
広報室沈黙す
世紀火災海上保険の内部極秘資料が経済誌にスクープされた。対応に追われた広報課長の木戸は、社内の派閥抗争に巻き込まれながら、中間管理職としての生き方に悩む。（島谷泰彦）
た-72-2

高杉　良
勁草の人 中山素平
日本興業銀行頭取・会長などを歴任、戦後の経済を、そして国を支えた「財界の鞍馬天狗」。時代を画する案件の向こうには必ず彼がいた。勁く温かいリーダーを描く。（加藤正文）
た-72-4

高杉　良
辞令
大手メーカー宣伝部副部長の広岡修平に、突然身に覚えのない左遷辞令が下る。背後に蠢く陰謀の影。敵は同期か、茶坊主幹部か、それとも……。広岡の戦いが始まる！（加藤正文）
た-72-5

高杉　良
懲戒解雇
「懲戒解雇にするぞ」——。大手合成繊維企業で中堅の有望株であった森は、経営方針を批判して常務の怒りを買い、馘首の憂き目に。信念を貫いて闘うサラリーマンの勇気溢れる物語。
た-72-6

高杉　良
管理職降格
名門デパートの法人外商部課長・津川は、大口顧客から取引停止を通告され、左遷の危機に。娘の万引きや妻の不倫と家庭も崩壊寸前。逆風に立ち向かう男の選択とは？（高成田　享）
た-72-7

筒井康隆
繁栄の昭和
迷宮殺人の現場にいた小人、人工臓器を体内に入れた科学探偵、ツツイヤスタカを想起させる俳優兼作家……。奇想あふれる妖しげな世界！　文壇のマエストロ、最新短篇集。（松浦寿輝）
つ-1-18

筒井康隆
わたしのグランパ
中学生の珠子の前に、突然現れた祖父・謙三はなんと刑務所帰りだった。侠気あふれるグランパは、町の人たちから慕われ、次々に問題を解決していく。傑作ジュブナイル。（久世光彦）
つ-1-19

辻原　登
遊動亭円木
真打ちを目前に盲《もう》となった噺家の円木、池にはまって死んだはずが……。うつつと幻、おかしみと残酷さが交差する、軽妙で冷やりと怖い傑作人情噺十篇。谷崎潤一郎賞受賞。（堀江敏幸）
つ-8-4

辻　仁成
永遠者
19世紀末パリ、若き日本人外交官コウヤは踊り子カミーユと激しい恋に落ちる。〈儀式〉を経て永遠の命を手にいれた二人は激動の歴史の渦に呑み込まれていく。渾身の長篇。（野崎　歓）
つ-12-7

辻村深月
水底フェスタ
彼女は復讐のために村に帰って来た——過疎の村に帰郷した女優・由貴美。彼女との恋に溺れた少年は彼女の企みに引きずり込まれる。待ち受ける破滅を予感しながら…。（千街晶之）
つ-18-2

辻村深月
鍵のない夢を見る
どこにでもある町に住む女たち——盗癖のある母を持つ娘、婚期を逃した女の焦り、育児に悩む若い母親……私たちの心にさしこむ影と、ひと筋の希望の光を描く短編集。直木賞受賞作。
つ-18-3

辻村深月
朝が来る
不妊治療の末、特別養子縁組で息子を得た夫婦。朝斗と名づけた我が子は幼稚園に通うまでに成長し幸せに暮らしていた。だがある日、「子供を返してほしい」との電話が——。（河瀬直美）
つ-18-4

津原泰水
たまさか人形堂それから
マーカーの汚れがついたリカちゃん人形はもとに戻る？　髪が伸びる市松人形？　盲目のコレクターが持ち込んだ人形の真贋は？　人形と人間の不思議を円熟の筆で描くシリーズ第二弾。
つ-19-2

月村了衛
ガンルージュ
韓国特殊部隊に息子を拉致された元公安のシングルマザー・律子。息子を奪還すべく、律子は元ロックシンガーの女性体育教師・美晴とともに、決死の追撃を開始する。（大矢博子）
つ-22-2

（　）内は解説者。品切の節はご容赦下さい。

恒川光太郎
金色機械
時は江戸。謎の存在「金色様」をめぐって禍事が連鎖する――。人間の善悪を問うた前代未聞のネオ江戸ファンタジー。第67回日本推理作家協会賞受賞作。（東　えりか）
つ-23-1

天童荒太
ムーンナイト・ダイバー
震災と津波から四年半。深夜に海に潜り被災者の遺留品を回収する男の前に美しい女が現れ、なぜか遺品を探さないでほしいと言う――。現場取材をしたから書けた著者の新たな鎮魂の書。

て-7-5

堂場瞬一
虚報
有名教授が主宰するサイトとの関連が疑われる連続自殺事件。それを追う新聞記者がはまった思わぬ陥穽。新聞報道の最前線を活写した怒濤のエンターテインメント長編。（青木千恵）
と-24-4

堂場瞬一
黄金の時
作家の本谷は父親の遺品を整理中、一九六三年にマイナーリーグで野球をする若き日の父の写真を発見。厳格で仕事一筋だった父の意外な過去を調べるべく渡米する――。（宮田文久）
と-24-13

堂場瞬一
ラストライン
定年まで十年の岩倉剛は捜査一課から異動した南大田署で独居老人の殺人事件に遭遇。さらに新聞記者の自殺も発覚し――。行く先々で事件を呼ぶベテラン刑事の新たな警察小説が始動！

と-24-14

中島らも
永遠《とわ》も半《なか》ばを過ぎて
ユーレイが小説を書いた？　三流詐欺師が写植技師と組み出版社に持ち込んだ謎の原稿。名作の誕生だ。これが文壇の大事件となって……。輪舞する喜劇。痛快らもワールド！（山内圭哉）
な-35-1

中島京子
小さいおうち
昭和初期の東京、女中タキは美しい奥様を心から慕う。戦争の影が濃くなる中での家庭の風景や人々の心情。回想録に秘めた思いと意外な結末が胸を衝く、直木賞受賞作。（対談・船曳由美）
な-68-1

中島京子
のろのろ歩け
台北、北京、上海。ふとした縁で航空券を手にし、忘れられぬ旅の光景を心に刻みこまれる三人の女たち。人生のターニングポイントにたつ彼女らをユーモア溢れる筆致で描く。（酒井充子）
な-68-2

中島京子
長いお別れ
認知症を患う東昇平。遊園地に迷い込み、入れ歯は次々消える。けれど、難読漢字は忘れない。妻と3人の娘を不測の事態に巻き込みながら、病気は少しずつ進んでいく。（川本三郎）
な-68-3

七月隆文
天使は奇跡を希《こいねが》う
良史の通う今治の高校にある日、本物の天使が転校してきた。正体を知った彼は幼馴染たちと彼女を天国へかえそうとするが。天使の嘘を知った時、真実の物語が始まる。文庫オリジナル。
な-75-1

額賀　澪
屋上のウインドノーツ
引っ込み思案の志音は、屋上で吹奏楽部の部長・大志と出会い、人と共に演奏する喜びを知る。目指すは「東日本大会」出場！　圧倒的熱さで駆け抜ける物語。松本清張賞受賞作。（オザワ部長）
ぬ-2-1

額賀　澪
さよならクリームソーダ
美大合格を機に上京した友親に、やさしく接する先輩・若菜。しかし、二人はそれぞれに問題を抱えており——。少年から青年に変わっていく、痛くも瑞々しい青春の日々。（川﨑昌平）
ぬ-2-2

乃南アサ
新釈　にっぽん昔話
大人も子どもも楽しめる、ユニークな昔話の誕生です。「さるかに合戦」「花咲かじじい」など、誰もが知る六つのお話が、誰も読んだことのない極上のエンタテインメントに大変身！
の-7-11

林　真理子
最終便に間に合えば
新進のフラワーデザイナーとして訪れた旅先で、7年ぶりに再会した昔の男。冷めた大人の孤独と狡猾さがお互いを探り合う会話に満ちた、直木賞受賞作を含むあざやかな傑作短編集。
は-3-38